神鸟

宋定国 —— 著

文化艺术出版社
Culture and Art Publishing House

图书在版编目（CIP）数据

神鸟 / 宋定国著. — 北京 : 文化艺术出版社，
2022.4
ISBN 978-7-5039-7221-8

Ⅰ.①神… Ⅱ.①宋… Ⅲ.①长篇小说—中国—当代
Ⅳ.①I247.5

中国版本图书馆CIP数据核字（2022）第044250号

神　鸟

著　　者	宋定国	
责任编辑	蔡宛若	
责任校对	董　斌	
书籍设计	雪　原	
出版发行	文化藝術出版社	
地　　址	北京市东城区东四八条52号（100700）	
网　　址	www.caaph.com	
电子邮箱	s@caaph.com	
电　　话	（010）84057666（总编室）　84057667（办公室）	
	84057696—84057699（发行部）	
传　　真	（010）84057660（总编室）　84057670（办公室）	
	84057690（发行部）	
经　　销	新华书店	
印　　刷	国英印务有限公司	
版　　次	2022年5月第1版	
印　　次	2022年5月第1次印刷	
开　　本	710毫米×1000毫米　1/16	
印　　张	19.25	
字　　数	220千字	
书　　号	ISBN 978-7-5039-7221-8	
定　　价	68.00元	

版权所有，侵权必究。如有印装错误，随时调换。

目录

1	引　子
2	第一章　鸟神坛
36	第二章　师生情
70	第三章　风云起
107	第四章　胎儿谜
136	第五章　他是谁
168	第六章　话沧桑
204	第七章　咄咄怪事
225	第八章　教授遗嘱
256	第九章　东窗事发
282	第十章　后继有人
301	尾　声

引子

2007年5月13日,《江河日报》以头版头条刊登了一则新闻：江河市松寥山"鸟神坛"国际研讨会在鳌山宾馆举行,会期共三天,江河市中年专家、"鸟神坛"的发现者姬曲成在会上作主题报告,被邀请的国内外30位知名专家学者将进行深入探讨。据悉,会前已有108位专家学者对"鸟神坛"的发现做了充分肯定并表示了极大的兴趣,认为这一发现将中国文明史上推几千年并将冲击世界文明史的格局。相信这次研讨会的成果将载入史册。

这则新闻一出,江河市立即议论鼎沸。有的说,江河市有如此神山,为何以前从未听闻？有的说,姬曲成这样一个名不见经传的书呆子怎么可能发现"鸟神坛"？更多的人表示,要改变中国文明史和世界文明史,要么是痴人说梦,要么是一飞冲天。人们对研讨会的结果都翘首以盼……

第一章

鸟神坛

"鸟神坛"国际研讨会的第一天上午,由主持会议的江河市常务副市长柳善存作了简短的开幕致辞后,与会专家学者首先实地考察了"鸟神坛"现场。姬曲成为大家做向导和解说。

位于长江下游与大运河交汇处的江河市,东、南、西三面环山,北面一江横陈,素有"城市山林"之称。城中最负盛名的是凤山、龙山、鳌山、瑞山和圌山。凤山是屹立在江中的一个绿岛。岛上布满古树、寺庙、碑林和洞穴,它四面环水,一桥通幽,可谓"江中芙蓉"。民间传说,古时每到立春之日,天下凤凰在此聚集,仙气弥漫,江河息波,日月失色,至今还遗留着巨大的"集凤台"遗址。"集凤台"已残缺不全,周围荒芜一片,唯一的遗物就是半块两吨多重的大理岩巨石,形状有点像鸭子的尾部,上面有几道粗糙的凿痕。有专家说它是大约一万五千年前由石器打磨而成。至于此石的整体形状是什么,为何断裂,另一半巨石在何处,这些都无从考证,因而也就成了谜团。

凤山的主脉呈由南向北走势。它的北麓距岸一百米左右的江中耸立着一座小小的岛礁,名曰松寥山。此岛礁为何被称为山?山名又何时而起?这些都无人知晓。以往人们觉得松寥山最为闻名的是李白曾在此写过《望松寥》一诗,自姬曲成将它称为"鸟神坛"后,又增添了不少扑朔迷离的故事。在枯水季节,可以涉过滩涂直接登山,而此时水位较高,考察团只能分坐两只木船先环岛浏览。

松寥山的相对高度为35米,基岩裸露,占地面积1000平方米左右。基岩中央主体部分为高35米、占地面积800平方米左右的鸟形岩雕。从正南面看,它像一只鸠鸟,呈头东尾西侧身跱立状,正对东方,迎接海日,如猛禽独踞,鹘隼望海,丹凤朝阳。头、眼、喙、颈、肩、翼、尾、爪等部位,形体廓线都十分准确精到。造型稚拙粗放,应物象形,气势恢宏。某些细部加工曲尽其妙,比如鸟的爪子不仅形象逼真,而且运用了线雕和浮雕工艺。鸟的一对翅膀,一只完整无缺的只是素面,而另一只断掉一半的上面有明显的雕刻痕迹,且断裂处没有参差不齐的裂口,如刀切一般。这些工艺在一万年前靠石器加工而成,真是匪夷所思!特别是该鸠鸟面向正东,春秋两分直对旭阳,其分位坐标和天文节气蕴意颇具玄机。这是整座岩雕最为鲜明奇突的部分。

从正东面看,此岩雕呈凤凰展翅。

从正西面看,似朱雀南飞。

从正北面看,如青鸟回眸。

从其他侧面看,也都呈现出不同的鸟形。

总之，整个鸟形岩雕多姿多彩，富有多种鸢鸟形象，多种动态特征，多种情感色彩。特别是它的眼睛和脸部表情，犹如《蒙娜丽莎》油画一般，无论是从远近还是左右的视角，都能感觉到它复杂而神秘的微笑！从岩雕所处部位、高度、体积、造型和所传达的意味等情况来分析，正南面所呈现的鸠鸟形状似为"台坛"的主角，其他方位的造型则为"台坛"的侍从和配角，同时又前后呼应，左右转承，可谓鬼斧神工之作。

专家们正饶有兴致地环视着松寥山的独特形貌，一件奇怪的事情发生了：只见一条近两米长的扬子鳄慢慢地爬到了此山露出水面的基岩上，头部朝着船上的考察团，扁平的尾巴不时地摇晃着，似乎在舒适地晒着太阳，又似在好奇地打量着考察团：哎哟，你们来干啥？

一位学者脱口而出："扬子鳄身上有着恐龙类爬行动物的许多特点，人们称之为研究恐龙的'活化石'，是濒临灭绝的珍稀保护动物，今天能够在此一睹它的风采，实在是一件很有意义的巧事。"

姬曲成接口道："长江中最古老的爬行动物栖息于最古老的鸟神坛上，神态又如此古怪，这恐怕不是一种意外的巧合。我相信扬子鳄有灵性，这是大自然在冥冥之中的某些暗示吧。"

有学者立即附和，也有学者立即反对……

考察团在江中坐船环视后，由柳善存带着大家登上此岛，发现基岩与岩雕之间不仅有深约半尺的"隔线"，而且在东南面有浅显的台阶，似为祭台登临之用。台阶在半途逐渐模糊，大概是古人长期登临或岩体受长久的侵蚀而风化剥落所致。到达岩顶，四周空绝，近观凤山滴翠，遥望远山如黛，海阔天空，冲冲融融，给人似飘飘欲仙之感，正如《山海经》所谓"帝台之所以觞百神也"。岩顶上除了稀稀疏疏的杂树、野花、小草以及大量的青苔外，让人感到不解的是，中央有两只远大于常人足迹的脚印，它陷于岩石之中约有三四厘米。姬曲成向学者们介绍道："传说这是上古帝喾高辛氏在此修炼时留下的足迹。"学者们对这一传说并不感兴趣，他们感兴趣的是，岩石上多处遗存的人工造型、堆构、安排、雕凿、打磨等加工痕迹，深浅不一，表层透露出历史的沧桑。这些正是有别于自然象形石的主要特征。

蓦地，从"集凤台"方向飞来一群喜鹊，它们似乎不惧怕人类，在松寥山上空盘旋并发出洪亮、空灵的鸣叫。姬曲成不禁心中一惊：喜鹊，怎么又是你？这次你想把我引向何处？最早引导他对松寥山产生兴趣的那一幕，清晰地浮现在眼前……

下午，江河市博物馆副研究员姬曲成在研讨会上作了《对江河市松寥山史前"鸟神坛"的探讨》这一主题报告。

姬曲成今年五十岁，身材高瘦，肤色黝黑，狭长的脸上五官虽还算端正，但上牙床稍显突出，给人以其貌不扬之感。加之他粗糙的双手，一脸胡子拉碴，穿着有些寒碜，让人感觉他的形象有点像农民。说起来他确实当过三年农民，不过，只是响应国家知识青年上山下乡的号召，在农村插队务农而已。1977年恢复高考，他考取了南吴大学历史系，毕业后一直在江河市博物馆工作。二十多年来，尽管他发表了不少论文，但因其主要内容都是围绕不为人知的"鸟神坛"，因而一直默默无闻，直至"鸟神坛"

国际研讨会的召开，他才声名鹊起。

姬曲成在报告中首先简要介绍了他发现和探索"鸟神坛"的过程。

在一百三十多年前，法国西南部道尔多尼州乡村的四个儿童带着狗在追捕野兔。突然间，野兔和狗都不见了，原来，它们都进入了一个山洞。孩子们最后在山洞中发现了一个原始人庞大的画廊，它就是举世闻名的拉斯科洞窟壁画。人们后来一直戏称，是动物引导人发现了这个奇迹。我讲这个小故事是为了说明，松寥山"鸟神坛"的发现如同拉斯科洞窟壁画一样，乍看上去都是偶然的机遇。我能发现"鸟神坛"，就源于一只喜鹊的引导，柳市长可以做证。

1976年春天的"雨前"节，我从农村刚返城不久，我的中学同学、时任金宁市造船厂办公室秘书的柳善存来江河市办事，闲暇时约我到凤山游玩。由于本人很少与同学来往，因此对柳善存的到来显得格外惊喜，对他的约请也满口应承。我俩在游凤山时一边聊天一边鬼使神差地跟随着一只喜鹊走到了凤山北麓面对松寥山的江边。喜鹊飞到了松寥山山顶上，空灵地叫了两声，这叫声触发了我的灵感，我突然记起了李白描写松寥山的诗："石壁望松寥，宛然在碧霄。安得五彩虹，驾天作长桥。仙人如爱我，举手来相招。"便临时提议登临松寥山，看看是否能碰上仙人。柳善存虽然对此兴趣不浓，但碍于同学情面，当即响应。此时正值长江枯水季节，我俩涉过滩涂登上松寥山，后又乘船环岛进行了观察。我在恍惚中脑洞大开,对柳善存说:"你看松寥山三百六十度周览都呈现出各种鸟形,其中是否暗藏着什么玄机?"柳善存说:"此山是有些怪异,不过充其量只是象形而已,国内比这大得多的象形山比比皆是,你别胡思乱想了。"我不同意他的看法,说:"一般象形石或象形山都只能远观而经不起近察,这座山既可远观又可近察,且似有人工设计和雕琢的痕迹,李白当初在这里想起仙人,他当时是否发现了什么?再往上推,汉末的隐士焦光曾称松寥山是'神山',此说难道是空穴来风?"柳善存不再与我争论,笑着跟我打了个赌,至于赌的是什么,因他现在是领导,又是这个研讨会的主持人,我在这个场合就不便说了。

这时,有一位与会专家向柳善存递了个条子:"柳市长,我对你俩当时的打赌很有兴趣,能否说来听听?"

柳善存看了条子与姬曲成耳语了一下,搓搓双手,亮起了嗓子:"这个、这个,既然有专家对我俩的打赌内容感兴趣,姬曲成不便说,那就由我来说吧。我俩当时借用了高力士为李白脱靴的典故。如果有一天能证明鸟形松寥山真是人工所为,我就帮他脱靴,否则,他就帮我脱靴。当然,这个赌约至今没有兑现。但我向大家坦诚相告:我输了,我认输,我愿意找个机会为姬曲成脱靴!"

会场上响起了一阵掌声和哄笑声,不少与会代表都赞赏柳善存有气度。

待会场气氛平静后,姬曲成晃了晃脑袋,继续作起了报告——

　　这一偶然发现使我着了迷，此后，我开始查阅《凤山志》《长江口地质变迁考证》《淮南子》《山海经》等文献，有了初步的发现：此段长江在远古时曾是长江入海口，海面异常辽阔，俗称"海门"。第四纪尤其是晚更新世末次冰期，海平面多次下降，长江也发生了大断裂，凤山成为茫茫大荒之高标，枢纽南北之陆桥。国家考古队在凤山莲花洞进行正式考古发掘时，发现了一批有明显人类加工痕迹的石器，其中尤为奇特的是有十多件呈鸟形状。除此之外，还有六百多件动物标本。考古队据此认为，早在十多万年前，莲花洞一带就有古代人类在此生活。莲花洞东北面原来是大理岩石群，不知何因此岩石群大约在一万五千年前发生了大面积塌陷，残留的部分即"集凤台"遗址，滚入江中的部分，小的随江流而下，大的则成为岛礁。本人依据这些资料进行了大胆的推断：松寥山就是其中最大的岛礁，古人经过无数年对这一岛礁进行设计加工，将它建成最早的祭坛，简称"鸟神坛"。

　　本人对"鸟神坛"的研究兴致正浓时，接到了南吴大学历史系的录取通知书。作为"文革"后恢复高考的第一批大学生，可谓时代的幸运儿，我自然感到振奋。进校以后，我才知道柳善存与自己是同班同学。更使我惊奇的是，我在插队时认识的"被改造对象"姜昊竟成了我们的中国古代史老师。我在完成学业的同时，一直没有舍弃对"鸟神坛"的研究，一方面利用寒暑假对松寥山继续进行实地勘查，另一方面，向在农村曾有一段特殊交情的姜昊虚心求教。姜昊对我热情指导，有求必应。在大学毕业前，我写出了题为《浅析松寥山史前"鸟神坛"》的毕业论文。大学毕业后两年，这篇论文在《美学探索》杂志上正式发表，这也是我在权威性刊物上发表的第一篇学术论文。由于在该论文中还缺少坚实的考古方法，加之观点过于离奇，当时并不为多数人所接受，甚至遭到了学术界的嘲讽。在这种情况下，父亲劝我改变研究方向，可我没有听进去，依然我行我素，执着地继续研究，一度曾被博物馆领导认为不务正业而差一点被开除。直至有深厚文化底蕴的赵炳坤于2003年调任江河市市委书记后，渐渐听到有关方面提到松寥山"鸟神坛"一事，对此颇感兴趣，我才转危为安，并于去年获得了一笔专项研究经费，这就使我有较好的条件与国内外学者交流，尤其是能得到科研机构在取样断代技术方面的支持……

姬曲成讲到这里，心情激动，眼含泪水。他没有像一般"文化人"那样用手帕或纸巾去擦泪水，而是用衣袖横抹了一下眼部，就过渡到了对"鸟神坛"主要疑点的解答上了。

什么叫"鸟神坛"？简言之，就是远古或上古时期的鸟形祭坛。人类社会进入部落、氏族阶段，才可能产生用于祭祀天地、鬼神、祖先的祭坛。在华夏祭坛史上，大家可能听说过神话传说中的"瑶台"，听说过唐杜佑《通典》记载的"东方太乙坛"，听说过红山文化和良渚文化的遗址中发现的几十座祭坛。而江河市"鸟神坛"的主体部分"鸟岩雕"，应用了多种雕刻技法，还应用了平面造型、堆砌造型、重叠造型、摩崖造型等手段，并使它们相互生发，融为一体。特别是借助和依据自然岩体岩形岩面巧妙构思，依形雕凿，表现了古人对岩性物理的熟悉和对艺术创作的准确把握。同时，这也反映了古人在受制于生产工具等诸多困难时，更注重于精巧的设计和对自然物的利用，足见其智慧高超，匠心独具，令今人望岩兴叹！

"鸟神坛"中又蕴含着鸟文化。依照定论，中国传统文化最具标志性的形象是龙，龙文化和龙的传人概念已深入人心。本人对此不以为然。我认为，标志性形象除了龙，还有凤（鸟），且凤（鸟）文化比龙文化的渊源更为久远。在古代，世界其他文明国家主要以鹰为"鸟文化"的代表形象，比如说，在古埃及、欧洲许多国家就是如此。而中国则以凤为"鸟文化"的代表形象，因为在中国古人看来，"凤"不仅更有"神"性，同时又贯穿着飞扬、璀璨、崇高、祥和等形象精神，是"天使"的化身。在红山文化、良渚文化、三星堆文化等史前文化中，"龙"基本上还类似于蛇形，也有少数类似于扬子鳄的前身鼍。从夏商周直至清代，龙的形象才不断丰满起来，并各具时代特征。而鸟的形象在以上所有的史前文化中，却是非常清晰、没有多大变化的。凤（鸟）文化之所以更早，不仅因为它是一种图腾，还因为它是与人类共存的生物，有着同样的生活环境，与人类有着一种情感沟通。在历史发展过程中，"龙文化"被不断强化（尤其是从秦代开始），主要在于龙具有神秘、强悍、集众兽之完美等特征，成了统治者需要的王霸文化。尽管如此，与人的生活和精神向往息息相关的凤（鸟）文化却无法被淹没。"龙凤呈祥"始终是统治者和普通老百姓都祈盼的一种社会景象。

　　说到"鸟文化"与人类的关系，我这里不妨插叙一个小故事。春秋时期，"春秋五霸"之一的秦穆公带着视为掌上明珠的女儿弄玉前去狩猎。穆公一箭瞄准仙鹤，这时突然一阵箫声响起，惊飞猎物。穆公大怒，着人将吹箫少年抓来。少年不慌不忙道：草民萧史，排行十三，人称十三郎。只因性喜山野，故在此结庐，每当风清日朗之时，吹箫自娱，久之与鸟鸣和谐如一，并互通情愫，实非有意破坏大王兴致。穆公听闻，要少年吹箫与鸟互动。少年从之。但听得箫音由轻到重，由低到高，时而婉转如幽谷清溪，时而深厚如岭中松涛，时而清新如花间滴露，时而凝重如古潭龙吟，令人听之恍如超于尘世之外。更为甚者，万千鸟儿伴随着箫声，在空中翩翩起舞，姿态优雅，声音悦耳。待箫声一停，万籁俱寂，鸟儿都栖息在枝头。穆公正感奇怪，忽听得身边响起歌声——原来是爱女弄玉的声音。她唱的曲子是雅乐中的《斯干》，此曲本是庆祝宫殿落成后的颂歌，可弄玉的声音分明有对父亲的哀怨和对少年的爱慕。穆公不解，此时飞来一只丹凤，弄玉乘之飞向空中。少年一声口哨，追上弄玉一起奔向西天瑶池。后来，穆公才知道此少年成了神仙，为太华山主。这个故事虽有浓厚的传奇色彩，但它也从一个侧面说明了"鸟文化"的可贵价值。

那么，松寥山"鸟神坛"又产生于什么年代？根据考古学中多种现代科技手段测试，松寥山"鸟神坛"的台基大理岩距今亿年以上，而在有人工雕琢的部位所测试的样本，则为15000年（±10%）。与松寥山"鸟神坛"年代较接近的史前文明标志物还有一批，比如，我国河南舞阳县贾湖村发现的一组七声齐备的骨笛，器形和工艺都很精美，距今一万年左右。依此推见，如果当时没有较为先进的生产工具和设计理念，这些史前文明艺术就无法诞生。因此，考古界已定论的新石器时代（发端于一万年前）至少应该上移五千年。同时，根据科学最新发现，考古学中遗留了一样加工工具，那就是深海中的鲨鱼骨刺，它的硬度不亚于金刚石，完全有可能对石器、玉器等材质进行细微的穿凿和雕琢。

……

姬曲成在讲完上述问题后，就进入了报告的核心部分——松寥山"鸟神坛"的发现所蕴含的深远意义。这时候，他已完全处于忘我的兴奋状态，那双平时总是蒙蒙眬眬的眼睛突然变得炯炯有神。

他认为，松寥山"鸟神坛"的建造年代距今一万五千年左右，是新石器时代史前文明和"鸟文化"的产物，是至今为止发现的人类最早祭坛，也是最为精妙、最为奇特、最为神秘的大型艺术作品，它不仅将中国文明史上推了几千年，而且说明世界文明的中心或发祥地就在中国，就在中国远古时期长江的入海口……

他认为，松寥山"鸟神坛"应该是我国河姆渡文化、良渚文化、殷商文化、东夷文化、吴越文化之"鸟文化"的直接来源并与之一脉相承,是我国江淮流域有关"凤凰"和"瑶台"等神话传说之源,也是中华民族恢宏飞扬的思想文化之源。它与西班牙阿尔塔米拉、法国拉斯科洞窟图绘等艺术高标相比,其人文思想和精神境界要高得多,内涵也更为深邃丰富。传统学说中认为赫梯文明、亚述文明、腓尼基文明、波斯文明早于中华文明的观点,也将为松寥山"鸟神坛"和"鸟文化"所彻底推翻!这一发现,无疑将填补东方史前文明史研究的空白,对重新反思文明发展史和审视现代的人类生存形态,都有着极为重要的意义!

……

与会专家学者围绕现场考察和姬曲成的主题报告,进行了长达一天半的研讨。

大多数人在发言中认为,姬曲成对松寥山"鸟神坛"的探索,虽然还有许多有待完善之处,但其三十多年来坚持不懈的执着精神是难能可贵的,主要论点新颖独特,具有开创性,且逻辑严密,史料翔实,方法逐步趋向科学,他对中华文明乃至世界文明做出的贡献是应该得到充分肯定的。当务之急是要通过多种措施保护好"鸟神坛",一边继续深入研究,一边争取申报世界文化遗产。

但是,也有一部分人对姬曲成的报告提出了一些质疑。

一位日本考古学家说:"中国的考古学从依附于历史学而独立出来只有六十年左右的历史,即使从发现周口店'北京猿人'算起,也只有一百年左右时间,显然比较年轻。报告中说到'鸟岩雕'的人工雕琢样本年份推算是经过多种现代科学手段测试而得出的,而据我所知,这些科学测试别说在考古学尚不算发达的中国,即使在技术领先的国家,其误差率也比较大。因此,人工雕琢的年代推算还不能完全让人信服,尚需国际权威机构来进一步测试、论证。更为重要的是,学界都认定法国拉斯科洞窟壁画和西班牙阿尔塔米拉洞窟壁画是距今一万五千年左右旧石器时代晚期的作品,而姬曲成认为松寥山'鸟神坛'是新石器时代的产物,这是否显得过于武断和缺乏科学依据?至于将新石器时代上推几千年,这更是对既有考古学基础及成果的颠覆,对此应该慎之又慎。"

一位美籍华裔人类学家说:"姬曲成把江河市长江入海口视为中华文明甚至世界文明的起源,这显得过于武断甚至有些幼稚。因为人类未被发现的文化遗址还有许多,对人类文明起源的探索永无止境。俄国学者在阿尔泰的丹尼索瓦洞穴中曾发现了一件距今38000年前的蓝绿色玉坠品,至今无人能解,能否据此就认为人类文明的起源就在该地区呢?结论显然是否定的。在人类的任何地区,一个文明时代的产生绝不能用一件孤品来证实,而需要有一批文化元素相同的遗址和文物来相互印证。再者,世界最新的科研成果已经证明,'北京猿人'绝不是中国智慧人的祖先,智慧人的起源也绝不在中国。英国牛津大学人类遗传学家从对DNA的研究中发现,全世界人口分别繁衍于36个不同的、被称作'宗族母亲'的原始女人,而所有这些'宗族母亲'又都是15万年前到20万年前非洲大陆上被今天科学家命名为'线粒体夏娃'(Mitochondrial Eve)的女人的后代。当然,人类(智慧人)的发祥地并不等于人类文明的发祥地。同样的道理,至今发现的最早文化遗址，也不一定是人类文明的发祥地。"

一位研究院院士说："我经过考察分析，感到松寥山'鸟神坛'作为史前文明遗址确有其可能性，说它是新石器时代的产物也有其理由，因为松寥山'鸟神坛'相较于法国拉斯科洞窟壁画和西班牙阿尔塔米拉洞窟壁画，其难度要高得多，很难想象旧石器时代能产生这样的作品。本人曾参与考察研究青海省柴达木盆地白马山的大型岩面壁画，此壁画是八千多年前的人类艺术品，稚拙中透着精美，经科学测试，它是铁器工具所凿。按理，当时应是新石器时代，新石器时代之后是青铜器时代，铁器时代比青铜器时代至少要晚两千年，怎么可能在那时产生铁器工具？所以，至今这个谜都没有解开。但我认为面对解不开的谜不应采取一概否认的态度，而要坚持不懈地探索，因为至今为止，我们对人类文明史的认识是有局限性的，有些可能是误判的。不过，松寥山'鸟神坛'这一史前文明是如何形成的，还没有足够可信的资料。这一史前文明是如何中断或淹没的，也找不到可供借鉴的东西。唯一可以推断的是，它可能由于第四纪末冰期后的海侵，或者被特大瘟疫毁灭了整个部落，或者遭受了野蛮人的浩劫，而被割断、掩埋了这一文明史。当然，历史上不乏文明突然消失的谜团，如我国的三星堆文化、古楼兰文化，还有美洲的古玛雅文化等。因此，对'鸟神坛'的保护和研究固然重要，但只有把视野放得更宽广，才能对这一文化遗址的来龙去脉说得更清楚，更令人信服。至于从'鸟神坛'引申出来的'鸟文化'，这也是一个极有意义的课题。实际上，世界上其他文明古国都程度不同地信奉'鸟文化'，而唯有中国将'凤'作为其标志物，其深层原因有待于进一步探讨。本人以为，我国的'凤文化'与'龙文化'二者并不一定是对立的，而是共存的，甚至是相辅相成的。"
……

到了会议的第三天上午十一点钟左右，主持会议的柳善存正准备作闭幕词（下午返回或自由交流），他的秘书徐其亮匆匆走上台对他耳语道："门外有个名叫姜昊的老人，说是您的老师，他硬要闯进会场见您，保卫科的同志不一定拦得住他。"

柳善存的心中不觉一惊，姜昊怎么会突然到来？他对徐其亮说："你先向姜老打个招呼，就说我作完闭幕词马上就来迎接他。"

"柳善存，不必躲避我，我有话要对与会代表说。"姜昊已经冲进会场，径直走向讲台。他看上去至少有七十岁，个子瘦小，满头白发，倒三角形的脸上显得干瘪而严肃，只有一对小小的眼睛透着犀利的光芒。柳善存见到他，露出一脸的敬畏和无奈。

姜昊不由分说地从柳善存手里夺过话筒，会场响起了沙哑而严厉的声音："各位同人，我是南吴大学历史系教授姜昊，在场有不少熟面孔，柳善存和姬曲成都是我的学生。我之所以在外讲学一结束就匆匆赶到会场，为的是要告诉大家一个真相，松寥山'鸟神坛'是我最早发现的，听清楚了，是我，不是别人！姬曲成剽窃了我的学术成果，江河市把我排除在外开这个研讨会是非法的，不公道的！本人擅闯会场固然不成体统，但这也是被逼出来的莽撞之举，请诸位理解、包涵！"

姜昊这话一出，会场上立即议论纷纷，讨论的主题由"鸟神坛"转为谁是"鸟神坛"的最早发现者。

一位资深的研究院院士说:"姜昊教授,我们不能只听一面之词,你自称是最早发现者,能不能拿出过硬的证据?"

姜昊从随身的皮包中拿出一沓杂志,用右手一扬,得意扬扬地说:"本人自1983年以来,在国内外权威刊物上发表过6篇论文,6篇!有兴趣的可以拿去翻翻,验验!"

一位中年历史学家立即附和道:"姜教授是20世纪60年代初《兰亭序》真伪辩中敢于跟权威叫板的高先生的爱徒,他在史学界久负盛名,相信他决不会与一个无名小辈争名夺利,何况姬曲成是他的学生。既然姜教授发表了这么多论文,且都刊登在权威杂志上,为什么江河市不邀请他作为会议代表,这其中是不是真有什么蹊跷?"

一位须发皆白的光头老人站起来,他姓梁,原是大学教授,对中国古典文化研究颇深,在书画、雕塑方面的造诣也闻名全国。他对刚刚发言的中年历史学家显出不屑的神情,说:"姜昊和姬曲成对松寥山'鸟神坛'的首篇研究论文都是经我亲自审阅后发表在1983年《美学探索》第8期的。其中姬曲成的论文要早到半年,因经多次修改,延缓了一点发表时间,正好与姜教授的论文同时发表。当然,我这样说并不排除姜昊教授也可能因某些原因耽误了论文寄到刊物的日期。按我的观点,姬曲成的论文,是侧重从大量史料来进行推理和想象的,而姜昊教授则侧重于考古研究,二者各有特点,因此一并发表,以起到相互切磋、取长补短的作用。不过,我想告诉姜教授,告诉在座的各位同人,姬曲成是在怎样的环境下锲而不舍地研究'鸟神坛'的。那是在论文发表后第三年秋季的一天，我受姬曲成的盛情邀请来实地考察松寥山'鸟神坛'，考察结束时已是下午一点多钟。姬曲成把我带到了一家只能容得下七八个人的面店，招待我吃了一碗在当地很有名气的'锅盖面'。这面味道的确不错，在当时一碗一块多钱。我对姬曲成开玩笑说：'你这倒是既节约又宣传了本地特色饮食，招待别的客人是否也是这样？'不料这话无意中刺痛了姬曲成，他红着脸结结巴巴地说：'梁、梁教授，我、我请的客人最高待遇也就如此了，路远需要住宿的我只能厚着脸皮让对方回单位报销住宿费，因为我们馆里不支持我的研究，我接待客人是偷偷摸摸的，同时也出不起这笔钱呀。所以，对于每个客人，我都再三说对不起。'姜教授，在座的各位同人，我听后是十分感慨的，请问，在我们之中有几个人能像姬曲成那样在如此艰难的条件下还能坚持研究的？当然，我说这些并不是要偏袒他。何况，江河市举办这次研讨会，意在集思广益，推进这一课题的研究进程，造福于人类。至于最早的发现者是谁，这对本次会议似乎并不是最重要的，可以留待会后加以澄清。"

柳善存一听这话正中下怀，立即顺着梁教授的意思说，这个意见他很赞同。他亲自给姜昊倒了杯茶，道："老师您先息怒，坐下喝口茶，待吃过中饭后我向您做个汇报。"

姜昊对柳善存怒目圆睁："你这算什么话？我大老远地赶来就是为了喝口茶？这不只是个人名誉问题，还是有关知识产权和科学态度的大事，怎么能够有丝毫含糊？"

姬曲成这时终于忍不住站起来插话道："姜老师请不要激动，如要非得向与会代表说明谁是最早的发现者，柳善存市长心里最清楚，何不请他如实说明一下？"

姜昊回道："好呀，柳善存，你就向大家说说清楚！"

这可把柳善存推入了两难境地：他当然清楚姬曲成是"鸟神坛"的最早发现者，当初他邀请姬曲成游松寥山时的情景至今还历历在目。但自从他调到江河市工作后，与姬曲成的同学情谊已经淡化，且怎么看他都不舒服。尤其是在赵炳坤对"鸟神坛"表示出极大的兴趣后，他更觉得在这事上越是宣传姬曲成，就越是显得自己缺少文化底蕴。刚才姬曲成在主题报告中讲到自己是如何发现"鸟神坛"时，不是把他柳善存反衬成傻子一样？有这样抬高自己、贬低别人的吗？自己虽然在会议上作了气度不凡的陈述，但内心实在不好受，因为这是他被逼表示出的姿态。想到这些，他不由得怒火中烧。只是迫于赵炳坤的压力，加之自身政绩的需要，他才不得不主抓此事，不得不对姬曲成有所尊重和支持。另外，他觉得姜昊作为老师，在"鸟神坛"一事上与学生争名显得缺少风度，甚至有些滑稽可笑。但这个老头自尊心和虚荣心特别强，发起脾气来什么话都敢骂，什么事都敢做，同时，他桃李满天下，其中有不少身份显贵，一旦开罪于他，自己后患无穷。经过一番权衡，他用和稀泥的态度说："我觉得姜老师和姬曲成对松寥山'鸟神坛'是同时的发现者，这个、这个难分谁先谁后，至于这次会议没有请姜老师参加，责任在我，我当时想，您老人家已经退休，身体也不太好，不应妨碍您休养，现在看来，这是十分错误的想法，请老师能够谅解，容我以后弥补。"然后他又抬起头来，环视会场，不无遗憾地说："各位专家学者，本来我还要作一个简短的闭幕词，考虑到已经到了午餐时间，加之有些人要乘飞机回去，就把这闭幕词简化吧。当下提倡重实效而轻形式，这样做也未尝不可吧。谢谢大家的指导和赐教，相信今后还有继续研讨的机会，祝大家愉快、平安、幸福。会议到此结束。"

……

江河市"鸟神坛"国际研讨会虎头蛇尾，原来预定的闭幕式报道以及宣传计划当然取消了。这使许多关心其结果的人大失所望，他们私下议论：江河市开这次国际研讨会花了这么大的精力，为什么没有听到任何成果？

姬曲成回到博物馆受到了同事的白眼和讥笑，只有即将退休的老馆长肖道一宽慰了他几句。

不久此事就传到了市委书记赵炳坤的耳中。赵炳坤今年六十岁，明年年初党委换届时他可能就要去政协了。他的后背头发型总是一丝不乱，脸上透着冷峻之气，很少能看到他的笑容。即使是遇到天大的喜事，也不易在他脸上看出明显的反应。他听到有关"鸟神坛"国际研讨会的议论后，心中有些不快，便通知柳善存和姬曲成一起到他办公室汇报情况。

柳善存当然比姬曲成更了解赵炳坤的性格，因而在走向他办公室的途中忐忑不安，并一再告诫姬曲成，在赵炳坤面前绝不能信口开河。

到了赵炳坤的办公室，因为见他脸色严峻，柳善存和姬曲成都没有立即坐下，有些不知所措。

赵炳坤说："你俩都喜欢站着汇报吗？坐吧。"然后，和缓地说,"这次'鸟神坛'国际研讨会的情况尽管你们没有向我汇报,但我已有所耳闻。我觉得会议虽有瑕疵,可研究成果还是应该充分肯定的。毕竟得到了一部分专家学者的肯定,知道和关注'鸟神坛'的人大大增加了嘛。为了更好地推进这一项目,我们必须认真总结经验教训。说到教训,我想请柳善存同志先谈一谈,研讨会是由你牵头负责的,为何你没有邀请姜昊教授?他究竟是不是松寥山'鸟神坛'的最早发现者?"

柳善存那异常机灵的小眼睛转了几下,他早就料到赵炳坤会找他谈话,谈什么内容他也预备好了几种假设,因此,对于赵炳坤的发问,他回答得滴水不漏。他说:"这次所以没有邀请姜昊参加,主要出于两个原因:一是充分尊重了姬曲成的意见,怕姜昊在会上胡言乱语,扰乱了会场的气氛。我们这位姜老师与众不同,不喝酒时像君子,一喝了酒就像疯子。这样的人参会,一旦有人与他发生争论,后果不堪设想,所以,我觉得姬曲成的意见有其合理性。二是因为我们这位姜老师把名利看得很重,只要他参加会议,不仅姬曲成没有发言的机会,而且江河市在这事上都得受他牵制,否则他就会生出事端。至于说到谁是'鸟神坛'的最早发现者,这要看从什么角度说。论着手研究,当然首推姬曲成,可论在权威性的杂志上发表研究成果,姜昊与姬曲成难分先后,所以,说不上谁剽窃谁的成果。我的错误在于没有事先将这些情况向您汇报。我作为会议的主要组织者,自然要承担主要责任。"柳善存的话说得既全面,又巧妙,巧妙就巧妙在他把自己对姜昊和姬曲成的个人感情掩盖得毫无痕迹,听起来完全出于公心。

赵炳坤对柳善存的汇报未加任何评论，只是微微点了点头，然后把视线转向姬曲成，说："老姬，你能说说吗？"赵炳坤称呼职务较低的部下的姓时有个习惯，三十岁以下者一律在姓前加一个"小"字，三十岁以上者则大都在姓前加个"老"字。究其原因，他只有简单的一句话，三十而立嘛。

姬曲成听赵炳坤称呼他"老姬"，感到有些承受不起。他一向怕与领导干部交流，更不善于揣摩对方心思，何况他认为自己在这事上没有任何过错，只有一肚子的苦水，因此，他没有假惺惺地做检讨，也没有先设计汇报的内容，只是原原本本地道出了他与姜昊的关系以及对姜昊的看法。

历史的镜头首先要拉到三十二年前那个秋季的夜晚：高明县武家村生产队队长武泉明的家中，中间一张四仙桌上一盏汽油灯嗞嗞作响。端坐在四仙桌上首的是一位戴着眼镜的说书者，围他而坐的都是辈分较高者，其他人则拿着自带的竹椅、凳子坐在外围或角落里。说书者说到紧要关头，把惊堂木一拍，高叫一声"欲知后事如何，且听下回分解"，便戛然而止。胃口被吊起的听众并没有像对待一般说书人那样给予金钱施舍，而只是扔给他几支烟催他快说"下回"。这时候，只见一个坐在角落里大约十六七岁的青年小伙突然站起，走到说书人面前恭恭敬敬弯下腰将一只鸭梨双手奉上："给先生解解渴。"说书人接过鸭梨，泪光闪烁，凝视着对方说："孩子，谢了！梨我收下，今后可别再称我'先生'。"全场听众似乎都被这一情景感染，沉默须臾后，引起了一阵小小的骚动……

这位中年说书人，就是当年被下放到农村"劳动改造"的姜昊。年轻人则是姬曲成，他是响应国家"知识青年上山下乡"的号召，1975年在年方十七时来到了父亲的老家高明县姬家村插队务农。由于每天干农活既劳累又枯燥，他感到实在受不了，甚至产生了逃离的念头。作为他远房亲戚的生产队队长姬阿兴看到他这副样子，便想方设法地给予其帮助和温暖。那天吃过晚饭，他带着姬曲成到邻近的武家村来听书，没想到姬曲成第一次听姜昊说书就被深深地吸引住了，后来不仅经常听姜昊说书，还向他请教各种知识，这成了姬曲成在农村的最大乐趣和坚持下来的重要动力。在姜昊所说的书中，要数"凤凰涅槃"这个故事对姬曲成影响最深，他甚至幻想过，如果能够解救天下百姓于水火，自己也愿意化作"凤凰"来一次"涅槃"。虽然这个壮举未能实现，但他此后与凤凰有了不解之缘。对"鸟神坛"的执着研究，也许与"凤凰涅槃"这个故事不无关系。

姬曲成除了对姜昊佩服，还十分同情。他经常从亲戚家带一点山芋、花生、葵花籽等农产品接济姜老师。这些东西对当时穷困潦倒、常忍饥挨饿的姜昊来说简直是雪中送炭。姜昊对姬曲成十分感激，他终于向姬曲成透露了自己的真实身份和遭遇。他出身名门，1965年毕业于南吴大学考古专业，毕业后留校当老师，因为发表过一些被认为"有问题"的论文，"文革"中受到了批斗。有一次被批斗时由于他无意中直了一下腰，押着他的一个名叫谢加林的红卫兵认为他这是有意对抗，便对着他的下裆飞起一脚，使他当场晕倒。后来经过医院检查，他的睾丸因受伤过重没有及时医治而失去了性功能。被送往农村劳动改造后，他经受不住沉重的体力劳动，想找一个相对轻便的营生便渐渐学会了说书，也算以自己的一技之长熬过了艰难时期。1976年，上面落实政策时他回到了南吴大学历史系当老师（当时考古系还没有恢复）。临别之时，姜昊特地找姬曲成谈了一次话。他说他永远不会忘记姬曲成在危难之际给予他的关心和帮助，并希望姬曲成努力学习文化知识，将来有一天能考上大学，最好能考上南吴大学！他还对姬曲成说："我俩的姓都是中国最古老的姓，你的姓源自黄帝，我的姓源自炎帝，合起来我俩是真正的炎黄子孙。倘若老天有眼，我们必有重逢的机会。"最后，姜昊紧紧地握着姬曲成的手，一串泪水掉到了姬曲成的手背上，姬曲成感到手上一阵发烫。

没想到，只隔了两年时间，姜昊真成了姬曲成和柳善存的老师。姜昊对姬曲成的求教基本上是有问必答，同时，他还数次陪着姬曲成考察松寥山。为帮助姬曲成增加考古知识，姜昊还对姬曲成在松寥山等地采集的有关标本进行了耐心的分析解说……直到姬曲成看见在《美学探索》杂志同一期上排在他前面的姜昊的论文时，姬曲成才如梦初醒——原来，姜老师是在利用他姬曲成提供的素材暗中自己搞研究了。当姬曲成为此事向姜昊提出质疑时，被喝得醉醺醺的姜昊打了一记耳光，并大骂姬曲成忘恩负义，自不量力。姬曲成对此百思不得其解，这与以往姜昊滴酒不沾、对人彬彬有礼的形象判若两人。后来才知道，姜昊自评上副教授后，境况日渐向好，虽然戒掉了香烟，却又增添了喝酒的习惯。只要他喝多了，没有人在时，他会自言自语，光着上身手舞足蹈；有人在时，若能逗他开心，他会舞文弄墨，写一幅怀素狂草，或拉着别人载歌载舞，狂放不羁；若是惹得他生气，他就会把你骂得狗血喷头，甚至动手打人。待酒醒之后，他对自己的所作所为却忘得一干二净。

用"时来运转"这个词来形容姜昊，倒是恰如其分的。由于姜昊的法语底子好，1984年他被校方派往巴黎第一大学任教，教的是中国陶瓷美学史。也正因为这一阴差阳错的安排，使他对陶瓷收藏产生了浓厚的兴趣。在他任教结束回国时，他不仅在国外权威刊物发表了多篇论文，还从一家私人博物馆买回了一批中国明代永乐青花瓷。那年月，中国瓷器基本没有仿制品，也不受市场追捧，价格比较低廉，而永乐年间的官窑瓷器基本不落款识（落款从宣德年间才盛行），真假很难分辨。姜昊并非慧眼识珠，只是对其图案喜爱。说起来很奇怪，那些瓷器图案中的山，与松廖山十分相似。难道制作这批瓷器的工匠到过松廖山，并发现其中有什么玄机吗？姜昊正是抱着这种好奇心买下了这批瓷器。加之这家私人博物馆的主人是他一位学生的父亲，只是象征性地收了一点钱。结果，权威鉴定专家认为姜昊捡了个大漏，姜昊听了飘飘然，更觉得自己是个知识超群、独具慧眼的大收藏家。两年后，他被评为正教授，更加春风得意。不知出于何种原因，有一天下午他打电话把姬曲成叫到自己家中，说自己没有忘记与姬曲成在农村的那段情谊，要姬曲成考他的研究生，他会重点加以培养。姬曲成因对他有怨气，加之害怕他反复无常的性格，既未答应，也不敢回绝，推托考虑考虑再定。从此，姬曲成再也不敢见也不愿见姜昊。在姬曲成看来，由于姜昊在"文革"中受尽屈辱，在时来运转后他既要寻找发泄的机会，又要向世人炫耀自己的光环，以洗刷前耻，赢得别人的尊重。不管是追求学术上的成就还是收藏界的名声，其深层的心理机因盖出于此。对于松廖山

"鸟神坛"的研究,不能说他对自己没有指导帮助,不能说他没有下苦功,不能说他没有独到的见解,但他的研究目的主要是自己扬名,为了达到这一目的甚至可以不择手段,这种扭曲的心态或心理缺陷与他的生活经历和生理缺陷不无关系。

姬曲成说到这里,很想顺便向赵炳坤汇报一下自己与柳善存以及柳善存与姜昊之间的微妙关系,但他看到柳善存那紧绷的、阴沉的脸,终于扼制住了内心的冲动,重新回到了主题。他对赵炳坤说:"姜昊是我的老师,这是客观事实,他在考古学和历史学方面向我传授过许多知识,这也是客观事实。但是,我绝对……没有剽窃他的研究成果,不仅我的毕业论文就是这一课题,而且在此之前,我也在一些小报和内部刊物上……发表过有关文章,这是有确凿证据的。我的研究主要是一种个人兴趣,夸大一点,也可以说是一种追求,从没想过要以此沽名钓誉、升官发财,能得到领导和专家的重视我就心满意足了。倘若领导认为我犯了错误而今后不再支持的话,我仍会矢志不渝,孤身奋战。古人云,'君子坦荡荡,小人长戚戚',本人既非君子,也非小人,而在二者之间。至于对我人格的污辱,我今后不争不辩,也不在乎,因为我对此已经麻木,也相信历史会证明,清者自清,浊者自浊。我的汇报完了。"

赵炳坤听完姬曲成的叙述,又一次真切地感受到了他说话(读稿除外)的两大特点,一是比常人要慢半拍且不太顺溜,二是不分对象,直言相告。他站起身来,踱了几步,说:"老姬同志,别人对你怎样评价我不管,但我听得出你的话是真实的,或者说,是基本真实的。你是个朴实、勤奋、有追求的人,我相信你没有剽窃姜昊的研究成果。至于说对松寥山'鸟神坛'的研究，这不是为哪个人扬名的问题，依我之见，低一点，可以说是为了挖掘地方历史文化，推动文化产业的发展；高一点，可以说是为探索中国历史文化做出应有的贡献。起源于我市的'白蛇传'和'天仙配'，本来只是民间传说，现在在国内甚至国际上已经产生了巨大的文化影响。而松寥山'鸟神坛'有着完整的实物，又有这么多专家学者的认可，我们又有什么理由不好好地珍惜和挖掘呢？因此，只要我主政一天，就一定会坚定不移地对这件事支持下去。为了能够争取把它申报为联合国世界文化遗产，我想请你抛弃或暂时搁置个人恩怨，与柳善存同志一起去邀请姜昊教授。因为他毕竟对松寥山'鸟神坛'的研究有所建树，毕竟在学术界有较高的声望，毕竟对你有过指导，况且，这次研讨会没有请他参加也是有失公允的。我觉得你如果换个角度来考虑问题，也许就不难想通了。俗话说，'精诚所至，金石为开'，只要你们以诚相待，我不相信请不动姜昊。一旦你们把他请来后，我亲自向他道歉，亲自与他交换意见，老姬，你看怎么样？"

　　柳善存心中想，一向清高孤傲的赵炳坤对姜昊如此宽宏大度，求贤若渴，明里看起来是对文人和文化的尊重，而暗中说不定跟自己一样，主要是为了追求政绩。省市班子快要换届，对他必须投其所好，如果他的位子能往上挪一挪，自己有可能因为得到他的青睐而有所收获，毕竟他掌握着领导班子的主要推荐权呀。想到这里，柳善存起身回道："赵书记为我挑了担子，我自感汗颜，对您的指示，我定当不折不扣地执行。不过，这事主要由姬曲成而起，他必须陪我一起去才能达到预期的效果。"

姬曲成鼻子"嗤"了一声，道："赵书记，柳市长是个重量级的政府领导，自然有责任也有办法，我这样的平头百姓，去不去请他无所谓。实话说，不管他姜昊名声大到什么程度，我在人格上……瞧不起他，因此也决不会去请他，不当之处，甘愿受罚。"

赵炳坤说："老姬，你刚才分析了姜昊的心理缺陷，我看你自己也有，不知是什么原因造成的，能否说来听听？"

姬曲成仍然坐在沙发上，面色冷冷地说："一言难尽，容后相告。"

赵炳坤破例地微微一笑，道："看来你有点个性，我就喜欢有个性的人，尤其是知识分子，因为一般有个性的人都多少有点本事。不过，我劝你好好品味毛主席给柳亚子的两句诗，'牢骚太盛防肠断，风物长宜放眼量'。好了，咱们还是回到邀请姜昊这个正事，此事需要你俩一起合作完成。你和柳善存同志是老同学，老同学之间应该比较好商量吧，你们如何商量以及商量的意见都不必告诉我，我只看你们什么时候能把姜昊请来。"

柳善存急忙接过了话头，习惯性地搓着双手，说："赵书记，您每天日理万机，要抓大事，这些芝麻绿豆的事就不必操心了，如果我完不成任务的话，就撤我的职！"

姬曲成下班后回到家中，妻子潘素华见他郁郁寡欢，关切地说："按理这几天你应该开心才是，多年的科研成果毕竟初见成效了嘛，为什么反倒显得心事重重的样子？"潘素华比丈夫小十岁，中等身材，齐耳短发，脸上白白净净，端庄秀丽，不仅是个典型的贤妻良母，而且对丈夫十分崇拜，如同张爱玲觉得自己在胡兰成面前是粒尘埃一样。她是市一中的语文老师，长期受丈夫熏陶，知识面很广，算得上是丈夫的研究助手。不管别人如何评价姬曲成，她却始终认为丈夫是个大才子，是块尚未被慧眼发现的璞玉，总有一天能够一鸣惊人，大放异彩。因此，结婚二十年来，她与丈夫没有吵过一次架，没有红过一次脸。这几天，她只知道丈夫是江河市"鸟神坛"国际研讨会的主报告人，对岔出来的其他事就一无所知了。

姬曲成对妻子既感激，又愧疚。如果说当初她决定嫁给他时多少包含着少女的幼稚和冲动，那么，经过二十年相濡以沫的贫寒而毫无浪漫可言的生活，她一直无怨无悔，对他敬重有加，这就极为难能可贵了。因此，每当有人在他面前炫耀各种光环时，他总是带着自嘲而自傲的口气说："你们得到的再多，也比不上我有一个世界上最好的老婆！"人家笑他像阿Q，他却说能做这样的阿Q很荣幸！其实，他内心也渴望着尽早能让妻子有夫贵妻荣、扬眉吐气的一天，但这一天却仍是遥遥无期。好在他和妻子生了一个神童般的儿子，也许这能给妻子带来一点慰藉。儿子名叫姬峻茂，取自《离骚》的"冀枝叶之峻茂兮"，姬曲成的用意大概是希望儿子能"枝繁叶茂"，为姬家光宗耀祖。姬峻茂果然不负父母所望，从小学到高中成绩一直名列前茅，且文理科没有短板，堪称全才。他在市重点中学读高三，学校早就在考虑他是上清华还是北大。

姬曲成听了妻子的问话，估摸她尚不知道自己蒙冤受辱的情况，不愿将此告诉她，以免她牵肠挂肚，便对妻子说："我与平常没有什么不同，既没有什么让我欢欣鼓舞，也没有什么让我愁肠百结，我只是想一个人静静地思考一些问题，你吃过饭带点菜去学校看看儿子吧。"儿子在市一中接受封闭式教学，常常连休息天都不能回家，据说这是学校对高三学生的特别规定。姬曲成表面上和儿子沟通较少，但内心却时刻挂念。

潘素华与丈夫默默无语地吃完饭，就出门去看儿子了。

姬曲成待妻子走后，独自关在书房里，静心练起了书法。他的书法有点像篆书，有点像符号，又有点像图画，还时常配以各种颜色，一般人都视为天书，他主要为着自我欣赏。学界有人认为他是模仿的神图洛书，他却高深莫测地说，这是神图洛书加西方现代派，即把各种书体与绘画融于一体，在字形与意境的结合上显示内涵。妻子曾对他说："你有很深的书画造诣，为何非要自创这种让人看不懂的书体？"他说："阳春白雪，和者必寡，国学大师季羡林研究的梵文和巴利文全世界能懂的没有几个人，当今中国谁能超过他对人类语言学的贡献？艺术上真正高级的创造，一定蕴含着博大精深的文化，往往是小众的，或者是一种自我欣赏。"平时他写一幅字有时要构思好几天，而今天不知是什么触发了他的灵感，也许是想到了为他争气的儿子吧，他只用了一小时左右，就写出了"磅礴万物"这幅字。这是庄子所说的人生最高境界，意即凌驾于万物之上，与万物融为一体。写完之后，他自己认真品味了一番，觉得虽然一气呵成，但离庄子所形容的意境还相距甚远，这可能是受自己的艺术高度所限，或与受到柳善存的谈话干扰有关，他无可奈何地摇了摇头，将一张报纸覆盖其上，又重新陷入烦恼之中。

平心而论，为了照顾赵炳坤的面子和感谢他的知遇之恩，姬曲成对邀请姜昊之事本是可以接受的。令他烦恼的是，柳善存与他的谈话像是一种交易，或一种威胁。柳善存为确保完成赵炳坤交给他的任务，对姬曲成提出了他的想法：要是姬曲成能够陪他去请姜昊，并向姜昊道个歉，那他就会给"鸟神坛"项目拨研究经费，且为他个人争取一笔奖金；要是拒绝的话，不仅要中断研究经费，还会给他一个处分。这倒确实是将了姬曲成一军。想当初，柳善存刚从金宁造船厂调到江河市任分管工业的副市长时，姬曲成对这位昔日的同窗和朋友也曾抱着期盼去拜访过，柳善存虽也面带笑容握了他的手，但那是蜻蜓点水式的触碰，姬曲成未感觉到应有的热度。坐下后听柳善存讲话的声调和表情，根本不像对昔日的同窗和朋友，而是那种居高临下甚至不屑一顾的架势。姬曲成强忍着不快向他诉说，由于博物馆是个没人关心的穷单位，像后娘生的，自己多年来的研究经费主要靠自掏腰包，有时外地的知名学者来这里与他交往，他早晨只能带人家到排档吃碗豆腐脑加油条，中午或晚上只能请对方吃碗"锅盖面"。自己苦一点倒无所谓，对不住那些知名人士实在汗颜。柳善存听后也表示出一点同情，但说自己不分管博物馆，又不掌握资金，所以爱莫能助。待到柳善存当了常务副市长，成了分管财政金融的"财神爷"时，姬曲成又陪着肖馆长来向他求拨专项研究经费，柳善存却一脸无奈地说，现在处处资金紧张，我每天都是拆东墙补西墙的救火队队长，凡事都有个轻重缓急，你们的事只能暂时等等了。直到赵炳坤知道情况后，要求柳善存无论如何要给"鸟神坛"研究项目挤一笔专项经费，柳善存心中虽然不快，但他岂敢对赵炳坤不服从，这才不得不执行命令。现在这笔专项经费已经告罄，如果不进行追加，"鸟神坛"研究就很难顺利进行。尽管赵炳坤以前有指令，但县官不如现管，柳善存要想掐断专项经费总会找到借口的。

可是，要自己陪柳善存去乞求姜昊，并向姜昊道歉，姬曲成又一百二十个不愿意。除了讨厌姜昊的阴暗心理和反复无常的性格外，很大程度上还在于他不甘充当柳善存的工具。他虽然并不清楚柳善存与姜昊的真正关系，但从同学和老师的道听途说中也略知一二。姜昊有一批学生当了大官，其中有一位是本省的省委专职副书记汪东升，据说柳善存就是靠着姜昊的引荐，抱住了汪东升的大腿才得以平步青云。所以，姜昊是柳善存的真正恩师，至于柳善存为何对姜昊心生惧意，那就不得而知了。回想起当时柳善存在征询姬曲成是否邀请姜昊参加"鸟神坛"研讨会的意见时，姬曲成说："你就不必跟马三立先生学'逗你玩'了，请不请还不是你说了算，我人微言轻，哪能做得了主。"柳善存说："你现在是赵炳坤书记看重的人，他也特别关照我在请专家问题上要尊重你的意见，因此，请不请姜昊参加你可以一锤定音。"姬曲成盯着柳善存看了足足有一分钟，看不出他有丝毫戏弄的表情，便不知深浅地说："你要征求我的意见，我坚决不邀请。"没想到柳善存当场就按他的意见拍了板，当然，他不清楚柳善存这样做的真实意图。

今天，当赵炳坤发了话后，柳善存如此积极、热心地要邀请姜昊，这除了向赵炳坤交差外，还有什么另外的目的吗？姬曲成思来想去，还是理不清头绪。不过赵炳坤书记对他的真诚评价和鼓励，又使他感到不顾全大局说不过去。什么叫左右为难，姬曲成这时的心情是最好的诠释。

就在这时,妻子回家了。她推开姬曲成的书房门告诉他:"我跟儿子深谈了一次,儿子现在雄心勃勃,想先上清华大学,然后再考美国哈佛大学或英国剑桥大学主攻建筑设计,他认为建筑是凝固的音乐,是各种美学的集成,在当今既高雅又实惠,我觉得他的想法很有道理。"

姬曲成心中明白,由于自己一心埋头于研究"鸟神坛",对妻子和儿子很少过问,儿子能如此优秀,除了天赋之外,主要得益于妻子教育有方。听到儿子志存高远,他心中自然高兴,但又有一丝隐隐的忧虑,便对妻子说道:"鸟儿翅膀硬了,想往哪儿飞就往哪儿飞吧。可是,凡事都得面对现实,他要上国外的名牌大学,我们即使是把房子卖了,可能也供不起他的学费和生活费呀,这事你有办法吗?"

妻子说:"我能有什么办法呀,我俩的工资本来就不高,辛辛苦苦攒了一点钱,前年为你父亲治病都掏空了。"

这句话一下子刺痛了姬曲成的神经。他的母亲早亡,是父亲又当爹又当娘把他抚养大。前年开春时,父亲被查出得了晚期淋巴癌,住在医院近半年。看到父亲疼痛难受的样子,姬曲成不得不接受医生的建议,用了昂贵的进口药,这种药一针等于他一个月的工资,且要全部自费。不到两个月时间,姬曲成就交不起医药费了。在这种情况下,神志尚算清醒的父亲毅然决然地拔掉针头,回到家中。他对儿子和儿媳说:"人到了这种地步,多拖一天就是多一分折磨,你们不必再为我增加负担。"姬曲成何尝不懂这个道理,但出于孝心和社会舆论的压力,他是明知不可为而为之呀。既然父亲已铁了心放弃治疗，他就只能遂了父亲的心愿。回家后一个星期，父亲留下一封遗书，服安眠药结束了生命。遗书的主要内容有两项：一是说明自己的选择是为了有尊严地死去，希望亲人朋友能够理解。二是他承认自己以前劝儿子放弃对"鸟神坛"的研究是错误的，现在他确信关于"鸟神坛"的研究意义非凡，功德无量，要求儿子无论遇到任何艰难险阻，都要坚持下去。但外界一些不知情的人认为姬曲成没有尽孝，因为怕花钱而放弃治疗，气死了父亲。姬曲成有口难辩，也没有把父亲的遗书拿出来做盾牌，因为他觉得自己实在愧对父亲，这事在他心中留下了难以弥合的创伤。刚才听到妻子无意中提起为父亲治病之事，他的伤痛立即发作起来。

妻子似乎觉察到了这一点，立即打岔安慰丈夫："天无绝人之路，只要我俩同心协力，开源节流，儿子的出国费用还是能解决的。我呢，可以兼做两份家教，这部分的收入可能比工资还要高。你呢，书法功底这么深，除了自我欣赏，能不能拿一点作品到市场上变现？柳善存现在的秘书徐其亮，书法起步时是拜你为师的，不过十年时间，现在他的书法每平方尺卖到五千元，年收入在百万元左右，难道你还不如他吗？另外，正如俗话所说，多年的媳妇熬成婆——你的'鸟神坛'研究终于出成果了，听说……听说这次政府可能要给你一笔奖金，这是真的吗？"

姬曲成深知妻子不是个财迷，平时也十分节俭，已有十年没有买过新衣服了，她今天说的几条生财之道完全是为了儿子求学，根本就没有考虑自己的享受或虚荣，这使他的心情越发矛盾和沉重起来。他苦笑一声，把柳善存提出的条件简略地告诉了妻子。

妻子一听，不假思索地说："你应该陪柳善存市长去请姜教授，不管姜教授有什么错，他总归是你的老师，也是市领导的贵客，你请他没有什么丢人的。噢，对了，上老师的门，要不要带一点礼品去？"

姬曲成说："带什么礼品？礼轻了让他看不起，礼重了我们承受不起。"

妻子"咯咯"一笑，道："曲成，这方面你就有点傻了，俗话说礼轻情义重，人家在乎的是你的情而不是礼。再说，即使破费一点，也是对自己的老师呀，何况今后还可能有所回报呢。听说你的老师喜欢书法，你就把家里那套清刻版的《李阳冰篆书字帖》送给他吧，说不定他会喜欢。"

姬曲成摇了摇头，长叹一声："素华，我理解你的为人和心境，但是，你应该知道我这个人从不愿做金钱的奴隶、权贵的工具，丧失仅剩的一点点尊严，现在，你非得叫我向现实低头吗？"

……

第二章

师生情

  姜昊于两年前退休之后，已经很少讲课和写文章，他的主要精力是放在练书法和搞古玩上，几乎比在职时更为忙碌了。当然，他并非纯粹因兴趣而忙，其中可能包含着一定的功利成分。

  就拿书法来说吧，他对各种书体几乎无所不能，而最有名气的是狂草，其次是篆书。在不喝酒时，他一般都写篆书，他的篆书号称自成一体，实际上是仿唐代李阳冰的字体，其笔意圆转活脱，笔画悠长简静，字形秀美端庄。喝了酒后，他一般书写狂草。他的狂草大有唐代怀素之风，心在笔端，意在笔尖，一气呵成。如果说他练书法的初衷只是出于一种爱好，抑或一种情绪的消遣，那么，在他成名之后，就成为敛财的一条渠道了。尤其是在退休之后，他的书法对外明码标价，且行情日趋看涨。但是，他对挥金如土的土豪和附庸风雅的官员却从不做交易，迫使这些人为求得他的字只能通过中介转道而来，正因为这一条，有人认为他有种神秘感，有人认为他有文人风骨，进而提高了他的名声。同时，他的许多旧著也通过学生的关系，多次再版，所得版税颇丰。外界都认为他是个大富豪，殊不知他几乎没有存款，原因是他把自己所有收入都用在买古玩上了。且他对古玩只收不卖，自然耗资甚巨，没有多少余钱了。业界有一句名言来形容真正的收藏家——穷不了，富不起；东凑西借寻常事，亿万家产一念间。

姜昊对古玩的痴迷，源于他早年在法国捡了一批大漏，被古玩界夸大得神乎其神。十年前，南吴省民间收藏协会成立，他被聘为名誉会长，许多人对他更为膜拜，他在心理上也得到了极大的满足。他在内心暗暗发誓，一定要向世人证明，自己不仅在学术上成就非凡，而且在财富上少有匹敌，将来要以这笔财富干一件惊天大事，以此来弥补生理缺陷及其造成的痛苦，可谓失之东隅，收之桑榆。由于他的古玩从来不卖，且基本上不让人观赏，外界极少有人知道他在国内买的古玩有多少是真品，有多少是赝品，只是凭他的学历、经历和名气，他被古玩界奉为收藏大佬。只有极个别鉴定家和一些专门供货的人才知道实情，但他们碍于情面或利益关系，几乎都不愿道破。其中有一位货源供应者却很特别，他与姜昊从不见面，也主要不是为了经济利益，而有一种无人知晓的深层原因。

由于藏品越来越多，姜昊原来的四室一厅的房子已经难以容纳。五年前，恰逢邻居要搬家，他便将邻居的房子购下，在隔墙上打开一个拱门，把两套房子连在一起。即使这样，所有房间甚至他的卧室中都摆满了藏品。他自诩为南吴第一宝库。

姜昊原来一直请的是老保姆。三年前，他下放时的武家村生产队队长武泉明找到他，说他有个二十岁的孙女武小玲因为没有考上大学，心气很高，不愿留在农村。他想先把孙女介绍给姜昊当几年保姆，然后请姜昊在省城金宁市给她找一份体面的工作。姜昊念在自己落难时武泉明曾暗中关照过他，加之小玲长得有一种清水出芙蓉的美丽，又能煮饭烧菜，就一口答应了下来。不过，他向小玲提出了三个条件：在他家时不准谈恋爱，不准带别人进他的家门，不准碰他的古玩。小玲点头答应，从此就成了他家的小保姆。虽然孤男寡女住在一屋，但谁都知道姜昊没有生育能力，不近女色，所以外界从未非议。一年过去后，姜昊有一次在把玩一件春宫图瓷器时，心头忽然一动：像小玲这样乖巧能干的姑娘养在家里不物尽其用实在是个浪费。于是，便提出每晚睡觉前要小玲为他捏脚。

小玲对姜昊的这一要求开始时感到有些为难，说自己从来没有做过这种活儿。姜昊说："没做过的活学学就会了。"他不仅花钱让小玲到专业培训班学习了半个月，而且信誓旦旦地对她说："你只要把我服侍得舒舒服服的，我除了帮你找个好工作外，还会留几件古玩给你，让你一辈子有花不完的钱。你认真考虑一下这样合算不合算。"小玲既可怜姜昊，又被他的承诺打动，加之她本就是个有心计的人，来姜昊家当保姆，就是想有朝一日出人头地，因此，就心甘情愿地成了姜昊的保姆兼捏脚师。

半年后夏天的一天晚上，小玲在帮他捏脚时由于过分劳累，不知不觉昏睡在他的床上。姜昊细细端详着小玲，第一次感觉到她如此楚楚动人：她的五官像用笔描出来的，匀称而精致；她那裸露在外的脖颈、双臂和双腿的皮肤，虽算不上十分洁白，但显得自然和鲜嫩，有一掐一汪水的感觉；她那凹凸有致的身体曲线，美妙而诱人……姜昊简直看呆了。他从内心发出感叹：天啊，她不就是传说中的凤凰吗？不，她是一尊现代神秘"鸟岩雕"，能够有机会首先雕琢她的人应该是我呀。他推醒小玲，支支吾吾地对她说："你真是个乖孩子，今天晚上，不，从……从今天开始，你就睡在我的脚头，相互有个照顾，天热时帮我消消暑，天冷时帮我暖暖脚。如能这样，我一定不会亏待你的。"这一回小玲就不干了。她说："您是我的爷爷，怎么好意思开得了这个口？"姜昊说："正因为我是你的爷爷，又没有性功能，睡在一起破坏不了你什么，只要你自己不说，外面又没有人知道，对你毫无损失。我根本就不能娶你，也不会对你非礼，仅仅是让你暖暖床，这应该不过分吧？"姜昊说完，当即给了小玲五万元钱，还写下了遗书：在他百年之后，让小玲挑十五件最值钱的古玩。小玲听姜昊和有关鉴定专家说过，他家里的顶级古玩每件在数千万元以上甚至过亿元，她心中翻腾起来，犹豫了许久，终于抵挡不住这么大的诱惑，硬着头皮睡到了姜昊的床上。

这天下午，姜昊在睡过午觉后刚写完一幅四尺整张的篆书，就听到门铃一阵响，他对小玲说："你隔着门问问是谁，对方不回答就不要开门。"

小玲问过按铃人，对姜昊说："来人是江河市的柳善存，他说上午就跟您电话预约过的，是不是要开门？"

姜昊说："柳善存的确与我预约过，那就开门让他进来吧。"

进门的除了柳善存，还有姬曲成。

柳善存将姜昊最喜欢喝的两斤"瑞山翠芽"和一箱"飞天牌"茅台酒放在桌上,满面笑容地对姜昊说:"老师好,我和姬曲成一起来看望您。"

姜昊冷笑道:"你来我一点不奇怪,姬曲成怎么会肯登我的门,莫非今天太阳从西边出来的吗?"

柳善存忙解释道:"这是我们市委书记赵炳坤的意见,他不仅要求姬曲成陪我一起来看您,还要他当面向您赔礼道歉。"

姬曲成勉强挤出一个笑容,说:"启禀老师,本人对您曾有不敬,罪孽深重,特登门谢罪,乞望老师宽宏大量,放奴才一马。"说完,向姜昊深鞠一躬。

这倒着实出乎姜昊的意料,他放缓了声音说:"姬曲成,不管你是被迫来的还是自愿来的,既然来了,也算是礼数到了,君子不打上门客嘛。可是,何谓对我'不敬',又怎么谦称自己'奴才'?这我就有点费解了。"

姬曲成脸部的肌肉抽搐了一下,道:"'不敬'之处您心中明了,我有悖于师道尊严,自应受罚;至于'奴才'之说,并非谦称,它的引申义就是甘心或被逼供人驱使,您看我现在的所作所为难道不是一副奴才相吗?"

姜昊说:"姬曲成啊姬曲成,看来你心中还是怨气未消,还是对我有所不服,但既然你能有所醒悟,我就不再与你计较以前的事了,人生在世,应宽大为怀,何况我们毕竟师生一场,我对你的真实看法你现在未必知道,将来总有一天会明白的。来来来,请你和善存同学在沙发落座。小玲,上茶,上特级西湖龙井!"

第二章 师生情

大家坐定后,柳善存向老师做了汇报,主要内容是讲赵炳坤书记如何重视松寥山"鸟神坛"项目,如何重视姜昊这个学术权威,如何批评他和姬曲成工作上的失误,如何要求他俩登门道歉并热情相邀至赵炳坤处共商大事。当然,他不会忘了附带说明一下,自己在其中所起的积极作用。

姜昊听后,心理上感到了很大的满足,他对柳善存说:"看来你们这位书记颇有文化底蕴,确实尊重知识、尊重人才,我愿接受他的邀请,一定尽快抽时间前去拜访,为推进这一项目做出应有贡献。另外,姬曲成同学在这方面毕竟花了很多工夫,可以当我的研究助手。"接着,他转向姬曲成说:"要说我与你之间发生名誉之争,这真是天大的笑话,我在学术界比你高几个等级,这自有公论。再者,我已是黄土埋身之人,与你争虚名还有什么意义?你只要稍微虚心一点,对我尊重一点,我自然会好好指导你,让你学有所成,研有所果,不知你意下如何?"姜昊对姬曲成说这番话,既有一点真情,也有一点苦衷,其主要苦衷就是他现在已没有足够的兴趣和精力搞学术研究了,而姬曲成只要听话,倒可以助他一臂之力。

姬曲成苦涩地一笑,道:"一日为师,终身为父,您肯宽恕并帮助我,我感激涕零,荣幸之至,哪敢再次抗命!一切听您吩咐。"

姬曲成说这话,也是一半出于真诚,一半出于苦衷。所谓真诚,主要是因为他看到满头白发、风烛残年的老师,心中产生了一种怜悯,同时,认为他正常状态时的说话,也有几分君子风度。所谓苦衷,主要是因为这次到这里来是向柳善存的交易条件做了妥协，为的是让"鸟神坛"项目顺利推进，并对妻子有个交代，这使他感到有辱自己的人格。

姜昊见柳善存如此诚恳，一向宁折不弯的姬曲成又向自己低了头，心中大喜，一时豪气冲天，道："以往的所有不愉快都过去了，今后不必再提。往者不可谏，来者犹可追。为了表示我的诚意，也为了让你俩好交差，我送赵炳坤书记两幅我写的字，由你俩转交。"说完，他从书房中拿出两幅书法长轴。一幅是用篆书写的《离骚》的诗句："亦余心之所善兮，虽九死其犹未悔。"另一幅是用狂草写的高适诗句："莫愁前路无知己，天下谁人不识君。"然后对姬曲成说，"是否能看出这两幅字各自的风格渊源？"

姬曲成看了这两幅字，心中由衷敬佩，他没想到老师的书法进步如此神速，简直是到了炉火纯青的地步，便将一直藏于衣袖中的《李阳冰篆书字帖》献给了姜昊，说："一本旧书，请老师笑纳。"然后，略一思索，对老师提出的问题做了回答："学生才疏学浅，说得不当之处，还望宽宥。您习的小篆，开创于先秦的李斯，唐代的李阳冰将其发展到登峰造极的地步。李阳冰篆书最鲜明的风格是'格峻''力猛''功备'。您的篆书已得他的真谛。狂草最有名的是唐代的张旭和怀素，俗称'颠张醉素'。怀素的狂草中锋运笔，转折之处毫无拖沓矫揉，前后呼应，笔断意连，且最擅长于用 S 形线条，有一种飞动的朦胧之美。您的狂草中足见他的风韵。"

姜昊听到这里，不禁开怀大笑："姬曲成啊姬曲成，以前我是有点小看你了，想不到你在书法上也颇有研究，刚才你的点评一针见血,恰到好处。好,好,好!"然后又说道,"我知道你也爱好书法,自称为'神图洛书'的创造者。其实,你的书体是模仿西周晚期的大篆演变而成。而大篆的渊源又是商代的甲骨文和金文。那么,商代甲骨文和金文的源头又是什么?"

姬曲成摇摇头:"学生确实不知。请老师指教。"

姜昊得意地说:"其源头在于河图洛书,这是中国远古流传下来的两幅神秘图案,蕴含了深奥的宇宙星象之理,是中华文化、阴阳五行术数之源。河图为体,洛书为用;河图主常,洛书主变;河图重合,洛书重分;方圆相藏,阴阳相抱。甲骨文和金文只是河图洛书在书体上的一种运用。我们在研究'鸟神坛'时,也许可从河图洛书中得到启示。"

姬曲成说:"老师真是学富五车,博大精深,学生受益匪浅,真心佩服。"

姜昊听后,豪气顿生,一击掌对两人说:"今天姬曲成终于在我面前服输了,晚上我请你俩吃大餐,咱们师生来个一醉方休!"

姬曲成听姜昊说到"一醉方休",吓得心中哆嗦,连忙推托说:"实、实在抱歉,家中还有……急事,只能拂老师的好意了。"

柳善存也很怕老师喝醉,但不敢硬顶,只得转弯抹角地说:"晚饭由我来请,老师您认为哪里最有档次就去哪里,可……可是,最好不要喝酒,或者少喝一点,不知老师意下如何?"

姜昊瞪眼说:"怎么?你们都怕我喝了酒会发酒疯?别怕,别怕,自从上次病后,我已收敛多了,再说只要我心中高兴,喝醉了也不会招惹任何人。至于谁请客，我来给汪东升同学打个电话，看看他是否有空，如他有空的话，我叫他埋单，谁叫他官当得最大！"说完，拨通了汪东升的手机。汪东升问明客人是谁后，爽快地回道："老师的饭局我一定参加，但不必去高档酒店，就在您家中，我带几道菜过来。"

柳善存听到汪东升要来参加，立即惊喜地说："老师，你的面子真大，汪书记可是个不随便参加吃请的人物，想不到您一个电话就把他叫来了。他虽是省委副书记，但在您面前始终是个学生。那我就陪您恭候了。"

姜昊不屑地说："什么恭候？比他官大的人我见得多了，他既是我的学生，用得着我'恭候'吗？"

柳善存忙赔笑道："老师说得是。"

姬曲成这时态度坚定地说："我真的家中有急事，也怕见……大官，再说我在这里可能妨碍你们开怀交流，请允许我告别先行。"

柳善存觉得姬曲成在这里确实妨碍他们说话，便顺水推舟地说："你要真的有事就先回去吧。"说完，朝姜昊使劲地挤了挤眼睛。

姜昊根本就无视柳善存的暗示，冲着他说："柳善存你别对我挤眉弄眼，有什么就直说，姬曲成是你的同学，混官场不如你，可要论学问你不如他，我请他留下自有道理。"

柳善存尴尬一笑道："老师别误会，我一切听从您的安排。"

姬曲成见状，诚恳地说："我感谢老师的厚爱，但实在不适应与大领导同桌，再说回家还有急事，望老师放我一马。"

姜昊无奈地摇摇头，说："既然如此，那我就不勉强了。"说完，他把姬曲成送出大门，回到家中后对小玲说："你赶快做几道拿手的农家菜，在汪东升面前显显身手。"

小玲依嘱而行。

到了六点半左右，汪东升果然来到了姜昊家中。他让司机把请人烧好的三道菜放在了桌子上：一道是红烧野生甲鱼，一道是天目湖鱼头，一道是阳澄湖螃蟹。这最后一道菜按季节十月才上市，十二月收市，春夏就少见了。可现在的人会做生意，他们故意把少量螃蟹囤积到来年才出手，这时物以稀为贵，加之螃蟹个大量重，价格比旺季时高出五成。当然，能够享受者绝非平民百姓。

司机放下菜就知趣地走了。

柳善存伸出双手迎上去，紧紧握着汪东升的手，说："汪书记，现在想您时只能在电视上多看看，要见上您一面真不容易啊。"

汪东升松开柳善存的手，说："你少跟我矫情，是不是嫌我对你关照不够？我俩的事待会儿再说，我先要赶快看看老师。"他走到了坐在沙发上的姜昊身旁，亲切地拉着姜昊的手，端详了一番，微笑着说："看到老师的气色不错我就放心了，前段时间我听说您身体欠佳，想来看您总抽不出时间，一个人权力越大，包围你的人就越多，真是身不由己啊。今天算是迟来的慰问吧。"稍顿一下，他像发现什么秘密似的问道："老师，您是用什么方法调养的？"

姜昊当然不能说是靠小玲的精心照料和滋润，只得含糊其词地说:"主要靠心态好,加上练字等于练气功,有点小毛小病用不着住院就化解了。"然后他反问汪东升:"看你容光焕发,一定是春风得意吧?"

汪东升谦恭一笑,道:"我是'容光'其外,焦虑其内呀,眼下的职务每天都得小心翼翼,如履薄冰,稍不谨慎,就可能中招。"

柳善存很快就坐到了汪东升旁边,用神秘兮兮的口吻说:"外面风传您即将高升,看来是无风不起浪吧?"

汪东升习惯性地揉揉鼻子,说:"可能是东邻方向。"

柳善存问:"什么岗位?"

汪东升说:"老二。"

柳善存说:"那我就提前祝贺了。"

汪东升说:"祝贺个屁呀,到一个没有根基的陌生地方。我今年五十六岁了,即使能扶正,干一届就得退居二线,还能客死他乡吗?"

柳善存说:"这倒也是。从我的私心出发,我是不希望您出去呀,您一走,我就没戏了。"

汪东升说:"我既然决定不走,就一定会做通上面的工作,不过,我主要不是考虑个人得失,而是急流勇退,顾全大局。至于你嘛,这次换届往前挪的可能性微乎其微,因为整个布局省委书记陈逸新早就了然于胸,除非你做出突出贡献引起他的注意,还要赵炳坤代表班子推荐。赵炳坤这人有个性,敢说真话,在陈逸新心中很有分量。"

柳善存说:"感谢汪书记的指点。"

姜昊插话道:"你们在我这里少讲这些,我对这些东西一点都不感兴趣,还是多聊一聊历史文化方面的话题吧,比如说书法、古玩、松寥山的'鸟神坛'项目等。"

汪东升立即附和道:"对对对,在老师这里不谈官场。刚才老师说到松寥山'鸟神坛'项目,是不是江河市一个星期前召开的国际研讨会的课题?"

柳善存说:"正是。姜老师是松寥山'鸟神坛'的……首先发现者,我们市政府已决定将他的研究成果转化为文化产业的大项目,并准备请他当这个项目的首席顾问,我今天来这里主要是为了这件事。"

汪东升一拍大腿,说:"这是天大的好事,公私可以兼顾,因为分管文化产业的副省长最近得了癌症,需要长期治疗,省委书记陈逸新要我兼顾着抓一抓,尽管这是赶鸭子上架,但我也总得干点政绩出来。这几天我正为寻找重大题材发愁,没想到你们把它送到了我面前,松寥山'鸟神坛'项目我看可以做篇大文章。"

柳善存问:"汪书记,您准备如何做这篇大文章?我们了解后一定会按照您的思路操作好的。"

汪东升沉思了一下,道:"《山海经》中有句名言,'凤凰现则天下宁'。这话的寓意很深啊。我现在只能说有这个敏感性,还没有具体的思路,待我考虑成熟后,再与你们商量。"

姜昊说:"东升提到《山海经》,我可以告诉你们,这是一本旷世奇书,里面描写了一些应该在美洲的植物和山脉,世人原以为这是荒诞之说,因为那时候中国古人根本就没有条件跨洋过海到达美洲，但现在已经被科学考察证实。至于其中多次提到凤凰的形貌和特点也逐步得到验证。唉，扯远了，扯远了。还是回到东升所说的'鸟神坛'可以做一篇大文章。我以为前提就是要让国内外对'鸟神坛'的研究成果予以充分肯定。绝不能用条条框框禁锢研究者的思维。"

汪东升说："老师所言极是，科学研究无禁区。"

姜昊笑着点点头道："东升啊，上面要是多一点像你这样的人，不仅'鸟神坛'的深入研究大有希望，整个学科发展也大有希望啊。"然后，他敲了敲桌子，"咱们何必空着肚子坐而论道，来来来，边喝酒边聊天，岂不更加兴致盎然？况且今天有阳澄湖大闸蟹，真可谓：'蟹螯即金液，糟丘是蓬莱。且须饮美酒，乘月醉高台。'"

小玲一听说要开席，立即把烧好的几道农家菜端上桌子。

汪东升说："小姑娘，别弄多少菜了，你也上桌跟我们一起喝杯酒吧。"

小玲脸一红，回道："我不会喝酒，你们别顾我了，我边烧边吃。"

柳善存偷偷地乜了小玲一眼，见她长得青涩而饱满，心中不禁一动，说："小玲，要不要我来帮你打打下手？"

姜昊立即阻止道："柳善存同学，你别大呆子帮忙，越帮越忙，烧农家菜是小玲的拿手好戏，你们今天好好品尝一下，要是吃得开心，下次来时给她带个小小的奖品吧。"

柳善存旋即心领神会："是是是。"然后盯着小玲问，"你想要什么样的奖品？"

小玲嫣然一笑:"我不要任何奖品,欢迎您常来做客。"

姬曲成从姜昊家出来后就做着盘算:是乘高铁还是乘长途汽车回去?乘高铁只要半小时,乘长途汽车需要一个多小时,但后者比前者费用要节省一半。

思来想去,他还是决定乘长途汽车回去。因为这几元钱对别人算不了什么,而他姬曲成是不敢乱花的,他要攒钱为儿子上大学呀。

金宁市作为一个省会城市,交通十分发达,到江河市的长途汽车每二十分钟就发一班。姬曲成买到了五点一刻的车票。在等车的时候,他手中的五元纸币不小心被风吹掉,他竟疯了似的在马路上追赶,差点被一辆车撞到。司机停车后怒吼道:"你要钱不要命吗?"姬曲成连连向司机道歉,然后吹了吹纸币上的灰尘,将它小心翼翼地放在口袋之中。

待上车后,他才知道严重超载,车上有许多人没有座位。坐在最后一排位置的姬曲成等开车后才发现,面前有一位年逾古稀的老头,双手紧握着车上的扶杆,瘦小而有些佝偻的身体随着车的颠簸摇晃不定,似乎随时有倒下的可能。他顿时心生怜悯,站起来拍拍老人的肩头,说:"老人家,您坐我的位置,我喜欢站着观赏风景。"

老人打量了一下姬曲成,然后感激地说:"想不到这个年头还有活雷锋,那我就谢谢你的一片好心了。"说完便坐到了姬曲成的位置上。

姬曲成说:"老人家,我和雷锋是不同类型的人,也没想过学他，只是遵循尊老爱幼的传统，遵守我的家训。"

老人连声道："这话朴实，这话朴实。"然后他再次仔细打量姬曲成，若有所思地说，"你看上去好面熟，我一时记不起在哪儿见过你，请问你在什么单位工作，父母原来是干什么的？"

当姬曲成说到自己的父亲曾是江河市第一中学的历史老师时，老人突然双目一亮，问道："你父亲是不是叫姜天保？"

姬曲成回道："正是。看来你也很面熟，是否与我父亲有过交往？"

老人立即发出感慨："我和你父亲何止是有过交往，他是我的救命恩人啊。"

接着，老人向姬曲成道出了他与姜天保的一段鲜为人知的经历。

老人叫顾时轮，今年七十一岁，比姜天保小三岁。"文革"前，他是江河市第一中学的校长，专业是中国古代汉语。姜天保当时是学校的高中历史教研组组长。1968年，顾时轮作为"走资派"被打倒，三天两头挨批斗，有时甚至被剃了阴阳头游街示众，受尽屈辱，他的身心经受不了如此严重的摧残，有一天在关押室欲破窗跳楼自尽，被负责看管的姜天保救下。姜天保因为根正苗红，当时又担任学校一个群众组织的小头目，手握一定实权，但他的良心没有泯灭，对顾时轮这样的"走资派"充满了同情，且对顾时轮的治学颇为敬佩。为了让顾时轮能躲开疯狂而野蛮的红卫兵无休无止的批斗，姜天保当天晚上做出了一个大胆的举动，他让顾时轮从头到足裹着一条床单，自己亲自骑三轮车把顾时轮藏到了凤山的"焦公洞"中。

"焦公洞"本是凤山的一处景点，这时被茂盛的蒿草遮掩，罕见人迹。据传"焦公洞"为焦光的隐居栖息之地，面积只有一间屋大小。焦光是山西河东永济县人，汉献帝建安年间，他因不愿与腐败的统治者同流合污，便弃官在此过上了隐士生活。他以砍柴为生，还经常为穷人治病。汉献帝曾三次下诏要他出山为官，但他拒不应诏。清代祝德麟《宿凤山》诗云："汉隐祠堂古洞边，梅花如雪草如烟。大江风月三千界，借得僧窗一榻眠。"

顾时轮在"焦公洞"藏了近两年时间。开始时主要靠妻子定期送饭菜，后因妻子也被红卫兵监视，他不得已主要靠在山上采集野果、在江边钓鱼为生。在洞中，他不仅完成了长篇小说《洞穴天地》的初稿，还发现了一个不为人知的秘密。原来这"焦公洞"中还有一洞，此洞外面被石块和泥土巧妙地封住，一般的观察难以发现。有一天顾时轮无意间用手肘撞倒了一块石头，露出细小的洞口，经慢慢敲开，发现了里面有个六平方米左右的洞穴，一片漆黑。用蜡烛照看，才知道洞中所藏的物品除了炼丹工具之外，还有两部由焦光用竹简刻写的书，其中一部是他的诗集《逍遥赋》，另一部是他长年观察研究松寥山的随笔《松寥神韵》。据此分析，这个洞中之洞应该是焦光隐居时所凿，至于他为何将这两部书藏于洞中，用什么方法让竹简完好地保存下来的，这就给后人留下了谜团。

待学校中的红卫兵由"破四旧"、揪"走资派"和"牛鬼蛇神"转向相互攻击时，顾时轮才悄悄回到了久别的家中，每天仍足不出户，偷偷用蝇头小楷誊抄焦光的这两部书。

"文革"结束后的第二年，顾时轮又回到了第一中学校长的岗位。他与姜天保的友谊也日趋深厚。在他看来，姜天保在那个年代冒险帮助他，不仅拯救了他的生命，也让他对人性有了新的思考。不管天下混乱黑暗到了何等程度，还是会存在有良知的人。良知是权力、法律无法赐予也无法剥夺的。在姜天保生病住院期间，他曾数次到医院去探望，还在经济上给予帮助。姬曲成觉得他面熟，其渊源正在于此。

虽然顾时轮本人在"文革"后一切顺利，但他的家人却命运多舛，儿子十年前在深圳打工时因安全事故当场殒命，女儿在汶川地震中作为支援灾区的医务工作者因公殉职，老伴儿因对子女的过度悲伤先他而去，顾时轮孑然一身，孤苦度日。去年年底，在热心同事的斡旋下，才又找了一个比他小十岁的新老伴儿，两人生活得很愉快。

至于在"焦公洞"秘密洞穴中所发现的那两本书，顾时轮把它们带回家藏到了后院的地窖中，因为害怕此事惹出麻烦，之后未敢向任何部门报告。儿子去深圳打工前为凑足本钱，将其中的《逍遥赋》偷偷卖掉了，仅存的那本《松寥神韵》由地窖转移到了樟木箱里沉睡多年。前几天顾时轮在整理资料时才重新见到了它，其时恰逢江河市召开松寥山"鸟神坛"国际研讨会，他很想把这本书上交政府，但想到前车之鉴，怕招来麻烦，便未敢轻举妄动……

老人和姬曲成谈得兴致正浓，无奈车已到站，两人只得有些依依不舍地下了车。姬曲成帮顾时轮提着一个纸箱，非要送他回家。在平时，姬曲成从来舍不得打车，一般都是步行，路途太远或有急事才乘公交车。今天，为了显示自己对顾时轮的尊重，也为了实现心中藏着的一个小想法，他破例打车送顾时轮回家。

车到顾时轮家楼下，顾时轮礼节性地说了句："真太感谢你了，是否到寒舍一叙？"

姬曲成正中下怀，顺水推舟地说："既到茅山下，哪能不进庙，说起来我还是您的学生，今天先让我认认您的家门，以后有事好来向您请教。"

这让顾时轮心中有些为难，晚饭时分客人上了门，岂能不留下吃饭？可预先没有通知老伴儿，不知有什么好招待的，一时心中七上八下。

老伴儿见顾时轮带着姬曲成进门，叨唠道："哎呀呀，你这人真是老糊涂了，带客人来怎么不提前招呼一下，好让我有个准备呀，现在这不让我出洋相吗？"

顾时轮尴尬地说："都怪我，都怪我，好在小姬先生不是外人，有什么就将就着吃什么吧，真是怠慢了。"

姬曲成说："二位老人不必操心，我不在这里吃饭，今天冒昧登门，只是想向顾老师借一本书。"紧接着，他把自己研究松寥山"鸟神坛"的情况简要地告诉了顾时轮。

顾时轮听后双掌一击，道："噢哟哟，破解松寥山'鸟神坛'的人原来就是你呀，为什么在车上你不早说呢？"

姬曲成心里想，你在车上说得滔滔不绝的，我哪有机会插话，可嘴上说出的却是："车上人多，说这事不太合适。"

顾时轮此时已心领神会："小姬先生呀，你大概是想借那本《松寥神韵》吧，请别跟我讲什么客套，什么借不借的，这本书终于找到了懂它的人，幸哉幸哉！你把它拿去用就是了，今后你就是它的保管者。不过，你可不能对外透露它的来历，以免横生枝节。"说完，他从书房中拿出一捆竹简，还有一本用油纸包好的由他精心誊抄的纸质文稿《松寥神韵》，交到了姬曲成手里。

姬曲成见顾时轮如此慷慨，倒觉得自己施以小计不仅多此一举，而且显得小肚鸡肠了。他用微微颤抖的双手捧过竹简和文稿，激动地说："能见到它真是荣幸之至，我暂时借来认真研读一下，今后一定完璧归赵。谢谢，谢谢，我这就告辞了。"

顾时轮却怎么也不允许姬曲成走，说："你是第一次上我家，饭不吃也就算了，茶总得喝一口。"说完，让姬曲成在房内茶几东边的沙发上坐下，他亲自为姬曲成泡了茶，然后坐在茶几西边的沙发上。顾时轮的待客之道既讲究又不讲究。说不讲究，是因为他除了一杯清茶，别无他物。说讲究，主要体现在礼节上。就拿座位而言，古人堂前以南为尊，室内以东为尊。如若在客厅有多人围桌而坐，那位次就更有讲究了。另外，他对有学问的人，一律都称先生，区别只是前面加小字还是老字。

两人寒暄了一会儿，姬曲成就急着要走了。这次顾时轮不再挽留，把他送到了大门外。

姬曲成因为拎着沉甸甸的珍贵竹简，只得再次破费打车回家。到了家中，虽饥肠辘辘，但心花怒放。

妻子见丈夫如此兴奋，感觉一定有什么喜事，忙问丈夫有没有吃饭。

姬曲成看到桌上有两个馒头，便狼吞虎咽吃了下去，然后对妻子说："我先要到书房里看书，其他事明天再说，请不要来打扰我。"

妻子不再言语，急忙帮丈夫泡了一杯浓茶送到书房，并把热水瓶也一起带上，悄悄退出后便去卧室看电视了。

姬曲成觉得要读懂焦光在竹简上的汉篆并非易事，不如先看顾时轮誊抄的纸质书，便小心翼翼地打开油纸包，终于见到了《松寥神韵》的内容。这本纸质书共60页，此书的扉页上写有焦光简略的自序："吾乃此山野人，居洞穴二十余载，久观松寥山奇特形貌，节气变化，及至与星象江潮之联，渐悟此山非比寻常，深藏玄机，可谓神山……"

此书除了扉页之外，共分为三卷。第一卷写松寥山的奇特之处，除了其貌像多种神鸟之外，还有季节特征。彼时松寥山山顶长有一棵千年古松，盘曲苍虬，傲然屹立，每到春季，百鸟栖息枝头，啁啾鸣唱，煞是热闹，整个山上可谓春意盎然。可惜在汉献帝庚子年，此松遭到雷击，枯萎至死，这可能是天意要灭汉的前兆。每到夏秋之季，偶在子时可见山上白光冲天，与星月同辉，其景壮观非凡，颇有山融于天之感。细察之后，方知此乃景天（萤火虫）所聚，因景天主食蜗牛，又喜潮湿之处，此山具备这些条件，乃生奇观。每到冬季，山上万籁俱寂，尽现凋零。可在大雪覆盖万物之时，此山仍面目如旧，滴雪未沾，这不知是神性显威还是岩石独特，有融化冰雪的功能。第二卷写松寥山的历史掌故。据说，帝喾高辛氏展上公修炼于句曲山（茅山）时，曾数次来此登临，不知是为了修炼还是祭祀；大禹治水时曾在此山停留，祭拜天地神灵……"集凤台"在当时依山傍水，虽只残存三块巨石，但从地上的痕迹和数理推测，原来应是九九八十一块，疑是栖凤之石，状如凤凰，每一块的头部都朝向松寥山，其中定有玄机。第三卷写松寥山与天文之关联，可这一卷除了标题，内容却只有寥寥数语——"凡日月星辰，四季节气，江潮起伏，皆可令神山生出喜怒哀乐"，却无具体论述和描写。不知是书稿遗失还是焦光未及抄写完。按理，焦光对天文颇有研究，这一卷他不可能不重点落墨，文稿藏在洞中也不会遗失。未能写出的唯一解释是，高道深知天机不可道破的道理，他在犹豫之际，就已羽化成仙了。

姬曲成一口气读完全书，感到思路大开。联想到自己在观察松寥时也曾见到过一次"白光冲天"之景，甚为困惑，疑是天象所致，但因怕被人讥为封建迷信，故在国际研讨会的主报告中未敢提及。焦光的《松寥神韵》终于为他解开了这个谜。至于今天已是一片茅蒿之地的集凤台，倘若在历史上真有焦光所写的那番盛景，那就证明它与松寥山"鸟神坛"有着某种内在的联系。再联想到莲花洞中所发现的考古标本，尤其是各种鸟形石雕，他更相信松寥山"鸟神坛"绝非孤立存在的，"鸟神坛"的创造者很可能就是"莲花洞"古人的后裔。研讨会上那位研究院院士的话很有道理，应当用更广阔的视野去研究松寥山"鸟神坛"这一历史文化遗存。

他兴奋异常，揉了揉有些酸胀的眼睛，一看表，才知道已到了凌晨五点，晨曦初现，星光疏淡，东方的鱼肚白中已隐现着一抹淡淡的霞光。

半个月之后，赵炳坤书记在市委市政府的最高档宾馆（鳌山宾馆）接待了姜昊，与姜昊亲切地交谈了近一小时，并正式邀请姜昊为江河市市政府顾问兼"鸟神坛"项目学术牵头人。姜昊欣然接受。同时，江河市政府还发给姜昊和姬曲成每人五万元项目成果奖。本来按照柳善存的意见，奖给姜昊五万元，姬曲成两万元，以突出姜昊的贡献和身份。但是，赵炳坤坚决不同意，他认为要以实事求是为依据，既尊重姜昊，又不能贬低姬曲成，以示公平。对姜昊来说，这点微不足道的钱他是不在乎的，他在乎的是自己的名声，在乎的是又增加了一个可以利用的平台。但对姬曲成来说，这笔钱就意义非凡了，这毕竟是他平生得到的最大一笔奖金，在交给妻子时，他似乎有一种暴发户似的感觉。而且，在奖励的等级上，他能与姜昊平起平坐，这已大大出乎他的意料。至于对姜昊的头衔，他内心虽然有些不快，但想想他毕竟是自己的老师，毕竟有一定的名望，毕竟对项目的推进有促进作用，也就只能顺其自然了。

不久，市政府对"鸟神坛"项目又增拨了一笔专项研究费用，其中多半为姜昊所用。可是，时间过去了半年，姜昊并没有什么新的研究成果，他确实已没有足够的精力再继续研究"鸟神坛"，除了扬名，他还想借此平台实现一个多年的愿望，至于这个愿望是什么，他从来就没有向任何人吐露过。馆长肖道一因体弱多病，加之临近退休，所以在项目上也未有建树。唯有姬曲成发表了两篇有分量的新论文，其中一篇题为《焦光的〈松廖神韵〉对我们今天的启迪》，此文在学术界引起了轰动，也进一步勾起了姜昊对《松廖神韵》这部书的兴趣。

一天，姜昊亲临江河市博物馆，把姬曲成叫到了他的临时办公室，态度诚恳地说："姬曲成同学，看来你对松廖山'鸟神坛'

的研究的确痴迷，且屡有建树，作为老师，我为你骄傲，希望你能青出于蓝。我虽然挂着学术牵头人的头衔，但毕竟年事已高，精力不济，实质性的研究主要还得由你来担当，这也是在为你提供机会，你别辜负我的一片苦心。"

姬曲成对老师的态度转变心存感激，同时又隐隐感到其中可能有些蹊跷。果然，姜昊话锋一转，问道："听说你手中有一本焦光的《松寥神韵》，不知从何处而得？"

姬曲成想了想，回道："是我父亲的一位挚友所赠。"

姜昊用疑惑的口气说："这么贵重的文物，人家会愿意无偿馈赠？在如今的商品社会实在是匪夷所思。我看你就不必打肿脸充胖子了吧。即使是捡漏，也不太可能是地板价。"

姬曲成觉得姜昊头脑中的生意经太浓了，便如实相告："不是任何事都可以用价值交换来解释的，《松寥神韵》的确是前辈所赠，他既是出于与我父亲的情谊，又是希望对我研究'鸟神坛'有所帮助，但他的姓名和身份，恕我不能相告，因为我要尊重对他的诺言。"

姜昊笑了笑说："姬曲成同学，别再自欺欺人了，天上掉馅饼的事不会落在你身上，我知道你经济上不富裕，假如你肯把这本书转让给我，可以解决许多问题。实话告诉你，焦光的《逍遥赋》被我收藏，十年前我只花了十万元就得到了它。你手中这本《松寥神韵》如愿割爱，我可以出到五十万元的价格，这对你我可谓各得其所。"

没想到姬曲成断然拒绝："《松寥神韵》是前辈对我的心意，其情谊无价，不管出多少钱，我都不会卖掉它，否则就是见利忘义，为人所不齿，还请老师能够见谅。"

姜昊见姬曲成态度坚决，便退一步说："如果你实在不愿转让，我也不会强求，那能否将它借我一阅，我按规矩向你写个借据。"

姬曲成犹豫片刻，回道："老师执意要借阅，学生不敢不从。可是请您别怪学生小心眼，您只能当着我的面翻阅，断不能离开我的视线，这既是出于我对此书的保护，也是我对情谊的尊重。"姬曲成说这话是真诚的，但他有一个担忧没敢说出口：此书要是真让姜昊借走，归还很可能遥遥无期。

姜昊面对不懂世事而又无所顾忌的姬曲成，只得忍着怒气步步退让，最后在办公室内用半小时左右翻阅完了《松寥神韵》。他深感此书不仅有着极为重要的历史文化价值，且因是孤本，其市场价格也不可估量。落在姬曲成这样的无名小卒之手，可谓暴殄天物，只有像他这样的大家来收藏，才是实至名归。他把书奉还给姬曲成时已暗下决心：不管采取任何手段，一定要把这件珍贵文物拿到手，如此可与《逍遥赋》相映成趣，互相增辉，也能使这两件文物大大增值。

姬曲成并不完全清楚老师的心思，误以为这个君子之风和疯子之风兼备的老师可能因自己对他的尊重和诚恳而突然改变了性情，使他的君子之风暂时占据上风，根本就没有想到他会有可怕的算计。

此事过去了半个月左右，柳善存在一天下午把姬曲成叫到了他的办公室，并关照秘书徐其亮，不让任何人进来打扰。

姬曲成一进门，柳善存就热情地起身与他握手，然后亲自为姬曲成倒茶。这种前所未有的待遇不仅没有使姬曲成受宠若惊，反倒使他暗生疑窦：柳善存已有两年多时间没有和自己握手了，今天他一反常态，是不是在为姜昊得到《松寥神韵》做说客？

事实完全出乎姬曲成的意料。柳善存首先直截了当地说："据说姜昊老师想收购你珍藏的《松寥神韵》，我劝你要严加防范，千万别落入他的圈套。如果严格按照有关规定，这本书应该上交给政府，但鉴于它的来历不完全清楚，加之它对于你的研究大有帮助，我就为你网开一面，暂时不追究它的来历，由你保管，上交不上交留待今后再说，此书是江河市的珍贵文物，无论如何应当留在江河市，更不能把它作为商品卖掉。你如果经济上有什么困难，我可以设法帮你解决。"

姬曲成听了这番话，在感激之余，心里又打了几个问号：柳善存如果知道这本书的真实来历，按规定的确要上交给国家，为何他对我网开一面？他与姜昊关系密切，也应该理解姜昊想把这本书占为己有的热切程度，为什么他不为姜昊讲话，反而在背后拆他的台？难道他们之间因为什么事关系发生了微妙的变化？柳善存向来对文物不感兴趣，为何他对这本书突然如此重视呢？

柳善存似乎看出了姬曲成的心思，认真地说："你别胡思乱想，我主要是为了让你心无旁骛，研究出更多的成果，在下一次'鸟神坛'国际研讨会有更出彩的表现。以前我对你有些误解，支持的力度也不够，请你能够谅解。特别是在你和姜老师的关系上，我处理得不够妥当，其中虽有苦衷，但对你也确实不够公平。经过半年多来的观察和思考，我觉得真正能够胜任'鸟神坛'研究任务的非你姬曲成莫属。至于姜老师，我们只是借用他的名气和关系,只是希望他不要从中搅浑水。这一观点我已向赵炳坤书记汇报过。现在,松寥山'鸟神坛'项目已不仅是市和省的重点项目,而且马上要定为国家级重点项目,这无疑给你提供了天大的机会,你要好好把握。你应该清楚,研究成果一旦转化为建设项目,那不单是对研究成果的充分肯定,还会产生巨大的经济效益和社会效益,你今后的发展无法估量。下个星期,省委副书记汪东升将会带领有关专家和部门负责人来我市开现场办公会,主要是解决'鸟神坛'项目推进中的具体问题,你必须做好充分的准备,有的放矢,同时要注意说话的分寸。顺便向你说明一下,姜老师最近因身体不适,不能参加这次会议,你当然就成主角了。你有什么要求和建议,不妨预先向我说说,只要我能做到的,一定尽力而为。"

柳善存这一席话,既让姬曲成有些喜出望外,可又让他有些疑惑不解。回顾这半年多来,柳善存不仅对"鸟神坛"项目越来越关心,而且对他姬曲成的态度也日趋向好。这期间,"鸟神坛"项目的对外宣传达到了前所未有的程度,其中有什么深层的原因,姬曲成浑然不知。在对外宣传中,虽然突出了姜昊这个绝对权威的作用,但也没有否定姬曲成在学术上的贡献,不知这种宣传基调的主要操控者是谁?是柳善存、赵炳坤,还是汪东升?另外,据说柳善存以关心老师身体和询问项目事宜的名义往姜昊那里跑得比较勤,按理关系应该更加亲密,但不知出于什么原因或动机,他反而对老师有些微词了。这个柳善存,真是越来越难以捉摸了。

柳善存见姬曲成不仅没有兴奋,而是陷入了沉思,便笑呵呵地说道:"曲成同学,不是我批评你,你这人有个毛病就是喜欢胡思乱想,钻牛角尖,这样容易钻进死胡同,同时会丧失大好机遇。我俩毕竟是多年的老同学、老朋友,理应互相信任、互相支持,今后你只管专心搞研究,其他事一概不要问,不要想,由我为你保驾护航。既然我是市政府'鸟神坛'项目的主要负责人,也不能老做外行,我在学习和思考中遇到几个具体问题,今天顺便向你请教,望不吝指点。"

姬曲成听得有些无所适从,他不知道柳善存冷淡姜昊,对自己显得格外尊重和热情,到底是出于何因。

柳善存向姬曲成请教的第一个问题是:按常理鸟是不应该长角的,可"鸟神坛"中的鸟为什么都长着角?

姬曲成说:"这个问题说起来有点复杂。人类社会宗教大致分为四类:原始个人宗教、萨满教、群体宗教和教会宗教。在史前和史后人类早期社会中,萨满教非常流行,它也常被称为'巫觋'。这其实也是一种原始宗教。通过这种宗教活动,萨满(巫师)借助某种仪式和道具,与超自然的神灵接触,直接获得神的'召命'。比如我国商代青铜器的纹饰就充满了萨满的特点。开始时最为典型的祭物是鹿,因为鹿角多而长,被认为是通天接地的最佳灵物。从我国的许多出土文物来看,后来被视为有灵性的动物头部都长着角,如龙、凤、辟邪、天禄和各种镇墓兽等,这里的角,主要是一种神性的标志,是人们想象的产物。《庄子·逍遥游》中说,'抟扶摇羊角而上者九万里',其中的'羊角'就是描写'鲲鹏'抖动头上的大角腾云而起之势。可以佐证的典型物还有湖北随县曾侯乙墓出土的'鹿角立鹤'青铜礼器等。松寥山

'鸟神坛'中的鸟上长角,可能是人类最早的发现,也表明当时已有原始宗教信仰。"

柳善存谦逊地点点头,说:"看来这个问题真不简单,前天我陪两位贵宾观看松嵾山,他们问起我这个问题,我无法回答,窘迫之下,只得把话题岔开,今天感谢你为我做了解答。"然后,他又问道:"刚才你列举了许多带有'神性'的出土文物,这些出土文物可谓我国的地下宝库,其丰富程度世界上没有任何国家可与之相比。我非常好奇,人死之后,为什么还要把墓葬搞得如此奢华隆重?"

姬曲成心想,他怎么会问起了墓葬?是不是因为姜昊给他讲过有关发掘大墓现场的故事,或者他认为姜昊的收藏品大都是墓葬品?姬曲成不敢多问,做了解答:"墓葬是人类对死后意识的反映。按目前主流的观点,灵魂不死的观念最早产生于古埃及,木乃伊和金字塔就是最好的物证。但我认为,古代中国,灵魂不死的观念并非产生于佛教传入之后,而是本土的产物。不仅道家有'灵魂不灭'的观念,就连早期的儒家都倡导'事死如生,事亡如存'。秦汉是中国墓葬制度产生重大转折的时代,以横穴式代替了商周以来竖穴式的椁墓。其背后的深层意识是产生了从'出世'到'入世'的转变。在这一观念转变的影响下,墓葬从幽闭的纳尸之所变成了死者另一个空间的'家'。秦始皇陵中有如此庞大的兵马俑,这与秦始皇笃信神仙和他的一生征战有关,他想在阴府有足够的兵力来抵御被其征服的六国联军的攻击。由此可以推导出一个结论,墓葬与祭祀是有内在联系的,前者是亡灵对生命延续的一种企求,后者则是人们对祖先和天地神灵的一种祈盼，它们都是建立在天人合一、灵魂不死这一前提下的。松廖山作为最早的祭坛，它与'莲花洞'应该是有联系的，比如'莲花洞'中的十多件鸟形遗物，很可能是当时的陪葬品，而'鸟神坛'与这些遗物从外形到神韵有着一些相似之处。这不会是偶然巧合，但其中的具体关系，现在还说不清楚，有待于我们深入的研究。"

"那么，古人为什么对祭祀如此重视呢？"柳善存急着追问。

姬曲成回答道："最早的祭祀一是源于人类对自然的敬畏和祈求。例如，祭祀天地日月，后来扩展到对众多神灵的崇拜。二是源于对祖先的缅怀和崇敬。当孔子的学说产生后，祭祀就被纳入了礼的范畴之中。在孔子看来，各种礼仪、礼品等都是有形的东西，而最为重要的是其中所蕴含的礼仪精神。就松廖山'鸟神坛'而言，它只是属于最原始的祭祀时期，而祭坛的精妙，却远超后人的想象。就如同五千年前良渚文化最重要的标志物玉琮，上面竟有微雕的手法，令人无法理解。这既是历史之谜，也是……自然之谜，要完全破解它，靠任何人的一己之力这是无法实现的，既要靠专家学者的协作攻关，又有赖于……政府的鼎力支持。"

柳善存说："古人在祭祀中敬祖先，这可以理解，现在也在流行。敬鬼神已被科学证明是迷信，可至今还有许多人相信，这是为什么？你认为鬼神是不是真的存在？"

姬曲成知道柳善存是信鬼神的，但不便当面拆穿，微微一笑，道："人类对自然的认识是无止境的，任何时候科学都有局限性，我们今天认为是迷信的东西，有些可能是对的，有些也可能是错的。根据暗物质理论和量子纠缠理论的最新研究成果，鬼神和灵魂都……有存在的可能。当然，这纯粹是私下的一种理论探讨，你可不能当真，更不能对我扣帽子。"

柳善存猛吸了一口烟，徐徐吐出，烟雾很快在姬曲成的头上缭绕。他用十分真诚的口气对姬曲成说："看来你对我还是不太信任，甚至心有余悸，我倒真的是越来越佩服你的学问了。这个、这个你上述这些话，真使我受益匪浅。曲成啊，我俩是老同学、老朋友，今后你要定期来我这里上上课，让我多增长一点见识。"

姬曲成已经注意到，柳善存今天已是第二次去掉他的姓而直呼其名，这显然是一种表示亲热的称呼，这使他深为感动，同时他觉得有些奇怪。他回道："柳市长，既然你认我这个没出息的老同学，就用不着对我这么客气。我这人对其他事没有兴趣，也没有能力，只是一头扎在故纸堆里，今后……你在这方面有什么用得着我的地方，请尽管吩咐，我定会竭尽全力。"

柳善存呵呵一笑道："曲成同学，感谢你在研讨会作报告时顾及我的颜面，没有说破我们在松寥山上赌的是什么，这是你口下留情了。"

姬曲成听后心头一热，浮想联翩。当初在松寥山上柳善存提出对赌虽是一种戏言，对现在的柳善存来说，实在是一种耻辱。自己别说把它道破，就是提也不该提起。柳善存在研讨会上当着这么多专家学者的面自己做了解答，不知他为何要这样做，又哪来这么大的勇气？现在他又挑起这个话题，不知到底是什么用意？于是，姬曲成讷讷地说："柳市长，这本是一个玩笑，何必当真？再说，我……我……我至今都没穿过靴子，何来脱靴之说？"

柳善存却一本正经地说："古人都知道知耻而后勇，为何我不能？但君子一言，驷马难追，我还是要兑现诺言的，愿赌服输嘛。你若果真没有靴子，我今天送你一双。"说完，真的拿出一双崭新的靴子，说要替姬曲成先穿后脱。

姬曲成吓得一个激灵站了起来，有些不知所措地说："柳……柳市长，你……你要是当真，就没有把我当同学看。"

柳善存哈哈大笑，然后看了一下表，说："看你紧张兮兮的，不过开个玩笑嘛，这事以后再说。这个、这个，还有半个小时就下班了，今天我本准备请你吃晚饭的，现在临时改变主意。我市与安徽省凤阳市是对口支援城市，他们今天上午给我们市政府送来了一卡车新品凤阳梨，市政府感到很难处理，我就擅自作主，把这车梨奖给你们博物馆。还有二十天就过春节了，就算发给你们的春节慰问品吧。马上你坐我的专车，我让司机送你回博物馆，那辆卡车跟在你的后面。"

姬曲成本来还怀疑柳善存前面的言行都可能是前戏，最后还要回到为姜昊当说客的角色上来，现在看来他毫无此意，自己真是以小人之心度君子之腹了。他激动得内心有些颤抖，一上车就把柳市长的慰劳用手机报告给了肖道一，那声音和节奏一改如常，大有"打靶归来"的感觉。待他来到博物馆门口时，馆内的二十多名工作人员已经悉数出动在门口迎接。他们迎接的不仅仅是这车前所未有的奖品，还有市政府少见的特别关怀。当然，他们知道姬曲成在其中起了重要作用，姬曲成一刹那成了他们的福星。其中有些喜欢实惠的人甚至想,要是哪天姬曲成当馆长就好了。

在大家忙于分奖品的时候,姬曲成进了肖道一的办公室,将柳善存今天面见自己的情况做了如实汇报,然后他问肖道一:"为什么柳善存会突然对我和我们博物馆特别关照?"

肖道一微微一笑,道:"小姬啊,你这人是个纯粹的书呆子。俗话说,世上没有无缘无故的恨,也没有无缘无故的爱。明年3月,市委市政府要正式换届,本来一直听说市长擢升为书记,市委副书记程跃接任市长位置。可最近风声变了,说市长外调另有重用,而由柳善存升任市长。其中的变故主要有两个版本:一个是说柳善存是由省委副书记汪东升竭力推荐的;还有一个是说因为柳善存主抓松寥山'鸟神坛'项目成绩卓著,引起了省委书记陈逸新的特别关注,这其中的内在联系明白人都知道。不管是哪个版本,'鸟神坛'项目都是柳善存的重要政绩,也是他升迁的原因之一,今后他若要在这个项目上继续做文章,就非得借用你和整个博物馆的力量。懂得了其中的奥妙,你就不难理解柳善存的态度变化了吧。我即将退休,你又从不过问政治,也不愿当官,上面的人事变动与我俩本没有太大的关系。莫听穿林打叶声,一蓑烟雨任平生。我们该干什么干什么,千万别多管闲事。不过,博物馆这种一向被政府遗忘的单位,能够得到领导的关照总是值得庆幸的。你在'鸟神坛'项目中是有功之臣,我得代表全体馆员向你表示感谢。"

姬曲成听了肖道一的话,惊得目瞪口呆,他讷讷地说:"事情哪会如此复杂,这是小道消息还是您自己的猜测?"

肖道一轻轻地摇了摇头，说："小姬啊，你真是两耳不闻窗外事，一心扎在故纸堆啊，大家都知道的事，你却充耳不闻，还需要我这个老头子做什么猜测吗？"他喝了几口茶，稍做沉思后又开口道："小姬，一个本不起眼的单位突然受到领导关照，这从眼前看是件好事，可政坛上翻云覆雨的事太多了，说不定我们单位什么时候会卷入风波。我别的事都不担心，只担心'鸟神坛'项目能否顺利地推进下去。考虑到目前的机遇和今后的发展，我想举荐你为博物馆副馆长，并非让你当官，主要是为了让你负责'鸟神坛'项目，这事我与市文化局局长和组织部领导已做过沟通，他们也算给了我面子，原则上都同意，现在就主要看你的态度了。"

姬曲成不假思索地说："谢谢馆长的宅心厚爱，谢谢谢谢！可我对当官毫无兴趣，一来是我这样的自由主义者难以适应和胜任。二来是因为我不想把精力花在许多毫无意义的事情上，影响我的专业研究。"

肖道一说："你不要这么快地拒绝，我这样考虑也是为了让你有更好的研究条件。再者，你可以先干起来试试看，能适应就继续干下去，实在不能适应再推辞不迟嘛。"

姬曲成苦涩地一笑，道："肖馆长，我这个人在官场就是一块朽木，永远雕不成器，以往政府部门也曾几次借调过我，自己以为已经兢兢业业，鞠躬尽瘁，可没有一个领导认可我，最终结果都是让我灰溜溜地滚回了原单位，其中的原因我至今不明。只有在博物馆，才得到了您的厚爱，您退休以后，我的日子可能不好过了。"

肖道一说:"你考虑问题太极端,对自己也缺少反思。别的先不说,单说赵炳坤书记吧,他对你多宽容,对你的研究多支持,你难道就感觉不到吗?"

听到赵炳坤的名字,姬曲成肃然起敬,他叹息了一下,道:"像他这样的人在当今真是凤毛麟角呀。再说,换届后他到了市政协,对这个项目的支持还能起多大作用呢?"

肖道一说:"像赵炳坤这样的人,今后他即使不当领导也有很大的影响力。领导者的威望分为权力性和非权力性两种,后者更能体现其德能,反映民心民意,赵炳坤二者兼有,加之他有深厚的文化底蕴,对'鸟神坛'这样的项目,绝不可能因位置的变化而袖手旁观。更为重要的是你要相信我们的社会一定会有大的改革,让有真才实学的人有用武之地。小姬啊,如果我们的国家都没有希望,你个人有再多的研究又有什么价值呢?"

姬曲成被肖道一的话触动,陷入了沉思之中。

……

第三章

风云起

江河市市委市政府的换届,领导班子调整力度很大。而江河市真正杀出的一匹黑马就是柳善存,他由常务副市长擢升为市长,这倒印证了半年前坊间的传说。

市博物馆馆长肖道一到龄退休,由文化局副局长马定富兼任博物馆馆长,姬曲成任副馆长。副馆长是正科级,只需文化局任命,但因姬曲成是个颇受争议的人物,没有市里的权威人物说话是不可能定下的。至于这个权威人物到底是赵炳坤、许惠民,还是柳善存,姬曲成本人浑然不知,外界也说法不一。博物馆内有人认为,姬曲成坐了二十多年的冷板凳,终于可以上场施展本领了。可在姬曲成的心中,他不知道是福还是祸。只有一点让他异常欣喜:松寥山"鸟神坛"项目已经正式列入国家级重点项目名录,各方面的支持力度将会前所未有,他有用武之地了。

清明节过后,已任省政协主席的汪东升来到江河市调研,他向市四套班子主要负责人透露了两个消息：一是省里仍由他主要负责松寥山"鸟神坛"项目。二是国学泰斗宋老定于5月中旬来江河市视察，很可能他要亲自过问"鸟神坛"项目。同时，他要与江河市班子成员和地方文化人士一起切磋一下宋词，这对班子成员的文化底蕴也是个检验，大家要做好准备工作。

汪东升对宋老的视察如此重视，当然是有缘由的。宋老首先是位国学大师，尤其是在历史学、哲学和古诗词上颇有建树，可谓泰斗级的人物。同时，他又是位老革命、老领导，在解放战争初期，他十七岁就是共产党的地下交通员。20世纪80年代，他先后三次被上级定为省部级人选，可他坚持要做学问，最后担任了某著名大学校长。如今他虽年逾八十，早就离开了领导岗位，但因其许多学生都在高层重要岗位，比如说陈逸新就是他的学生，所以无论是对学界还是政界都有很大的影响力。大概是出于对其资历、学问等多方面的尊重，二十年前国内许多人就称他为"宋老"。

这次宋老来江河市视察，据说肩负着高层委托他对"鸟神坛"项目定音的使命。还有一点不可忽视，他是江河市人。自"文革"结束后，他没有回过家乡，主要原因是他在"文革"中被家乡作为"反动学术权威"揪回来批斗过一次，受到很大羞辱，可能因此耿耿于怀。

江河市领导班子为了迎接这位来头不小的宋老，希望他为本市的经济文化发展尤其是"鸟神坛"项目的推进做些工作，在各方面做了精心的准备。比如在"切磋宋词"方面，不清楚他到底是找党政班子全体成员还是某几个人，为避免在他面前出洋相而造成负面影响，市委书记许惠民和市长柳善存一致决定，市党政领导班子成员每人事先要了解一些宋词常识，还要自写一首旧体词。

由于只有不到一个月的时间做准备工作，凡是没有宋词常识的班子成员急得像热锅上的蚂蚁，几乎都把填词写诗当成了头等大事。其中有些人请老师一对一辅导，更多的人则干脆找人代笔。这事忙坏了两个人。一是前第一中学校长顾时轮，他本已成为老古董被人遗忘，但因过去曾出版过诗词专集，不仅擅长近体诗词，还懂得古体诗，这时被有心者重新记起，要发挥他的余热。还有一人便是姬曲成。他很少写无拘无束的现代诗，偏爱唐诗宋词元曲，并屡有作品发表。由于顾时轮年事已高，精力不济，加之填词的内容要围绕松寥山"鸟神坛"或宋老的心境，对这类命题之作他感到实在把握不准，所以能推则推，"余热"未能充分发挥。如此一来，姬曲成便成了市领导最为抢手的人物。

有人大概听说或翻阅过一些宋词名篇，便一会儿想叫姬曲成填一首《满江红》，一会儿又想填一首《蝶恋花》，甚至还有人想要《乌夜啼》和《相见欢》的。姬曲成耐着性子对他们说，每个词牌都有其独特的韵律情调（宋代时都是唱出来的），不能随便乱用，比如《满江红》一般都是悲壮的，《贺新郎》一般都是豪放的，《蝶恋花》一般都是深情的，而《乌夜啼》和《相见欢》一般都是写男女缠绵之情的。求教者并不为自己的无知而惭愧，只夸姬曲成知识渊博。姬曲成被夸得有些飘飘然。

柳善存虽不会填词，但他在大学毕竟是学历史的，一般常识都了解。他对由谁代笔再三斟酌，保险起见，找顾时轮最为合适，但自己与他素无联系，需要通过中间环节，而中间环节往往容易出事，这和金融领域杠杆越多就越容易产生风险是一样的道理。找姬曲成最为方便，但因他代笔太多，嘴又不严，往往祸从口出，并非最佳人选。找姜昊老师，只要费点心思逗他开心，最好是酒至五分，欣然命笔，事后忘得精光。不过，小玲似乎对他动了真情，要是一见面她不小心露出破绽被老师发现，那就会闹得不可开交。再三思忖，他还是拿不定主意，只得暂且搁置，到时见机行事吧。

这阵子对姬曲成来说，可谓咸鱼翻身，红极一时。二十多年来，不要说没有人给他送礼品，就连笑脸也很少有人给，现在却是门庭若市，送礼的人不断，且给他送礼品的都是市领导，都亲热地称他为姬老师。表面上他们是向姬曲成请教填词的知识，实际上大多数人就是要他代笔，个别人还贪得无厌，要他多写几首以作备用。姬曲成也是来者不拒，让每人都满意而归，填词速度之快，连写《七步诗》的曹植都要在地下汗颜。这倒并不是因为他灵感突发或才思敏捷，而是因为应酬之作，且对方又不懂，便得过且过，快速了结。

姬曲成的妻子潘素华看到这番情景，自然心花怒放，她对丈夫更加温柔体贴，晚上还主动频频发出"信号"。但她还是有点担心，婉转地对丈夫说："市领导的礼品你怎么敢收，要不过段时间给他们退回去吧。留得人情在，今后好办事。"姬曲成"嗤"地一笑，道："这些礼品都是人家孝敬他们的，对他们来说是九牛一毛，我不收他们还有想法，既然如此，何乐而不为？再则，他们装模作样地称我为老师，拜师……就没有礼数吗？他们糊弄我，我也糊弄他们，这是一种糊里糊涂的情谊，也可以说是一种糊里糊涂的交易，时过境迁，所谓情谊就会烟消云散。"妻子说："他们毕竟都是你的领导，能够左右你的前程，你无论如何要尊重他们。"姬曲成头摇得像拨浪鼓："尊重？他们要尊重，我就不要？你看看他们为了迎合领导趣味而显出的虚伪、卑微的奴才相，哪有一丝一毫值得尊重的？"妻子见丈夫一副小人得志的样子，便郑重地告诫道："前车之鉴不可忘，你要是得意忘形，将来就会后患无穷。"这倒是一语惊醒了梦中人，他想起自己在《美学探索》上发表了第一篇有关松寥山"鸟神坛"的论文后，一位文化局的领导把他叫到办公室请教几个问题，他沾沾自喜地侃侃而谈，并影射这位领导文化底蕴太浅，被这位领导斥责一顿后赶出门外，事后不断给他穿小鞋，找麻烦，吃了不少哑巴亏。现在自己这些话要是传到领导的耳中，他们在时机成熟时还不咬牙切齿地把他撕得稀烂？当然，平心而论，也有极少人与众不同。其中新任的市委书记许惠民与其他来求助的领导就不一样，他一见面就开诚布公地说自己决不要任何人代笔，只是为了学点知识，自己能写成啥样就啥样，宁肯出洋相也不搞弄虚作假。对这样的领导，又岂能与其他人混为一谈？至于赵炳坤，他的诗词虽时有出韵或出律的现象，却颇具意境情怀，自然不会向人请教或代笔。姬曲成感到有些意外的倒是柳善存没有找他代笔。他知道柳善存既无功力也无时间填词，加之前段时间显得特别亲热，按理找他代笔是合乎情理的。可他为何没有找自己？莫非又产生了什么变故？姬曲成感到潘素华的品行不亚于苏东坡的发妻王弗，时常警示丈夫，对她的感激之情油然而生。

许惠民可以称得上是学者型官员。他是英国剑桥大学的博士研究生，主要研究方向是宏观金融控制，学成回国后在靖州大学任教，曾出版过多部经济学著作，并在国内小有名气。八年前，在他四十三岁时被提拔为靖州大学校长。两年前，他又坐到市长的位置。这次调任江河市市委书记，省委是把他作为省级后备干部配备的。

许惠民虽当过两年市长，但对地方官员的许多风气和潜规则还是不太习惯。就拿这次为迎接宋老，让班子成员人人作词这事来说，他也是有些无可奈何的。可他没想到班子成员中不少人对此事十分热衷，以至于严重影响了正常工作，甚至有人在开常委会时窃窃交流词牌、平仄、格律之类的东西，俨然像个宋词迷。他曾想给这些人敲敲警钟，又怕别人曲解了自己的意思，甚至以讹传讹，掀起不必要的风波。因此，他也只能视而不见，入乡随俗。

汪东升与江河市四套班子主要负责人见面后就下基层调研了。他的调研轻车简从，除了司机，只带秘书小丁。基层干部见了这么大的领导自然少不了热情接待。可汪东升的风格与众不同，不管到哪一个基层单位，都是吃食堂，严格规定四菜一汤，还自交伙食费，没有食堂的地方他就吃盒饭，弄得许多基层干部哭笑不得。不了解他的人还以为他是作秀。其实他这种工作作风已坚持了多年。他是七九级南吴大学中文系毕业生，之所以在1979年才上大学，是因为上学前他已是乡党委副书记，1977年至1978年县里正把他所在的乡作为典型进行推广，所以延迟了两年上学。也正因为他有这些经历，大学一毕业就被分配到省委办公厅，先是当机要秘书，后被一位省委副书记看上当了跟班秘书。这位副书记珍惜人才，在退居二线前将他推荐到了高明县县委书记的位置上。由于他严于律己，宽以待人，加之有一定的背景，在仕途上平步青云。这次换届中，他之所以不愿外调而坚持要留在本省，主要是因为他在本省的根基深厚，连省委书记陈逸新都不敢小觑他的能量。

值得一提的是，最近汪东升在主抓如何搞活民营经济这个课题，他调研中去了江河市著名民营企业华明集团。华明集团是以其掌门人周华明的名字而命名的。江河市人都知道周华明是个神秘而精明的人物。说他神秘，并不过分。他本名叫谢加林，在20世纪80年代清除"文革"中造反起家的干部时，姜昊举报他在批斗自己时踢伤了他的下体。谢加林的官职被一撸到底，并被开除了公职，从此在金宁市蒸发，没有人知道他的去向。二十年以后，他摇身一变成为深圳华明集团董事长，资产过亿。由于他改了名字，加之整了容，所以，几乎没有人认出他是原来的谢加林。他的集团中有一个子公司在江河市，为此他来江河市考察过几次，觉得这里的地理位置和投资环境都不错，比深圳有后发优势，加上其他一些因素，四年前他索性把总部搬到了这里。华明集团的主要产品是各类高效节能灯，去年年产值近二十亿元，因为符合国家政策导向，近年来的发展尤为迅速。让人奇怪的是，他还开了一个现代陶瓷销售公司，专门销售国内著名陶瓷工艺大师的作品。此外，他还有一个规模不小的博物馆，主要收藏中国古代瓷器，也有一些近现代名家的精品。曾有人怀疑他搞这个博物馆是为了巧妙地避税，他却拍着胸脯对江河市领导说："假如我周某人逃一毛钱税，你们就可法办我。"由于他对江河市的贡献较大，又热心慈善事业，单是为"鸟神坛"研究，他就赞助了一百多万元。江河市领导一直对他很尊重，市领导曾多次推荐他当市政协委员，均被他婉言拒绝。他特别强调一句话："我没有资格进官场。"问其原因，他总是避而不谈。

周华明今年六十岁刚出头，看上去身板仍很硬朗，厚实的下巴上留着一撮山羊胡子，对这撮胡子他每天都要精心修理，就如同女人对睫毛一样；一双不大的眼睛虎虎生威。他与汪东升在十年前认识，那时汪东升是省发改委主任，掌握着项目审批大权。华明集团江河市分公司为了上一个新项目，材料报到省发改委半年多，一直被审批处吴处长压着，周华明一怒之下，直接闯进汪东升的办公室告了状。汪东升经过调查，认定吴处长不仅严重失责，还有索贿的嫌疑，立即撤了他的职务，并且在两天之内就批准了周华明的项目。周华明为此感恩戴德，事后送了些高档礼品酬谢汪东升，被汪东升坚决拒绝了。汪东升对周华明说："我只是正常地履行自己的职责，不必感谢，今后有什么事直接给我打电话。"从此，两人一直保持着密切的关系。

这次汪东升到周华明处来调研，一见面就说明："今天不在你这里吃饭。"他在了解过华明集团的发展现状后，对周华明的雄才大略进行了充分肯定。然后半开玩笑半认真地说："周老板，你能不能如实告诉我，为什么你要搞一个瓷器博物馆？"周华明说："很简单，我父亲烧了一辈子瓷，耳濡目染，我从小就喜欢瓷器。这些年经营现代工艺瓷，也是为了把其中的极品留下。"汪东升问："按理你是我的校友，又是我的学长，为什么校友会中从未见过你的影子?"周华明沉默少顷,回道:"我为求得生存,每天都要捕捉商机,哪有时间去参加校友会。再说,即使参加了,我这样的小人物也不会引起您的注意。"汪东升又问道:"我有一位老师叫姜昊,不知道你熟悉不熟悉?"周华明说:"熟悉谈不上,但他的大名如雷贯耳,岂能不知?说起来我也算是他的学生呢。"汪东升说:"姜老师爱好收藏,也有一个私人博物馆。现在他年事已高,身体也不太好,已经产生了将博物馆托付给谁的念头,你如果对此有兴趣,我可以牵线搭桥,利益上的事我不参与,你们自行商量。"周华明的眉头挑动了一下,爽朗地说:"我只听您的,您怎么说,我就怎么做。不过,姜老师博物馆里的东西我要请一个人把关。"汪东升问是谁,周华明说:"江河市博物馆的姬曲成,这个人有钻劲,有眼光,讲真话。"汪东升哈哈一笑:"这个人嘛,我也熟悉,你请他把关,眼界是不是太低了?"周华明报以一笑:"这叫萝卜青菜,各有所爱。"汪东升又问:"你知道姬曲成是姜老师的学生吗?"周华明嘿嘿一笑,回道:"蒋介石还是黄埔军校的校长呢,最后有几个人听他的?"

　　姬曲成与周华明其实并未深交。在周华明成立博物馆时,肖道一带着姬曲成一起帮助博物馆建立器物档案卡片。在鉴定过程中,肖道一和姬曲成发现有十多件宋瓷是现代高仿品,好像在什么地方见到过类似的东西。肖道一是个老好人,说人家办个博物馆不容易,就不要太较真了,何况他对我们单位有赞助,翻了脸大家难堪。姬曲成没有吭声,他让肖道一写了这十多件宋瓷的档案卡片,自己独自找到周华明,向他说了对这些宋瓷的看法。周华明听了并未发火,反而诚恳地邀请姬曲成辞去公职,到他的私人博物馆当馆长，工资相当于他原来的五倍。姬曲成回道："我需要钱，但从不拜金，更不愿攀附任何私人老板，我有自己的追求，自己的活法。"自此之后，两人再无直接的联系。现在，周华明提出要姬曲成帮他把关，不知他葫芦里卖的是什么药。

在汪东升临别之前，周华明突然向他提出了一个问题："您现在身兼省里'鸟神坛'项目总牵头人的头衔，我斗胆问一下，如果该项目允许民营企业投资入股，我有没有机会？"

汪东升说："现在政府虽然资金紧张，但'鸟神坛'项目的主要目标是成为联合国世界历史文化遗产，旅游只是其附带的成分，它应该是政府投资的公共性项目。当然，你有这份热情是好的，如果将来政策允许的话，我可以为你说说话。"

"那就拜托了。"周华明感激地说。他把汪东升和小丁送至公司大门口，问汪东升下一站到哪里，汪东升有些神秘地回道："暂且不便说，回头再告诉你。"

其实，汪东升的下一站是到江河市博物馆找姬曲成，主要是了解"鸟神坛"的有关情况，因为发展文化产业是他当前主抓的另一个重要课题，他不找其他人而独独找姬曲成，其中自然有他的道理。

新任市博物馆馆长马定富早就接到了秘书小丁的电话，他责令姬曲成放下手头的所有工作，全力以赴迎接汪东升的调访，并再三叮嘱，在与汪东升的谈话中，一定要讲究原则，不要信口开河。姬曲成对马定富的做派非常反感，但表面上还是服从了。因为马定富就是以前被他嘲笑过，而后不断给他穿小鞋的文化局副局长，所以，他现在显得格外小心。

汪东升与姬曲成的谈话一开始就直奔主题："姬曲成同学，从专业的角度看，你觉得'鸟神坛'成果被国际权威机构认可，并最终成为联合国世界历史文化遗产，其概率大概是多少？"

姬曲成不假思索地回答："百分之一百！"

这倒使汪东升微微一惊，道："喔，你这么自信？这个问题我曾问过姜昊老师，他的回答是百分之五十，你为何断定百分之一百？"

姬曲成一听汪东升提到姜昊，心中感到为难，一时抓耳挠腮，不知所措。

汪东升见状，开口道："你不必顾忌姜老师的观点，其实姜老师还是很器重你的，再说，我们这是私人谈话，对外完全可以保密。"

姬曲成这才说道："姜老师是大家，考虑问题比较全面深刻，但他经过'文革'的磨难，对这种颠覆性成果产生的社会影响可能还有些心有余悸。而我呢，说我……幼稚也好，初生牛犊不怕虎也好，心中毫无顾忌。'鸟神坛'不是胡编乱造，而有实物为凭，它需要的……只是历史和科学的证实。我们到目前为止的研究只能说做了部分考证，更多的谜团还有待科学来解开。而当今科学发展日新月异，我相信完全揭开谜团的时间不会太远了。"

汪东升赞赏地点了点头，说："你的话很有道理。哲学上有个一直被人忽视的'顶点'理论，就是认为任何时候人们对世界的认识都是有局限的，因而以既有的定论来束缚创新思维的做法都是不可取的。我欣赏你在研究上的闯劲和韧劲，今天要问你一个问题，你从很年轻时就开始钻研'鸟神坛'这个课题，三十年锲而不舍，支撑你的精神信念到底是什么？"

这个问题对别人来说可以回答得要多漂亮有多漂亮，而姬曲成却不然，他结结巴巴地说："信……信念？您是说媒体上所宣传的那些信念？很惭愧，我……我真没有。"

"没有信念？不可能！一个人若是没有信念怎会如此坚持？我不要听宣传中的那些信念，因为其中大部分是假的，我只想知道你内心真实的信念。"汪东升估计姬曲成有什么顾虑，鼓励他放开来说。

姬曲成听到此言，觉得这个领导（他不敢高攀为"老同学"）比较实在，把马定富的叮嘱抛到了九霄云外，放胆回道："能够让我坚持下来的唯有中国历史文化的吸引力，如果这可以算作信念的话，那就是它。本人研究'鸟神坛'是从……一个偶然的发现开始，为了有资格研究它，我首先是在了解中国历史文化方面补课。另一方面，通过对'鸟神坛'的研究逐步深入，我进一步理解了中国历史文化的博大精深。我认为，中国历史文化中虽有糟粕，但总体上是全世界最悠久、最优秀、最完整、最有韧性的文化。我能为它尽一份绵薄之力，感到此生足矣！"

汪东升听后夸道："很好！这就是实实在在、毫无虚假的信念。那么，姬曲成同学，我还想进一步问一下，待'鸟神坛'这个课题完成后，你还有什么新的追求？或者说有什么梦想？"

姬曲成说："我这个人生性干不了大事，只能为研究'鸟神坛'坚持一辈子。至于您说的追求或梦想，如果是带政治色彩的，我没有，也不感兴趣。如果纯粹是指生活方面的，我只想让妻子别太累，吃穿方面好一点，儿子能够上一个好的大学。这就有点俗了，汪主席您不会笑话我吧？"

汪东升说："请不要叫我汪主席，今后就叫我老同学或老汪，否则太生分了。老实说，你的理想是普通了些，但并不俗。请你相信，凡是为国家做出了贡献的人，党和国家是不会忘记的。最后，我想向你咨询一个情况，你和周华明是不是很熟？对这个人评价怎样？"

姬曲成稍稍愣了一下，还是如实做了回答："我与周华明只是一般熟悉，算不上朋友，也没有什么过节。我可以用两个词来对他概括。一是精明。他事业如日中天，人脉神通广大，不精明是做不到的。至于……具体案例，用不着我多费口舌。二是怪异。这方面我可举两个突出的例子来说明。第一个例子，他的公司总部原来在深圳，后来迁到了江河市。谁都知道深圳是个政策宽松、充满商机的经济特区，是许多创业者的首选之地，可周华明却反其道而行之，其中……定有蹊跷，而又无人知道真正的原因。第二件，他刚到江河市不久，就提出愿花一百万元一年承包松寥山这个景点，只是由于赵炳坤的反对而搁浅了。其实，当时整个凤山一年才三百万元左右的利润，松寥山似乎没有人去。他这么精明的人怎么愿做亏本生意？后来，一个偶然的机会，我……才知道了其中的……玄机。"

"什么玄机？说来听听。"汪东升饶有兴致地接口道。

姬曲成抓了抓头皮，说："我有一个研究《易经》的朋友张仁和，他与周华明关系非常密切，有一次曾经向我透露，周华明将松寥山视作他的保护神，常在那里搞祭拜活动。至于……何为'保护神'，我就不得而知了。"

汪东升插话道:"你说的张仁和是不是个医生,江湖上号称'张半仙'?"

姬曲成回道:"正是。"

汪东升又问:"据说柳善存也很崇拜他,有无此事?"

姬曲成立即紧张起来:"我、我、我可没说,真、真不知道。"

汪东升哈哈大笑:"看来你惧怕柳善存,同学之间,何必这样?好吧,我也不强人所难,既然你不肯说,那就聊聊别的话题吧。"

……

5月中旬,在一个阳光明媚的日子,宋老终于来江河市了。

以往宋老在国内出差都是坐火车,据说是有恐高症。而近三四年却一改常态,大都乘飞机,其中的原因谁也不清楚。这次来江河市也是乘飞机。奇怪的是,他选的是傍晚时间,到江河市机场时,已是七点多种,华灯初上,星光闪耀。

宋老和他的随从人员被安排住在国宾馆。他的随从人员是清一色的男性,秘书小尤和保健医生老张的身份大家都知道,但另两位就不仅身份保密,甚至连名字都不公开,只知道他俩都姓肖,因此,暂时只能称他俩为"神秘二肖"。国宾馆实际上是鳌山宾馆的一部分。它三面环湖,一座别致的木桥通向宾馆所在的人工小岛。岛上翠竹茂林,花木扶疏,石径蜿蜒,疏朗雅致。整个宾馆除了一幢三千多平方米的三层楼,再无其他建筑,四周风景如画,一览无余,既清静宜人,又便于保卫工作。

宋老先小憩了一会儿，到了八点钟左右，就被接到了一楼的餐厅。餐厅内只有一张大圆桌，足可坐二十余人。圆桌中间放着一大簇鲜花，主花为深红色的石榴花，这是经过精心选择的。不知宋老出于何种考虑，他让四个随行人员都不跟他坐在一起，而是另辟一桌。

参加欢迎宋老晚宴的人员为所有市委常委、市人大主持工作的副主任龚玉林（主任由市委书记兼任）、市政协席主席赵炳坤。姜昊作为特邀嘉宾参加，因为他不仅是"鸟神坛"的主要发现者之一，还是市政府的顾问。而姬曲成则因级别太低无缘参加。当宋老在主宾席上坐定后，他们才纷纷入席。按照预先的安排，市政府全部副市长都要参加这个晚宴。在机场驰向国宾馆的路上，许惠民将此事的安排向宋老征求了意见，宋老觉得人太多了影响不好，他提出的就是现在的方案。这使那些本来能入席的副市长不仅觉得失落，而且对为献词所耗费的精力而懊悔。

宋老虽然已是耄耋之年，须发皆白，但神清气爽，口齿清楚。他坐下后首先指着他最喜欢的石榴花发挥开来："据说，在古希腊神中，天帝宙斯的妻子赫拉是一位主管婚姻和生育的女神，她的右手执着鸟杖，左手托着一只石榴，这石榴就代表了她所拥有司掌子孙繁衍的神权。嗯，大概是西汉张骞出使西域后把石榴引进的。在我国，它一进来就备受尊重，享受的礼遇比我高多了。汉武帝重修上林苑时，内育石榴十株。从此，历代皇家御苑中多有栽培。嗯，郭沫若先生对石榴曾做过评价，说它有梅树的枝干、杨柳的叶片，奇崛而不枯瘠，清新而不柔媚，这风度兼备了梅柳之长，而舍去了梅柳之短。它那深红的花，单瓣已够陆离，双瓣更为华贵，似是夏季的心脏。嗯，夏季的心脏，这个比喻太精当了。"

众人见宋老说话如此精神抖擞，饶有风趣，心情都放松了下来。

许惠民代表四套班子向宋老作了热情而简短的欢迎词。

宋老听后说："你只代表四套班子还不够，还要代表江河市人民，我同这里的人民不仅是乡亲，而且在战争年代是鱼水之情、生死与共的，我忘不了他们。"接着，他要求不要搞什么程式化的东西了，谁都不能到他身边敬酒，要敬酒就在原位，报个名字就可以了；并且任何人只能敬一次酒，这样既有了礼节，又免掉了俗气和混乱。

宋老发了话，大家只得依嘱而行，按位次循序逐一向他敬酒。不过，敬酒的间隔时间，每个人的祝福语还是有讲究的。比如，许惠民不是江河市人，他就不敢称宋老为老乡，说话比较拘谨。而柳善存是江河市人，他可以亲热地称宋老为老乡首长，话语中也可以有意地带些地方腔。

宋老不管是谁对他敬酒，都点一点头，举一举杯，抿上一口，至于这一口酒到底有多少，谁也不知道，只有他自己把握分寸。

按平时的习惯，宋老每天晚上都要喝上一两白酒，说是为了舒筋活血，增强活力，防止老年痴呆。这次他特地交代，别的酒一概不喝，只喝本地产的江河特酿，这种酒他在战争年代与老百姓喝过无数次，那时只是土烧酒，但喝得带劲，喝得痛快。江河市领导不敢违拗他的意愿。

宋老与众人一边喝酒，一边谈笑风生，其情浓浓，其境融融，席间他还不时询问本地老百姓的生活状况。根本就感觉不到他对"文革"遭遇的记恨，不知是他刻意回避还是胸襟宽大而淡忘了。

宴会大约进行了一个小时，宋老突然从口袋里掏出一张纸，戴上老花镜仔细看了一会儿，然后对大家说："同志们，饭前我说小憩，其实是要完成飞机上即兴创作的一首词，这也是为了不负诸位所望。本应用毛笔抄写下来挂在墙上，但因时间太紧，我只能在此向大家吟诵一下了。"

永遇乐·云中吟

万朵莲花，无边轻絮，空里飘起。远翥高翔，凌云鼓翼，南北东西矣。十洲四海，三山五岳，看我驭风而至。步悄悄、琼楼桂阙，一轮晓月天际。

天边蜃楼，人间海市，今世饱经云水。风景妖娆，前路蜿蜒，梦里人迢递。银河辽阔，孤帆来往，不见瑶池仙吏。云中行、餐风饮露，壮余浩气！

大家齐赞宋老的词写得好，当然每人的赞语各有千秋。

宋老哈哈一笑，道："诸位，你们的赞声可以停停了。因为即使我的词写得狗屁不通，你们除了吹捧，还是吹捧。至于哪里有瑕疵或谬误，你们即使看出了也不敢说，那就索性不要品评了吧。嗯，我在这里向你们公开一个秘密，这次为什么我要乘飞机？为什么要把词的标题定为'云中吟'？这就是要证明：我现在虽是无官一身轻，但还不服老；心中还装着天下，装着人民；至于我过去的功过是非，盖棺定论也罢，众说纷纭也罢，根本就无关紧要，它会像云一样轻轻飘去，无影无踪，唯一留下的就是我对人民的忠诚之心。嗯，新陈代谢是不可抗拒的自然规律，任何人想要'万岁'都是痴人说梦。这次回家乡，也可能是我此生最后一次，我对大家的精心安排和热情接待深致谢意。"

柳善存立即站起来说道："宋老，您是八十岁的年龄，五十岁的身体，这次绝不是最后一次，大家都盼着您来得越多越好。"

宋老喝了口茶，清清嗓门继续说："有人告知我，这次你们为了欢迎我，让我高兴，四套班子的领导成员每人都准备了几首词，且要我在演讲报告中即兴点评，我听后心里很不好受。嗯，很不好受。试问一下，你们之中有几个能熟练填词并懂得宋词风格的？为什么要把这么多精力用在我这个退休人员的兴趣爱好上？我十分感谢你们的热情，但是这种迎合之风万万不可长，请记住，万万不可长！"

餐厅中顿时气氛凝重。

宋老稍稍顿了一下，也许感到自己刚才的口气太严厉了，便缓和了一下情绪，缓缓说道："当然，我知道你们之中也有文化底蕴比较深厚的，比如赵炳坤同志就是一个。炳坤同志，我请你向大家介绍一下，为什么唐诗会发展到宋词，且宋代词的成就远超于诗。"

赵炳坤对这个问题当然能说得清楚，但他知道在这种场合不该他来说，便站起来回道："宋老，您高看我了，这个问题我真说不清。"

宋老又指指许惠民："你当过大学教授，又出过许多书，是名副其实的大知识分子，那就听听你的高论？"

许惠民脸上像火一样的烫，紧张得说话都不流畅了："宋老，我、我真惭愧，哪算什么大知识分子，只、只是在经济理论方面懂得点皮毛，对唐诗宋词一窍不通，哪敢在您面前胡说八道，还是请您指点吧。"

宋老用右手托着下巴沉思了一下，道："江河市是人文荟萃之地，你们班子成员总得有人当代表回答一下，回答得不完整不要紧，我来做补充。"

这时，整个席间鸦雀无声，有的垂下头，有的眼光扫视着别人的表情。

"我来抛砖引玉吧。"说这话的人是柳善存，话音刚落，所有人的目光都聚集到了他身上，这目光中有赞赏的，有惊奇的，也有妒忌的。

谁也没有料到柳善存懂得宋词！

谁也没有料到柳善存在关键时刻能够挺身而出！

谁也没有料到柳善存神态竟然如此镇定自若！

其实柳善存的准备工作做得很充分，他不仅讨得姜昊的欢心，请姜昊写了两首词，一首内容是宣传松寥山"鸟神坛"的，另一首内容是歌颂革命前辈的。同时，他还设想了宋老可能提的主要问题，有针对性地查阅了有关资料，以有备无患。宋老刚才所提的问题，正好是他事先做过功课的。于是，他就开始侃侃而谈。

"唐代既有诗，也有词，但只有唐诗在早中期达到了登峰造极的地步，不仅产生了诗仙李白、诗圣杜甫等杰出代表，而且民间流传甚广。到了晚唐，政治经济日益衰弱，加之以李商隐、杜牧等为代表的诗人过分追求深奥的意境，民间渐渐看不懂了。可是民间不可能没有寓情于乐的娱乐生活，加之北宋音乐盛行，需要有人依曲填词，便于歌唱，于是，一批文化人甚至老百姓就自己编词歌唱，酒肆歌楼也充斥了歌妓的艳曲，这就是最早的宋词，它受五代词坛前蜀和南唐这两派的词风影响很大，主要内容是体现感官刺激和言情的，这为士大夫所不齿。让宋词进入士大夫视线的最关键人物是李后主李煜。李煜是个文学天才，他的前半生可谓醉生梦死，寻欢作乐，词中没有任何忧国忧民之情。但后半生亡国之后，被宋太祖软禁在北方，他的心境与做皇帝时大相径庭，便开始用词表达家国之思，让词的格调发生了变化。不再是风花雪月的艳情，而成了一种有哀愁、有思念、有思想的高雅文学形式，加之词讲究节奏、格律、音乐，比之宋代的诗更能抒情，就大受北宋知识分子的欢迎和追捧了。后来经过北宋范仲淹、晏殊、欧阳修、苏轼、柳永等人的发展，宋词的文学成就远远超过了宋诗。到了南宋时期，秦观、周邦彦和李清照等，则把词变得更有美学品质和音律感了。"

　　本来柳善存还准备进一步发挥下去，但转而一想，言多必失，点到为止就足够了。因此，他讲到这里停顿了下来，谦逊地说："我只知道这些皮毛，谬误之处请批评指正。"

　　宋老击掌称赞："嗯，江河市不愧为藏龙卧虎之地，柳市长随便一说，就很精彩，虽然说得不够全面，但击中要害，脉络清楚，我看就不必补充了。嗯，不错，不错。"

许惠民请求道:"宋老,您还是做些补充,让我们长长知识吧。"

宋老又喝了几口茶,脸色忽然变得严肃起来,道:"你们要我补充,我就不在宋词上做补充了,而在另一件事上做些补充。嗯,最近我从报纸、电视上看到你们对松寥山'鸟神坛'的宣传力度很大。松寥山嘛,我在战争年代曾去过多次,解放后50年代和60年代我也先后各去过一次,可想而知,我对松寥山并不陌生。嗯,这座山形状确实有些奇特,可是不是你们所宣传的最古老的'鸟神坛'却是值得商榷的。再说,中国五千年的文明史岂能随意颠覆,我提醒对此事要慎之又慎呀。嗯,我看了姜昊和姬曲成关于这方面的一些文章,觉得他们学问很深,可其中也隐约有一些迷信色彩的东西,这可值得注意呀。嗯,当然啰,现如今不能随便给人扣帽子,这只是我个人的一点感觉,不一定正确,你们再请专家好好研究一下吧。"

只听到"叭"的一声,姜昊一拍桌子,站起来指着宋老吼道:"姓宋的,你说我和姬曲成在研究'鸟神坛'中宣传迷信,这有没有证据?如果拿不出证据,对你这种乱扣帽子乱打棍子的'文革'遗风,我表示强烈的抗议,并要你做出道歉!"

此话一出,四座皆惊!

宋老稍稍愣了一下,声音仍然平和地说:"嗯,你就是姜昊吧?我对你并不陌生,你是南吴大学历史学教授,'文革'中受了点折磨,性格有些古怪,对不对?嗯,你要我说出你们宣传迷信的证据,这太容易了。比如,你们说'鸟神坛'的原型是凤凰、朱雀这些'神鸟',松寥山是'神山',共产党人从来不信神，哪来的'神鸟'和'神山'？还有，'鸟神坛'这个名称本身就是迷信，你们还煞有介事地论证它是一万五千年前'人为加工'的产物。科学早已认定新石器时代发端于一万年前，所谓'鸟神坛'说到底不是'人为加工'而是'神为加工'，是不是？更有甚者，江河市的老百姓听了你们的蛊惑，这几年越来越多的人到松寥山祭拜神灵，其中还包括一些党政干部。凡此种种，不必一一列举，就足以证明你们宣传迷信并带来了严重的后果。嗯，如果说姬曲成因为文化底蕴不深还情有可原，可你作为一名曾经学过考古专业的历史学教授，对此难道不感到脸红、不应该做出深刻反省吗？"

"一派胡言！简直是放屁！"姜昊毫不示弱，声音也在颤抖："所谓'科学早已有定论'的东西就不能改变吗？如若对此肯定，那你所界定的'科学'就成了新迷信！凤凰、朱雀这些鸟我确实没见过，但历史上有记载，在它们前面加一个'神'字，那只是中国文化中的赞美之词。我倒要反问一下，被称为中华文明标志的'龙'你见过吗？为什么在你的著作中对'龙'极为推崇甚至神化呢？至于说到有人到松寥山搞祭祀，这不值得大惊小怪，松寥山本来就是凤山的一部分，凤山是佛教和道教融合的名胜之地，这些常识你不懂吗？可怜啊可怜，你自以为荣耀的'国学大师'实在是盛名之下、其实难副啊！更可悲的是，你自己也在'文革'中受过冲击，今天却以'文革'的眼光来看待新生事物，以'文革'的手段来对待科研人员，难道你对此不感到脸红、不需要做出深刻反省吗？"

宋老听后，哈哈一笑，道："姜昊，今天有这么多江河市的领导干部,我不想因为与你的口舌之争扫了大家的兴,有时间我俩单独交谈吧。不过,你很快就会看到,有关'鸟神坛'的闹剧会带来什么结果!嗯,诸位,诸位,今天时间不早了,我也有些累了,是不是宴会到此为止。"说完,起身离席。

……

宋老在欢迎宴会上被姜昊搞得有些不愉快,江河市领导也没有对他的意见做出正式表态,但宋老的心胸还是开阔的。第二天他就认真考察了松寥山,第三天到第六天,他每天上午九点至十二点考察江河市的其他历史文化名胜,下午小憩后便起来喝茶、练字、打太极拳,还抽出时间与秘书小尤和"神秘二肖"一起交流。除了取消原定的"宋词演讲会"外,其余一切正常。

在这六天中,江河市领导班子中唯有柳善存一人陪同考察,这是宋老指定的。柳善存对此感到又惊又喜,惊的是他害怕这样会引起班子其他成员的非议,喜的是能得到宋老的垂青,自己今后的前程会更加顺畅。在第六天考察瑞山时,他这份"喜"的感觉尤为强烈。

瑞山是江河市最大的国家森林公园,这里树木葱郁,山花烂漫,泉石枕流,古寺众多。而在这些古寺中,宋老对"招隐寺"特别钟爱。

招隐寺最初建于招隐山巅,由南朝刘宋时戴颙的故居改建而成。据说戴颙一生只有一个女儿,女儿极为孝顺,为侍候父亲,终身未嫁。戴颙死后,她将住宅捐给僧人,建造佛寺。由于戴颙是个大隐士,这个山坡被取名为招隐山,寺名遂称"招隐寺"。

后虽因战火几度重建，但至今仍保留着当初的原貌。招隐山的山门前有一座巨石牌坊，刻着一副楹联：

读书人去留萧寺
招隐山空忆戴公

宋老指着这副楹联问柳善存："你知道它的精妙之处吗？"

柳善存谦逊地回道："学生浅薄，只是略知一二。上联是指梁武帝之子昭明太子萧统，曾在此寺读书，并在这里完成了他的《昭明文选》，人去寺空，留下千载萧瑟的遗迹。下联指戴颙隐居此山中，令人神往与眷念。"

宋老说："小柳，你回答得不错，现在像你这样有政治头脑又有文化底蕴的年轻领导干部已是屈指可数，将来前程不可限量啊。说起这个'戴公'，他不仅是个大隐士，还是位大音乐家。他一生创作了十五部曲谱和一部长曲，其中的《广陵》《止息》《游弦》三曲，更是中国古代音乐史上的奇葩。至于这位'昭明太子'，更是一位奇才。他放弃皇位，在此粗衣陋食，夜以继日，直至双目失明，终于编成30卷《昭明文选》。这部《文选》收录了上起周代、下迄梁朝100多位作者、700余篇各种体裁的诗文词赋，基本上汇集了梁以前的文字精华，是我国文学史上的一座丰碑，对后世的影响巨大而深远。像这样优秀的历史文化你们江河市不去大书特书、不去深入挖掘，却异想天开地宣传什么'鸟神坛'，岂非咄咄怪事？"

柳善存连忙说："宋老说得对，说得好！我看您身上就有昭明太子的遗风,部长、省长不当偏要教书育人。"

"不敢,不敢,我哪能跟昭明太子相比?"宋老哈哈笑道,"我不光是教书育人,还当了大学校长,后来又接受了一个官职,弄得官不像官,师不像师,说起来真是丢人现眼哪。"

柳善存接口道:"倒不是我逢迎您,你真是领导中的国学大师,国学大师中的领导,堪称现代版的王安石!"

"王安石?"宋老摇摇头道,"你可知道王安石最终是抑郁而死的,这是为什么?"

"因为保守派重新得势,他主持推行的新法被全部废除。"

"不错,这确是主要原因。我虽不敢跟王安石比,也算得上忧国忧民的改革派,本来可以躲进小楼,颐养天年,可听到、看到有人鼓吹'鸟神坛'之类的封建迷信,我能袖手旁观吗?"他稍稍停顿了一下,问道,"你与姜昊是师生关系,与姬曲成是同学关系,应该知道他们相信迷信,是不是?"

"是。姜昊是我的老师,我不敢说。可姬曲成曾亲口对我说过,他相信鬼神和灵魂的存在。"

"既然这样,你为何不对他加以制止,反而亲自主持了'鸟神坛'国际研讨会,还力主把这项所谓研究成果作为向联合国'申遗'的项目呢?"

"我哪能做得了这个主?赵炳坤当时作为市委书记,对此事全力支持,我顶不住呀。另……另外,省委书记陈逸新对这项成果也很欣赏。"

"好,你终于说到问题的要害上了。"宋老拍了拍柳善存的肩膀,"赵炳坤现在没有什么话语权了。至于陈逸新,他在大学的专业是经济学，对中国的历史文化了解不够，可以说是受了蒙蔽，他那里的工作，由我来做，相信对我的话他还是听得进去的。在我的家乡江河市，我今后不会找那个到现在还没明确态度的书生许惠民，而只会抓住你了，愿不愿意？"

柳善存感激地说："愿意，当然心甘情愿！不过……今后我万一遭人非议或遇到困难，还得指望您为我撑腰，为我说话。"

宋老立即表态："这个没有问题，只要你相信我这个老头子，我可以为你做的事超乎你的想象。"

柳善存听了最后一句话，立即领会了其的含义，他不失时机地将一首早已准备好了的《满江红·颂革命前辈》呈给了宋老。

……

第七天中午，宋老和随行人员乘飞机回了北京。就在当天晚上，电视台在新闻之后的一个重要栏目中，播放了题为《江河市松寥山"鸟神坛"到底是科学还是迷信》的报道。标题虽是疑问句，但内容却很肯定——所谓"鸟神坛"是打着探索历史文化的旗号，行宣传迷信之实。到这时，江河市领导班子成员才知道，随行人员中的"神秘二肖"原来是电视台的记者。

电视台报道批评性的专题新闻，肯定是得到相关领导审批的。为此，江河市连夜召开了市委常委、副市长联席会议。会议由市委书记许惠民主持。

首先由许惠民向全体与会成员介绍宋老对松寥山"鸟神坛"项目的态度，然后，又播放了电视台对这个项目的批评性报道。许惠民说："我因到江河市时间太短，对这个项目了解不是很深，先请大家畅所欲言、各抒己见吧。"

会场上稍稍沉默了一下，就开始了踊跃的发言，其间有激烈的争论。大家的意见可归纳为两派：一派以市委副书记、常务副市长程跃为首，认为"鸟神坛"项目不仅是本市文化产业的最大亮点，而且对挖掘历史传统文化、提高知名度有着十分重大的影响，应积极推进，决不能轻言放弃。宋老的意见只代表一种学术观点，而不代表组织意见。电视台的报道严重失实，显然是宋老一手安排的。我们应该据理力争，还其真相。

另一派以市长柳善存为首，认为宋老的意见和电视台的批评是正确的、中肯的，决不能在政治方向上犯错误。因此，应立即停止宣传"鸟神坛"观点，停止"鸟神坛"项目的推进，并且将整改措施尽快报给宋老和相关部门。

两派的人员基本相等，这就让许惠民为难了。按规矩他要作总结性发言，最后定调。他紧锁眉头，沉默不语。少顷，他用目光盯着赵炳坤，说："老书记，按理这个项目您最有发言权，是否能请您谈谈看法？"

赵炳坤的确有许多话想讲，但他觉得这种场合不合适，再说，他也要看看这位新来的学者型书记是什么态度，如何收场，于是回道："许书记，我今天只是列席代表，按规定没有发言权，你就不要强人所难了，有些意见我在会后与你个别交流。"

许惠民觉得赵炳坤这块老姜话里有话，于是并未轻易下结论，而只是对会议做了个简单的总结："刚才大家畅所欲言，这一点很好。有不同意见并不奇怪，兼听则明，偏听则暗嘛。真理就是在争议中、在实践中才能越来越明的。我综合大家的发言，提出两点建议：第一，有关'鸟神坛'的研究成果应用项目是否推进，暂时不要贸然下结论，由我向省委书记陈逸新同志汇报，听听他是什么意见后再定。第二，请市政协为主、市人大配合，就'鸟神坛'研究成果应用项目邀请专家召开专题会议，将讨论意见向市委报告，这是为了倾听民意。由市委为主，市政府配合，就'鸟神坛'研究是否有封建迷信色彩做出公正、全面的调查，在此基础上，再采取相应的措施。"这个简单的总结，既没有明确肯定或否定宋老和电视台的批评，更没有完全赞同柳善存的激进意见。赵炳坤由此看出，这位看上去还有点书卷气的市委书记，头脑清醒，有自己的见解，并且讲究方法。

许惠民之所以没有叫柳善存陪他一起向省委书记陈逸新汇报，自有他的想法：这次宋老的江河市之行，对本市的经济文化发展可以说是毫无推进，而柳善存却出尽了风头，他不仅出人意料地回答了宋老有关宋词的提问，而且被宋老指名单独陪同去考察，足见宋老对他的青睐。这除了他的殷勤善变，不排除他事先做了大量的工作。自己与这样一个颇有心机的人在一起搭档，看来不得不防。

几天后，许惠民把此事对陈逸新做了汇报。陈逸新沉思良久，对许惠民说："你毕竟是个学者型干部，对宋老的影响力大到什么程度可能不十分清楚。他不仅仅是我的老师，而且对上层和许多民众来说，还是很受尊敬的革命前辈和国学大师，说话的分量很重。当然，我们作为主政一方的领导者，不能什么事都'唯上'，而要实事求是，踏踏实实为人民谋利益。在这二者之间，有时候必须讲究策略。就松寥山'鸟神坛'项目而言，我讲三点意见供你们参考。其一，暂时停止对这一项目的推进工作，但不撤项，不撤销项目机构，今后视情而定。其二，暂时停止对松寥山'鸟神坛'的宣传工作，但学术研究可以继续进行。其三，暂时对松寥山以一般性旅游项目加以严格保护，在此期间不要对游客开放。至于对电视台的失实报道，你们只要拿得出过硬的证据，就如实上报，必要时，我会去做些工作。"

许惠民虽然书生气较浓，但毕竟智慧过人，他认为陈逸新书记的三点意见前面都加了"暂时"二字，这其中大有讲究。在如今的情势下，有些事即便是正确的也必须等待机遇，不能盲动蛮干。对于宋老这种干政现象，即使认为不妥，也只能暂时保持沉默。就松寥山"鸟神坛"项目而言，机遇就在于二者之中：要么待宋老思想转变之后，要么待宋老百年之后，这些都是只可意会不可言传的。

柳善存对许惠民传达的省委指示精神虽不敢公然反对，但他更看重的是对宋老尽快有个交代，以加深他对自己的好感，为此，他雷厉风行地干了三件事。第一件，立即切断对"鸟神坛"研究项目的资金支持，使其成为无米之炊。第二件，责成文化局撤销了姬曲成的博物馆副馆长职务，理由当然不是说他宣传迷信，而是说他收受礼品。至于收受什么礼品，收受谁的礼品，要求文化局不必细究，以免家丑外扬，造成政治后果。第三件，严令姬曲成不要再发表松寥山"鸟神坛"的相关文章，如有违背，将开除公职。他本来觉得姬曲成在"鸟神坛"项目上有利用价值，并打算让其来逐步取代姜昊的地位，因为他感觉姜昊像一颗定时炸弹，说不定哪一天会把他炸得面目全非。现在，"鸟神坛"

项目要停止了，他觉得今后重新启动的可能几乎没有，姬曲成也就失去了利用价值。同时，只要封杀了姬曲成，姜昊也就孤掌难鸣了。以前自己对姬曲成所采取的怀柔政策，甚至屈就向他请教专业知识，现在回想起来，这几乎成了自己的耻辱，他要加以洗刷。

姬曲成由红人变成了罪人，由天堂跌入地狱，这一切来得如此之突然，如此之猛烈，如此不可思议，没有几个人知道其中的真实原因。姬曲成自己更是被彻底搞蒙了，他的心情坏到了极点。平时他滴酒不沾，这几天他每天晚上都独自喝得酩酊大醉，心中似有百爪抓挠，喝醉后还不时胡喊着："老天的眼睛瞎了！柳善存，你是个地道的小人！奸人！……"

妻子听他叫喊，吓得浑身哆嗦，不停地安慰他："曲成，别难过，乌云遮不住太阳，黑夜总会过去的；别信口开河，当心隔墙有耳；别一蹶不振，今后说不定会有贵人相助……"

一连两天，姬曲成从早到晚呆坐在江边看着"鸟神坛"，一口饭不吃，一口水不喝，一句话不讲。他的脑海中甚至出现了幻觉，一会儿是"鸟神坛"痛心哭泣，泪如雨下；一会儿是焦光飘然而至，向他索回《松寥神韵》……已经退居二线的肖道一怕他出事，一直陪伴着他，宽慰着他。

谁都没有料到，第一个来帮助姬曲成的"贵人"竟是姜昊。当姜昊知道姬曲成被撤职后，他匆匆赶到姬曲成家中，不由分说地拉着姬曲成冲到了柳善存的办公室。

姜昊质问柳善存："你怎么一会儿是人，一会儿就变成了鬼？就因为宋老头几句似是而非的话你就成了糟蹋'鸟神坛'项目的急先锋？你依靠这一项目爬上了市长的位置，现在为了保住位子又急乎乎地想砍了它，你真是个见风使舵、翻云覆雨的小人！"

柳善存挤出笑脸："老师，停止'鸟神坛'项目是市委市政府根据省委指示精神集体做出的决定，我充当这个角色实在是不得已而为之，您怎么骂我都不要紧，可千万别瞎议论宋老，他是个德高望重的领导和学者，更是江河市人民的偶像，您要是说有损于他的话我是要制止的。"

姜昊提高了嗓门："什么宋老，狗屁！他跟我一样，已经是个退休人员，还有什么资格到处指手画脚，兴风作浪？特别是在考古学上，我的大学老师高先生早就认为他是个伪学者，凭僵化的观念和长官意志胡说八道，乱扣帽子。你们怕他，我可不怕，我不知道还有几年就见阎王爷了，难道还怕他像'文革'一样要我游街批斗？在当今大兴改革开放的时代，一项本可彪炳史册的学术成果竟然可以被几句胡言乱语枪毙，这岂不是历史的悲剧？岂不是对时代的嘲讽？"

这些话把柳善存吓得冷汗直冒，他急忙阻止道："老师，我敬爱的姜老师，请您别再说下去了，再说下去你我都承担不起责任，对普通人进行人身攻击都会构成犯罪，何况他是宋老？"

姜昊冷笑道："呸！你堂堂七尺之躯，没一点男子气！我只是讲了几句实话，哪有一点点人身攻击的地方？真是欲加之罪，何患无辞！如果你像奴才一样因为要维护他而打击我和姬曲成，那我就来个一不做二不休，将事实的真相告白于天下，包括你的一些丑事也一起曝光，现在是信息时代，许多事像以前那样靠封杀是不可能得逞的,知道吗?不可能!"

柳善存被姜昊一席话震住了,他知道凭姜昊的性格会说到做到,如果真的如实曝光,宋老不会放过自己,省委也不会放过自己。尤其是自己被姜昊抓住的那些"丑事",一旦大白于天下,自己将再无出头之日。特别是当着姬曲成的面说这话,自己更是丢尽脸面,无地自容。但是,他还是控制住了怒火,挤出笑容,对姜昊说:"老师,您别太激动,牢骚太盛防……咳,不,不,一定要防止血压升高,我完全是为您着想,才说了前面几句话,您如认为不妥当,就当我放了个屁。您到底想要我怎么做才能解气,才能满意,不妨痛痛快快地说出来,我会在自己的职权范围内尽最大的努力。"说完,将姜昊扶到沙发前,待姜昊坐下后,柳善存轻轻地帮姜昊捶着背,嘴里念念有词:"老师,气大伤身,千万别动怒,别动怒。"

姜昊这才把口气缓和了下来,向柳善存提出了三个条件:"既然松寥山'鸟神坛'项目没有撤项,就应该按原计划拨给项目研究费用,少一分钱都不行;有关松寥山'鸟神坛'的宣传你们市委市政府不敢搞,那就由我和姬曲成去搞,你们不要进行干涉,想干涉也干涉不了;姬曲成博物馆副馆长的职务必须立即恢复。平心而论,你们俩都是我的学生,我早就说过,论才学,你远不如他,可你当了市长,他才是个科长,板凳没坐热就要被撸掉,本是同根生,相煎何太急!"

柳善存听姜昊说自己的才学远不及姬曲成,心中又愧又怒,恨不能立即将姜昊的嘴封起来,但他不敢,强装出笑脸说:"老师说得对,本人确实才疏学浅,混到这个位置,只是村无大树,蓬蒿为林。老师，我的职权和能力有限，对您所提的要求只能尽力变通处理。第一，松寥山项目虽未撤，但已明确暂停，暂停到何时不得而知，在此期间必须中断项目研究经费。但是，考虑到您的特殊情况，您个人所需用的研究经费保证支持，实报实销，在别的项目上变通列支。第二，您个人宣传'鸟神坛'，我不敢干涉，也无法干涉。但姬曲成不行，因为他是江河市博物馆人员，不是我故意为难他，而是市委市政府的集体决定，我个人无法对抗组织呀！第三，姬曲成职务的恢复，看来要等一段时间，因为这是组织集体决定，任何人都不能随意改变。再说今天刚把他的职务撤了，明天就给他恢复，这就太儿戏了，负面作用实在太大，只能等契机。老师，您的话对我来说就是圣旨，我今后一定会保护帮助姬曲成，请您放心。"

姜昊见自己的大部分要求已经满足，也就不再紧紧相逼了。他对柳善存说："我也不是不通情理的魔鬼，只要你做到以上几点，其他事可以慢慢商量。但是，你如果只是一时搪塞敷衍我，今后出尔反尔，那你是知道我的脾气的。"说完，右手捏紧拳头在柳善存面前晃了晃。

柳善存见姜昊虽然做了让步，语气和动作中仍透着威胁，心中很是不快，但他确实惧怕这个老头，对他无可奈何，只得忍气吞声地说："感谢老师的理解，请老师放心，我一定说到做到，决不食言。同时，我也恳请老师有些话要讲究场合，以免……以免惹来不必要的麻烦。"

姜昊对柳善存所说的"有些话"是什么意思心知肚明，这也正是他拿捏柳善存的王牌，所以也就回道："你既然有诚意，我可以原谅你。你别担心,我只是个性情中人,心直口快,但对'有些话'还是会把握分寸的。另外,我得再啰唆一下,同门为朋,同心为友,你和姬曲成都是我的门生,希望你们要相互支持和谅解,千万不要成为冤家。"

……

第二个帮助姬曲成的"贵人"是赵炳坤。

在姜昊与柳善存"谈判"一个星期后,赵炳坤把姬曲成叫到了自己的办公室。一见面,赵炳坤就说道:"看你面色如此憔悴,日子一定不好过吧?你的委屈就不必细说了,我完全能够了解。今天我找你到这里来,主要是想听你下步有什么打算。"

姬曲成长叹一声,道:"世风日下,有志者空有抱负,还要遭人戏弄、诬陷,有没有打算有何区别,只能得过且过,消磨时光了。没有机遇,就浑浑噩噩,了此残生,万一今后还有机遇,再视情而定吧。"

赵炳坤说:"看来你太消极了,'哀乐失时,殃咎必至'。你啊要有一点沙漠胡杨的精神,活着千年不死,死后千年不倒,倒后千年不腐。"

姬曲成苦楚地说:"那只是勉励之言,什么人能真正做到?"

赵炳坤说:"我仅给你举一例,辛弃疾就是这样的人。他一生遇到多少打击,却初心不改,砥砺奋进,写出了他的名句:'千古兴亡多少事?悠悠,不尽长江滚滚来。'如果你觉得与大人物不能比的话,那我给你举一个你认识的小人物——顾时轮。他经历了'文革'的磨难,经历了中年丧子、老年丧妻的痛苦,六年前还得了绝症。可他就是没有倒下，还培养了成千上万个学生，而且在退休后，尤其是身患绝症后写出了四本专著。"

姬曲成听到这里，插话道："他身患绝症的事，我怎么一点都不知道？"

赵炳坤说："他对外一律保密，连现在的老伴儿都不知道。我只是偶然从医生那里才得知的。听说他通过练气功身体恢复得很好。"

赵炳坤停顿了一下，说："对于宋老这个人，我们的评价也要客观公正。且不说他的革命资历和早期在学说上的建树，单是在20世纪80年代末至90年代的思想解放运动中，他是最早坚持实践是检验真理的唯一标准的学者之一，也是最早对中国古代的变法派重新评价的领军人物，对改革开放起到了促进作用。这些都是应该肯定的。但是，在他的地位到达巅峰后，他却开始保守起来，甚至骄横起来。对于'鸟神坛'的看法和做法就是典型的例子。这样的人要他转变观念绝非易事，需要有足够的证据，还得有耐心。当然，我们不是把希望主要寄托在他的思想转变上，因为'鸟神坛'是科学还是迷信，这绝不是某一个人可以一锤定音的，它应由科学来论证。现在是第三次科学革命时代，也是国家向民主、法治政体迈进的时代，你觉得对松寥山'鸟神坛'的定性为期还会很远吗？要不然省委怎么会只是'暂时停止'，要求不撤项、不撤机构、不停止研究呢？你这样一个小科长的撤职，为什么会在网络上炒得沸沸扬扬呢？"

姬曲成虽然不研究也不太了解政治，但他能听得出来，赵炳坤对宋老的迷信之说是不以为然的，只不过他的身份决定了他不能放开来说。对此，他内心很是敬佩了。他对赵炳坤说："即使您对大势的判断完全正确，但目前有人要把我当替罪羊以向宋老邀功，在这种情况下，我还怎么能继续研究？"

赵炳坤说："你现在应该暂时离开博物馆，因为有些你知道和不知道的原因，你现在待在那里别说是研究，甚至连生存都很困难。但是，东方不亮西方亮，我可以把你调到市政协科教文卫部，这个部门有科研经费，你照样能够继续研究。在那里没有人敢找你的麻烦。另外，我可以把你提到部门副主任的位置，职级相当于博物馆馆长了。"

姬曲成一听说要叫他当官，马上摇头谢绝道："当官……我肯定不干，博物馆副馆长我只当了几个月就被撤职了，有人取笑我是'月经馆长'。吃一堑，长一智，既然我不是这块料，也就别再丢人现眼了。"

赵炳坤往姬曲成茶杯里加了点水，循循善诱道："老姬，你如果不把官当成官来看待，而是视为事业发展的一个平台，那就容易接受了。根据我多年的工作经验，有些事干到一定的程度，就必须要有合适的平台，否则，就会事倍功半，或者半途而废。再说，我把你安排到这个位置，不是叫你去干别的不擅长的事，更不是让你享清福，而是专门负责研究松寥山'鸟神坛'，这种事难道你干不了？如果哪一天机遇来了，博物馆实在需要你的话，你再回去就是了，我决不食言。"

姬曲成沉思片刻，突然问道："万一有人不同意我的调动呢？"

赵炳坤说："放心，有我呢。"实际上，他并非没有顾虑，只是没有把顾虑在姬曲成面前透露。在目前情况下，自己要支持并提拔姬曲成，市政协领导成员中肯定会有一部分人反对，可赵炳坤有信心、有能力说服他们。

姬曲成嗫嚅道："我、我不是指市里，而是指……指上面万一有人干涉，您坚持得了吗？我不会因此……害了您吗？"

赵炳坤说："你太多虑了。别说上面不管这样的小事，即使要管的话，我也有应对之策。至于你说到可能害了我，这就杞人忧天了。我赵炳坤立得直，行得正，谁能害得了我？不管风吹浪打，胜似闲庭信步。"

姬曲成道："那您得容我考虑一下再给予答复。"

赵炳坤不再多言，最后送给了姬曲成一副亲书的楹联。上联：鸟在笼中，恨关羽不能张飞；下联：人活世上，要八戒更需悟空。

……

第四章

胎儿谜

时光荏苒，物换星移。许惠民在江河市任市委书记只有一年半时间，就被提拔为分管文教卫生的副省长。主要领导人员的调动，总会牵一发而动全身。书记调走了，市长如果任书记，那么，就要产生新的市长和副市长，甚至会涉及其他人的调整。可江河市这次却是一波三折。

按照省委原来的安排，新任江河市市委书记拟由外地调来，主要是考虑到柳善存刚由常务副市长直接擢升为市长，历练不够，政绩也不很突出，如果由他接任市委书记，可能难以服众。但是，宋老在关键时刻为柳善存做了工作，认为柳善存有潜质，可以给他压压担子，这样一来情况就发生了逆转，省委经过讨论，决定由柳善存接许惠民的班。

就在柳善存的提拔进入公示阶段时，省委书记陈逸新收到了姜昊的举报信，举报柳善存道德败坏，奸淫他家的小保姆武小玲，影响恶劣，强烈要求省委对柳善存进行严惩。

陈逸新对此事十分重视，立即秘密派调查组来到了姜昊家。调查人员首先找了武小玲本人，见她确已肚子明显隆起，怀孕是毋庸置疑的了，便询问她孩子的父亲是不是柳善存？武小玲矢口否认，并说是姜昊蓄意陷害柳善存。调查人员追问她孩子的父亲到底是谁，武小玲只是哭着说自己在外找了男朋友，名字不肯说出。

调查人员又问姜昊："为什么你断定武小玲怀孕是柳善存所致？"姜昊浑身气得发抖地说："柳善存常以关心我的身体为名，来我家嘘寒问暖，送礼送钱，开始时我还挺感动，以为他尊敬老师。可时间长了，我发现他与小玲眉目传情，心怀鬼胎。有几次我出差和住院回来，闻到家中有一股烟味，当时好生奇怪，趁小玲不在时，我到外面的垃圾桶中仔细检查，发现有许多极品'黄金叶'的烟头，而柳善存只抽这个牌子的烟。"他打开一个上了锁的抽屉，从里面拿出一个小塑料袋，袋中装着几个烟头。然后说："我把物证交给你们，从烟头可以提取DNA。你们再把武小玲叫到医院，进行DNA测试，就能掌握确凿的证据。我可以百分之一百地肯定，武小玲腹中所怀的一定是柳善存的孽种！武小玲还是个年少无知的孩子，她一定是被柳善存诱骗的。"

调查组把这些情况向陈逸新做了汇报。陈逸新面色凝重地说："此事涉及市委的声誉，容不得半点马虎。你们要认真对待，先找柳善存谈下话，根据情况，再做下一步处置。工作必须做得极为秘密，以避免证据有误而给柳善存造成负面影响。"

待到调查组找到柳善存说明情况，他顿时如五雷轰顶。掐指算来，他与武小玲发生性关系已有八个月左右，他们之间的偷欢都是趁姜昊住院或出差之机进行的。为了增加与武小玲相聚的机会，柳善存借鼓励姜昊研究"鸟神坛"为名，让他经常去外地参观、疗养。对于武小玲的怀孕，他已经知道，并想方设法处理，只是未能如愿。未曾想到，在自己晋升的紧要关头，灾难突然降临了。因为这事来得突然，来不及考虑应对之策。柳善存心里暗自叫苦不迭。老天爷，你就不肯帮我一把吗？这时，他突然想到自己一个月前，曾请"张半仙"算过一次命。

"张半仙"说柳善存的气色微黄属土，土旺于四季，且是胎养之气，故为喜庆的福德。尤其是柳善存驿马光明，眉心白润，得到贵人相助，近期仕途大顺。遗憾之处是右眼下睑刚长出一颗小黑痣，当是正南方有一年轻女妖相克。柳善存听后惊惶不止，武家村就在江河市的正南方，武小玲又确实是年轻的女性，难道她就是女妖？"张半仙"为何说得如此准确？柳善存随即问"张半仙"有何破解之术。"张半仙"从口袋中掏出一个紫色小盒，从盒中拿出一块铜钱大小的"平安扣"，说是用松寥山顶上的岩石雕刻打磨而成。此石本是灵物，加之上面刻有钟馗立像，便有了驱邪镇妖、保佑平安的功能。"张半仙"叫柳善存用红线将此物穿起挂在胸前，说这样能镇住女妖，保佑自己平安。此后，柳善存将"平安坠"一直贴胸挂着，连洗澡时都不敢取下，今天就要看它到底灵验不灵验了。

于是柳善存硬着头皮嘴里强硬道："诬陷！全都是诬陷！我愿意去做DNA检测比对，以自证清白。"

不知是"平安扣"显灵还是武小玲施展了什么手段，DNA

测试的结果竟然证明柳善存不是武小玲腹中孩子的父亲！柳善存先是一阵狂喜，继而又顿生疑窦：既然我不是孩子的父亲，那就说明武小玲还与别的男人发生过关系，这个男人又是谁呢？能够经常出入姜昊家门的，除了自己，就只有汪东升和姬曲成了。而汪东升一向以作风严谨、坐怀不乱为人敬仰，他无论如何不可能做这种事。至于姬曲成，既冷血又寒碜，小玲根本就不可能会看上他。那么，这人是谁呢？柳善存不敢想下去也不愿想下去了。

省委书记陈逸新听了调查人员的汇报后，认为DNA测试虽排除了柳善存，但在"烟头"问题上还不能完全证明他的彻底清白，因为唯一的证人只有那个与柳善存有说不清关系的武小玲。再则，姜昊的指控和分析臆测的成分虽然比较浓，但也不能说没有一点道理。这种事要想弄清不太容易，而形势又不允许久拖不决。因此，陈逸新来了个快刀斩乱麻，在他的建议下，省委做出了变通处理：由许惠民副省长兼任江河市市委书记。柳善存仍任市长并实际主持市委工作，遇重大问题必须向许惠民汇报。

对柳善存来说，省委的这种安排让他既欣慰，也担忧。令他欣慰的是，这种安排实际上是让他党政一肩挑，许惠民的市委书记不过是挂个名而已；令他担忧的是，这种安排也是说明省委对自己仍有怀疑，说不定哪一天突然会外派书记。

柳善存心中明白，由于自己前一段时间在宋老处的工作做得过勤过猛，招人反感，在现在这样的敏感时期，再请宋老发话效果可能不会好。柳善存决定与汪东升密谈一次，一方面想请汪东升指点迷津，同时也想探一下汪东升与武小玲是否有那种关系。

第四章 胎儿谜

两人的密谈是在金宁市喜来登大酒店的一个私密套间内进行的。

当柳善存向汪东升倾诉了自己目前的处境和担忧后，汪东升并没有马上直接回答柳善存的问题，而是先说了一通老子的"上善若水"与"不争之德"的哲理，然后才慢慢回到正题。他建议柳善存关键要保持一个"静"字。"因为你在观察上级，上级也在观察你，你只有表现得平静如常，稳似泰山，才能最终实现以静制动的目标。"他还提醒柳善存："所谓省委的态度，实际上主要是陈逸新的态度，作为一把手，他在人事上有绝对的控制权，同时，他是个外圆内方的人，宋老的招呼他不得不尊重，但心中未必没有反感。说到这里，我得顺便告诉你，陈逸新对松寥山'鸟神坛'项目其实是很感兴趣的，不排除到一定时机重新启动的可能性。按理，对'鸟神坛'一事，有宋老的亲自调研和电视台的曝光，上面一定会定调并要你们班子做出检讨。可这事却没有了下文，不了了之。据说电视台的'神秘二肖'还为此受到了有关领导的批评。为什么结果会被逆转？这除了许惠民主导的调查取证，除了姜昊的到处申诉，实际上与陈逸新的暗中支持不无关系。如果在这事上做得太极端，这不仅得罪了姜老师，而且使陈逸新心中不悦。所以，你要好好研究陈逸新，了解他对你的真实看法，博得他对你的好感。当然，我作为陈逸新的多年助手和朋友，应该也可以助你一臂之力。"

柳善存听了很感动地说："老领导，我柳善存能有今天，主要靠您的栽培，今后不管在什么岗位上，我都是您的忠实小卒。"然后，他又以诚恳的态度向汪东升请教："我与武小玲关系的不实指控虽然有了定论，但导致武小玲怀孕的人不能查出来，待她生下孩子，说不定还会给我带来意想不到的麻烦，对此您能不能给我支支招？"

汪东升微微一笑，道："你忘记了我刚刚跟你说过的'静'字。武小玲之所以不肯吐露孩子的生父是谁，自有她的难言之隐，你若紧紧相逼，她必破釜沉舟，咬住你不放，你的日子能好过吗？俗话说，要使人不知，除非己莫为。你对她的心思，别人不清楚，我能看不出来吗？你有时胆子也太大了，竟敢在老师眼皮底下与她打情骂俏，以为老师是瞎子聋子？更为重要的是，我们要为老师多想想。老师视武小玲为亲人，结果你却做出这种不光彩的事，他的心情会怎样？你知道老师是个认死理且天不怕地不怕的人，他早就察觉到你对武小玲有不轨之举，在向陈逸新举报你时，想顺便牵出两件事情。一件是你的大学毕业论文被他发觉是抄袭之作，后在你的跪求下才放了你一马。还有一件就是上次宋老回家乡时，你请老师代写了两首词，欺骗了宋老。这些事老师若真反映到陈逸新那里或更高层，你在仕途上还有希望吗？好在老师听了我的劝暂时没有这样做，但你如果与老师搞得越来越僵，就是在逼他走这条路。所以啊，我劝你还是要保持一个'静'字，好好地孝敬老师。而孝敬老师的最好办法，是继续支持他搞'鸟神坛'研究。本来老师的研究精力已有所不济，但宋老的刺激反而激发了他的斗志，他发誓一定要用更多的研究成果让宋老服输。至于武小玲腹中孩子的生父究竟是谁，到了她想说的时候，自然会真相大白，这用得着你操心吗？你只需做你该做的事，否则就会聪明反被聪明误。"

汪东升的这番话，使柳善存大惊失色，他没想到这位老同学、老领导居然掌握着他这么多的秘密，如果自己不主动找他谈，他会透露出来吗？他今天说出这话的目的何在？是真心帮助自己还是另有所图？柳善存不敢再往下想，红着脸堆上笑容说："老同学，您这真是应了陶渊明的那句诗：'落地为兄弟，何必骨肉亲！'你为我尽了兄弟之情啊。假如您不说，我还蒙在鼓里，不知道您为我做了这么多事，担了这么多责，您的谆谆教导我一定铭记在心，付诸行动。"他看了一下手表，道："已到晚饭时间，今天我们是不是让服务员送餐进来，边吃边聊。"

汪东升摇摇手，又向柳善存讲了庄子的一段至理名言："'君子之交淡如水，小人之交甘如醴。'君子因清淡而亲切，小人因甘甜而决绝。我把你视为二十多年的老友，困难时刻，尽情相助，这是为友之道，不值得如此夸张。你知道我的心意就行了，不必讲究吃饭不吃饭这些虚礼。我儿子刚从美国回来，我还要跟他谈点事，今天我们就到此为止吧，来日方长嘛。"说完，起身主动与柳善存握了握手。柳善存感到他的手肉乎乎、湿漉漉的。他知道自己留不住汪东升，就坚持要把他送到门外。

汪东升却在房门口挡住了柳善存："你哪来这么多虚礼？在门外被人瞧见好看吗？"

柳善存虽然暂时躲过了一劫，但仍心有余悸。他对那块"平安扣"的神秘作用更加相信，对"半仙"张仁和更加顶礼膜拜了。

张仁和建议柳善存，在凌晨日出前去松寥山祭拜一次。这让柳善存有些为难。他曾在张仁和的安排下去松寥山祭拜过两次。

第一次祭拜后不久擢升为常务副市长，第二次祭拜后不久又荣升为市长。前两次祭拜都灵验了，柳善存能不信吗？可是，宋老却是十分反对迷信的，他对江河市有领导干部祭拜松寥山一事深恶痛绝。如果再次祭拜被人发现，传到宋老或陈逸新那里，自己就不知要受到怎样的处分了。再则，天刚亮时凤山景区还未开门（松寥山属凤山的一个景点），如何进得去？如等到景区开门，人就不会少，还怎么搞祭拜？思来想去，柳善存还是抵挡不住祭拜的诱惑，他想了个万全之策，让秘书徐其亮告诉旅游局局长田大壮：明晨五点左右他陪同科学家考察"凤山日出"，请务必叫人开门、守门。张仁和则成了"科学家"。

翌日凌晨，柳善存、张仁和，还有柳善存的一位外地亲戚（也冒充为科学家），一起来到了松寥山。所有祭台、祭物、祭礼都由张仁和安排。祭拜前，张仁和为了使柳善存对自己更加崇拜，第一次系统地向他传授了有关知识。天上有二十八星宿，东方苍龙七宿为角亢氐房心尾箕；南方朱雀七宿为井鬼柳星张翼轸；西方白虎七宿为奎娄胃昴毕觜参；北方玄武七宿为斗牛女虚危室壁。东方苍龙、南方朱雀、西方白虎、北方玄武合称为"四象"，都由七宿排列的形象而得名。以南方朱雀为例，从井宿到轸宿看成一只鸟，柳为鸟嘴，星为鸟颈，张为嗉翼，翼为羽翮。后来，这"四象"成为天上的四大神兽、四大神君。由于"朱雀"管南方七宿，所以祭拜时要面对南方；又因"朱雀"在天上呈鸟形，所以祭台也应是鸟形。祭礼不是像寺庙中那种三跪九叩，而是跪伏在地，随着自己的心跳从一数到七，每一遍为"一礼"，跪到"二十八礼"才算礼毕。

柳善存按照张仁和的指点做完祭拜仪式，眼睛有些发花，膝盖也觉得麻木酸痛，他站起来走了几步，骤然间，他发现对岸有一个人向东走动，定神细看，竟很像姬曲成。心中惊诧无比：姬曲成怎么会出现在这里？守门的除了管理人员，还有自己的秘书徐其亮，按理外人一个都进不来呀。东面那个人向东越来越远，一会儿便消失在山林之中。柳善存这时在安慰自己：是不是因为我长跪在地产生了幻觉？

其实，这并非幻觉，那人确实是姬曲成。姬曲成为了观察不同节气、不同时辰"鸟神坛"的细微变化，一年中有三十天左右晚上住在凤山。由于他跟山上一位管住宿的老僧有多年交情，老僧为他提供方便并对外保密。刚才柳善存祭拜的一幕被姬曲成尽收眼底，并用手机偷偷地拍摄了下来。对于柳善存相信鬼神、相信祭拜，他以前只是有所耳闻，今天总算是眼见为实了。他除了震惊之外，实在不知道该如何处理手中这份特殊的资料。向上举报？别人未必相信，如果反被说成是诬陷，自己不知要被折腾成什么样。保持沉默？他又不甘心！因为柳善存实在是个伪君子，蒙蔽了无数人的眼睛！看来宋老说有些党政领导干部借着"鸟神坛"搞封建迷信，绝非空穴来风，但他一定万万想不到竟是柳善存。到底该怎么办？怎么办？

……

姜昊虽然长期单身，也没有生儿育女的经历，但有关常识和感觉他还是不差的。在武小玲怀孕三四个月时，他已有所察觉，回想起近来她对自己时有敷衍、躲避的现象，便询问她是否与其他男人有苟且之事。武小玲生气地说:"要说有野男人,就非你莫属,你可害得我一辈子嫁不出去了。"

姜昊被她这么一戗,一时理屈词穷,无以回答。他一方面假以安慰武小玲,一方面暗中进行调查。一个多月后,他终于收集到烟头这个证据,认定这是柳善存所为,便开始逼问武小玲怎么和柳善存勾搭上的,谁是主动者。小玲知道肚子不饶人,再想蒙混下去是不可能了,于是把心一横,说道:"你别疑神疑鬼诬陷好人,是你的勾引和骚扰,让我不得不在外找了一个年龄相近的男朋友,我腹中的孩子就是他的,难道我没有自由吗?难道你没有责任吗?"

姜昊说:"任凭你怎样巧言善辩,不老实向我交代出野男人是谁,就休想过得了这一关,只要我愿意,随时随地都可以将你逐出家门。你应该还记得,我收留你的时候是约法三章的。"

武小玲先毫不惧怕,反唇相讥:"你的约法三章中难道包含要我为你'捏脚''暖床'吗?你既然已害了我一生,就要付出应有的代价,我手中既有你的'遗言',又有你调戏我的手机录像,如果我把这些材料向公安机关反映,看你这辈子还能不能抬起头来!如果我把这些告诉爷爷和家人,看他们会不会剥你的皮、抽你的筋!"

姜昊禁不住打了个冷战,道:"你这鬼丫头平时一副乖巧温和的样子,想不到心机如此之重,心肠如此之毒!我已叫人查过,你们武家村原来是武则天堂兄一支的后裔。你爷爷为第三十代传人,你虽是女流之辈,当不了传人,但你不是一般女人!看来武氏血脉就断不了兴风作浪的女怪胎。怪不得《武媚娘传奇》

一开播，你就像着了迷一样，每集必看。只怨我当初瞎了眼睛，引狼入室。"

武小玲既然与姜昊撕破了脸，也就寸步不让了："不管你说我是小狐狸精也好、小武媚娘也好，反正我被逼到了这一地步，你要是不肯宽恕、帮助我，我剩下的唯一一条路就是与你拼个鱼死网破，你是一个大名鼎鼎的教授，我却是个普通的小村姑，光脚不怕穿鞋的，你与我两败俱伤值得吗？"

从这天开始，武小玲不仅不再为姜昊"暖床"，甚至连捏脚都不干了。姜昊气得七窍生烟。他见一时收服不了武小玲，就决定拿柳善存开刀出气，于是就向省委书记陈逸新反映了柳善存与小玲的不轨行为。在他看来，武小玲的态度敢如此猖獗，一定是仗着柳善存这个后台撑腰，只要后台一倒，再收拾小玲就容易多了。令姜昊没有想到的是，DNA测试竟然帮了柳善存的忙，这让他偷鸡不成蚀米一把，不仅撕破了自己与柳善存的面皮，还落下个举报不实的名声。他很不甘心于这样的收场，准备索性向陈逸新反映柳善存的所有问题。于是找到自己的得意门生汪东升，向他倾诉并寻求帮助。

汪东升对老师的遭遇深表同情。但他请求老师从大局考虑："既然DNA测试已排除了柳善存，那就没有必要对他死缠烂打了，因为他毕竟是您的学生，毕竟对您有照顾之功，您即使举报也未必有用。当务之急是要劝武小玲做掉孩子，并设法让她回老家。"

姜昊说："我问过医生，胎儿到了六个月以后，想做掉是非常危险的，再说武小玲也不愿意。至于要她回老家……唉！"姜昊脸露难色，嗫嚅道："恐怕、恐怕不太容易。唉！"

汪东升见状，觉得有些奇怪，问道："看老师好像有难言之隐，莫非您有什么把柄被武小玲抓着？"

姜昊心头一震，自己即使对汪东升再信任，也不能将难言之隐告诉他，这不仅有损于自己的形象，而且有可能激起武家人的众怒……"剥你的皮，抽你的筋"……武小玲的狠话回响在耳边。想到这里，姜昊含糊地说："只怪我当初瞎了眼，好心没有好报……唉！"

汪东升似乎理解姜昊的苦衷，劝慰道："老师，您要是觉得不方便立即赶走武小玲，那就不妨暂时留一留，然后视情而定。反正我认为最重要的原则是不能有损于您的形象，有损于您的正常生活。另外，我给您出个主意，您现在是江河市政府'鸟神坛'项目顾问，我可以让江河市为您配一个保姆，您就可以顺理成章把小玲辞掉吧。"

姜昊当然想辞掉武小玲，但考虑到武小玲的威胁，考虑到可能产生的后果，他实在不敢呀。于是，他对汪东升说："你的建议虽有道理，但我得认真考虑一下。"

……

姜昊回到家中，已是《新闻联播》的时间，他饥肠辘辘，精神疲惫，一进门，就一屁股跌坐在沙发上。

武小玲一改前些天那种冷若冰霜的脸色，把一碗热气腾腾的鸡汤面端到沙发前的茶几上，带着亲热的微笑对姜昊说："老先生，你累了吗？先吃晚饭吧，要不我来喂您？"

第四章 胎儿谜

姜昊正在惊奇武小玲的态度变化，武小玲已夹着一小块鸡肉送进他的口中，接着是一筷子面条、一调羹鸡汤地喂着，不一会儿，就把一碗面条吃个精光。

武小玲用餐巾纸帮姜昊擦了擦嘴，然后"扑通"一声跪下，痛哭流涕地对姜昊说："老先生，我这几天经过深刻反省，知道自己错了。您是我的大恩人，我不该忘恩负义，更不该对你耍心眼、发脾气，请看在我年轻无知、一时冲动的分上饶恕我吧……从今以后，我会像以前一样精心服侍您……只求您把我留下来……至于我腹中的孩子到底是怎么回事，时候到了，我一定会告诉您，而且，不管孩子是男是女，我都要他（她）永远认您这个太姥爷。"

姜昊本来就是个吃软不吃硬的人，尤其是最怕女人流泪，即使是在他发酒疯的时候，他都会被女人的泪水制服。虽然他对武小玲的态度转变感到突然和疑惑，但她带着泪水的每句话、每个字都冲击着他的心灵，瓦解着他的意志。蓦地，他长叹一声，老泪纵横，一把将小玲搂在怀中……

姬曲成发觉姜昊自实名举报柳善存之后，心情一直不好，时常长吁短叹，独自想着心事，便主动邀请老师一起到圊山秋游散心，顺便向他请教有关问题。

圊山临江壁立，位于松寥山的西北面，直线距离约五公里。它古时名曰瑞山。笃信神仙的秦始皇为蹈东海求长生不老之药，用神鞭赶山填海，将瑞山逐至江河市东郊临江之处。秦始皇细细察看瑞山，龙颜顿失，深感此山如巨龙蛰伏，鳞爪毕现，紫气氤氲，岂非有真龙天子与自己争夺天下？于是，就下令将瑞山的

"瑞"字去掉一个"王"字旁,把"耑"罩在一个方框之中,即成圁山。这虽是个民间传说,可其威慑力却不小,秦始皇死后,再无皇帝敢登此山,就连现今一些相信迷信的高官,也不敢光顾此处,唯有那些无拘无束的文人雅士却常登临吟诗作画。现在,它已成为江河市的一处风景区。

圁山除了茂林修竹、寺庙观庵外,最独特之处要数洞多,大大小小共有七十二个洞,其中箭洞为奇洞之冠。它在主峰西北处,顶高百丈,横空如桥,如新月悬挂中天。岩石"桥面"宽度不过三米,厚度只有四米左右,看似随时都有崩断的可能,由于地势险峻,无法登攀,只能远远仰视。但见其上云雾缭绕,林木萧萧,苍鹰若隐若现,宛如奇幻仙境。据民间传说,上古后羿射日时,因一箭射偏,穿过圁山而成箭洞。

姬曲成扶着姜昊在缓坡道上边走边聊,不到半小时,姜昊感觉体力不支,便在路旁的石头上坐下稍作休息。姬曲成说:"老师,我记得您于十年前曾参与考古队对箭洞的研究,据说至今都没有定论,我想聆听您的指教。"

姜昊听到姬曲成虚心向他求教,心中十分高兴,立即侃侃而谈。"像箭洞这样的景观全世界有多处,在地质学上称为'天生桥'。它们的形成不能一概而论,有的由花岗岩张性裂隙发育而成,有的是喀斯特地貌的岩石垮塌而成,也有的是片麻岩被冲蚀而成。就圁山的箭洞而言,我认为它的形成机理是:岩层经过江流数万年的侵蚀,下部一点点垮塌成为空洞,'天生桥'便初具雏形。此后,由于地壳隆升或侵蚀的继续,'桥体'的轮廓渐渐明显,最初的空洞被水流冲刷得越来越通透,原来的岩洞顶端便成了'桥面',岩洞中空洞的这部分成了'桥洞',一座'天生桥'便在漫长的沧桑岁月中形成。当年考古队的多数专家同意我的如上观点,但也有些人一遇到难以解释的现象,就轻易地断定这是'天外来客'之杰作。在我国的'三星堆文化'研究中,也有一批这样的学者。按此类推,松寥山'鸟神坛'就更是如此,我们的所有研究工作都是瞎子点灯——白费蜡。这完全是不负责的话。"

姬曲成说:"老师,我虽然在地质学上还没有资格发言,但感觉到您的观点是站得住脚的。我今天请您到这里来,有一个小小的心愿就是想解开'鸟神坛'与圜山'天生桥'关系的谜团。根据我三十多年的观察,每当春分和秋分时节的正午时分,如遇天气晴朗,站在松寥山顶部的中央位置,总能看到一个奇观:有三条像水雾状的光束分别直射到位于西面偏南处的'集凤台'、正西面处的'莲花洞'、西面偏北处的圜山'箭洞'。因我搞不清产生这种奇观的原因,加之怕被人讥为迷信,所以一直没有敢说。后来看到焦光在《松寥神韵》中也有类似的记载,就更觉得这绝非偶然,而是大有玄机。"

姜昊心想:"我当时在姬曲成面前翻阅《松寥神韵》时怎么没有发现?莫非是自己过于仓促而遗漏了?"他稍做思索,便回答道:"你所说的像水雾状的光束,应是阳光遇到水汽所产生的一种折射。折射所产生的奇观景象很多,你所说的奇景还只能属于一般。光束射向的这三个地方,可能由它们所处的特殊位置或岩石成分相近所致。至于为何是春分和秋分,这是由于这两个节气太阳直射在赤道上,南北半球昼夜平分,故称为'日中'。而

'日中'正午的水汽在阳光的折射下最容易产生所谓奇观。这一切都说明'鸟神坛'的设计者已掌握了堪舆知识（原来一直认为是伏羲最早所创），'堪'为观察天，'舆'为观察地。这又是一件让世人瞠目结舌的事。问题在于，我们对'鸟神坛'与'集凤台''莲花洞'之间的关系才初步找到线索，而'鸟神坛'与圌山'天生桥'之间的关系却毫无线索，过早地下结论显得有些贸然呀。"

姬曲成说："圌山以洞多闻名，可人们以往从未思考过其中的深层道理。我最近做出了一个大胆的推断：如果把洞穴与原始人的居住习惯联系起来，是不是会发现新的奥妙？若是经过深入详细的考察，能证明居住在圌山洞穴中的原始人与凤山'莲花洞'的原始人是同一时期或相近时期的，那就能找到二者之间的联系，'鸟神坛'与圌山之间的关系之谜也能随之解开。"

"这个想法好！"姜昊兴奋得双手一拍，对姬曲成说，"你的观察力、想象力和推理力已经远超于我，我不得不服呀。接下来，我请考古队对你的观点进行实证考察。请放心，这一次我决不会与你争名。"

姬曲成说："老师，我永远是您的学生，以前对您多有不敬之处，以后再也不会发生了。再说上述观点实实在在是我们在讨论中一起形成的，还有必要分你的还是我的吗？我担心的是，在现在这个时候动用考古队，是否会因为动静太大而引起某些人的反感？"

姜昊说："看来经过上一次小小的惊吓，你留下的后遗症不轻呀。别怕，有我在前面顶着。我与考察队的领导非常熟悉，邀请他们来考察圖山而不是'鸟神坛',这是顺理成章的,你说的某些人想干涉也没有理由。再说,为了防止柳善存这条变色龙再为难你,得讲究一点方式,这事由我牵头,你配合。"

姬曲成连声称好。

这时,天上出现一条七色彩虹,从姜昊和姬曲成所处的位置望去,彩虹贴在圖山天生桥的上方,如双桥横空,景色壮观,意象奇妙……

姬曲成任市政协科教文卫部副主任只有半年多时间,就被免去了职务。

这个部门的架构为一个主任,一个副主任,下设三个处,满编十二人。姬曲成的编制是经赵炳坤的竭力争取而后加的,所以,他成为编制内的第十三人,后来有人干脆称他"姬十三",实际上是讽他为"十三点"。

姬曲成被任命为副主任,让这个部门的所有人都不痛快。主任陈春晨首先不痛快。他本是市文化局局长,曾发表过长篇小说,也算一位名人,因与歌舞团的一位演员产生绯闻,领导为保护他而调至市政协。他希望有一位副主任为他承担具体事务,自己抽出时间继续写小说,过着有权无责、自由自在的潇洒生活。一听说姬曲成任副主任,他知道这个人不仅不会为他分担事务,而且还会给他增加麻烦,让自己经常做些擦屁股的事,因而失望至极。部门内三个处的处长对姬曲成的到来更不满意。因为姬曲成在无意中挡了他们的升迁之路。当然,姬曲成被撤销职务,除了部门内部的不满意,主要还是因为他对当官不适应,换言之,也可以说是不称职。

先来说姬曲成的"不讲政治"。政协会多,由于赵炳坤对姬曲成的照顾,对一些一般性的、可参加可不参加的会议都允许姬曲成缺席,为的是让他有更多的时间搞科研项目。其他人对此内心有意见,却不敢在赵炳坤面前表露出来。不过,有些重要的会议,各部门负责人都要学习、讨论、表态,这类会议姬曲成就必须参加了。在会上每人都得发言表态,其他人的发言都旗帜鲜明、很有条理、慷慨激昂。而姬曲成总是最后一个发言,发言也总是简单一句话:"我表示坚决拥护。"

再来说说姬曲成的"不懂礼仪",最为典型的是"驱赶领导视察"事件。

那是姬曲成任职的第三个月的一天,省政协视察组为真实地了解江河市政协各部门的工作状态和精神面貌,在不允许任何人陪同的情况下分头进入各部门。视察组的成员敲了敲半掩着的挂着副主任牌子的门(姬曲成享受单独的办公室),姬曲成正沉浸在写作状态,头也不抬就没好气地说:"谁在敲门,敲得不是时候,能否稍等一下?"视察组人员等了一会儿又开始敲门,姬曲成这才抬起头来说:"我不是说稍等一下吗?你进来吧。"人进门后,姬曲成仍坐在原位问道:"你是谁呀?看上去面生。"人回答:"我是省政协视察组的。"姬曲成说:"噢,原来是领导,请问有什么事吗?"人回答:"今天来你们这里视察工作。"姬曲成又问:"视察什么工作呀?"耐性极好的视察组成员回答:"看看你们的工作状态。"姬曲成说:"本来我的工作状态很好,被你这一打扰,立即就变坏了。"视察组成员问:"你刚才正在进行什么工作？"姬曲成说："写有关'鸟神坛'的论文。"视察组成员又问："什么叫'鸟神坛'？"姬曲成以鄙视的口气说："这可不是一两句话说得清的，也许说到下班你都不一定能懂，我劝你还是别问下去了，到别的部门去视察吧。"视察组成员终于有点忍耐不住了："今天我其他部门都不想去，就想在这里向你请教请教。"姬曲成见对方耍起了官腔，再想到又打断了自己的写作兴致，满肚子不高兴，把灯一关，道："我惹不起，总躲得起，你不走，我走。"言罢，招呼都不打，扬长而去。

这一"驱赶领导视察"事件，后来受到了省政协的通报批评，曾经在全省轰动一时。

最后说说姬曲成的"不懂人情"。姬曲成刚到市政协不久，赵炳坤就向他推荐了部门内的两个人作为他研究"鸟神坛"课题的助手。一个是对地方志有研究的一处处长董青霞，一个是对吴文化有研究的三处处长唐敬之。姬曲成在与这两个人谈了一个多小时后，就直截了当地对他俩说："你们都各有所长，但文化底子太浅，不太适合研究'鸟神坛'，还是干其他事吧。"这不仅伤害了两位处长的尊严，也使部门内其他人对姬曲成的狂妄自大愤愤不平，认为这个人今后难以相处。后来赵炳坤又介绍了一位市政协委员、江河大学历史学教授。姬曲成翻阅了这位教授的一些著作和论文，当面对这位教授说："你将来可能会很红，但你做研究政治色彩太浓，不适合于研究'鸟神坛'。"差点把这位教授气得当场晕倒。在赵炳坤的推荐都被一一否定后，姬曲成对赵炳坤说："在本市，有资格参与'鸟神坛'研究的只有肖道一，这个人学问很深，为人厚道。在本市之外，最合适的人员是姜昊。"

赵炳坤问："你就不担心姜昊与你有名誉之争吗？"姬曲成说："不担心，我永远是他的学生，没什么好争的。"

当姬曲成的种种奇谈异行被赵炳坤了解后，赵炳坤经过认真慎重的思考后，与姬曲成谈了一次话。

赵炳坤问姬曲成："你觉得陶渊明的学问如何？"

姬曲成答："陶渊明可以说是魏晋时期学问最高的，尤其是他的《桃花源记》和《归去来兮辞》影响最为深远，如今全世界都在研究他。"

赵炳坤又问："这样一个大学者为何连一个县官都当不好呢？"

姬曲成答："这主要有两个原因：一是当时官场污浊，他想洁身自好，自然就难以适应。二是他有着'采菊东篱下，悠然见南山'的隐士情结，在入世时有一种出世之想。心思不在官场，哪能当得好官呢？"

赵炳坤赞赏地点了点头，然后真诚地对姬曲成说："看来陶渊明的思想对你有影响，你是个人才，但不是将才，更不是帅才，只能算是专才。原来你说不适应当官，我还以为你可能缺少历练和宽容的环境，但从你到市政协后的表现来看，未必如此，这或许与你的性格、处世方式、人生观有很大的关系。我本来一直想保护你，让你有一个适应的过程，但认真考虑后觉得这不能从根本上解决问题。为避免外界的议论和你自己的苦恼，我想你还是发挥自己的专长，不当这个副主任为好，当个副调研员仍享受副处级的待遇，有一定的平台。至于你愿意与什么样的人合作，用怎样的方式合作等问题，我都给你充分的自主权，基本不加干扰,只要你能出成果就行。"

姬曲成对赵炳坤的理解、宽容和支持十分感激,但他不善言辞,始终是一句干巴巴的"实在感谢",他向赵炳坤表示,对于享受什么级别的待遇,自己无所谓,如果哪一天降他的级,即使降到什么级别都没有,他也能承受,只要允许他继续研究"鸟神坛"就行。

在姬曲成"退位"以后,一处处长董青霞接替了他的位置。董青霞年方三十,长得端庄美丽,文才也不错。部门内部大多数人对董青霞的晋升由衷表示祝贺,并不仅仅是因为她比较优秀,还在于他们对姬曲成的意见太大,早就以"纸船明烛照天烧"的心态盼望着送走这个怪物。尤其是主任陈春晨,他对董青霞十分欣赏,且暗生情愫,自然分外高兴。

姬曲成要邀请肖道一参加"鸟神坛"课题研究,一来是因为肖道一有深厚的文化底蕴且从不骄狂,二来是因为他一直默默地对自己的研究工作给予了力所能及的支持。当肖道一知道了姬曲成的用意后,不咸不淡地对他说:"我接受你的邀请不图一点名利,主要是为了你能坚持下去。不过,你不要对我抱多大的奢望,我毕竟精力大不如从前,只能为你提供点资料,出一点不一定有用的主意,写论文、开会、考察之类的事情我一概都不参加,实际上是个名义成员。"

姬曲成说:"只要您同意参加,什么条件我都答应您。"

姬曲成要求与姜昊搭档,心理上就比较复杂了。姜昊在松廖山"鸟神坛"国际研讨会上对他的打击,在当时如同把他从天堂拉向了地狱,使他悲愤交加。但是,随着时间推移和他对姜昊学术成就的认真研究，心情便逐渐趋于平静了。

他感到，虽然自己是松寥山"鸟神坛"的最早发现者，可是，认真分析起来，自己能够写出有分量的学术论文，的确也得益于姜昊的指导和帮助，从这一角度来说，自己与他相争，实在是太狭隘、太贪名了。赵炳坤书记说得对呀，如果说姜昊有心理上的扭曲，难道自己就没有吗？尤其是宋老发表意见后，姬曲成受到许多非议，特别是柳善存趁机发难和压制，是姜昊为他大声疾呼，不仅把柳善存骂得无地自容，而且毫无顾忌地批评了宋老，显示了他的文人胆量和风骨，这让姬曲成更为敬佩。因此，姬曲成是亲自上门去邀请姜昊的。

姜昊听姬曲成说明来意，也认真地考虑了一番。本来他并不喜欢姬曲成，可后来他把姬曲成与柳善存冷静地做了比较，越来越感到前者真实，后者虚伪；前者有真才实学，后者是绣花枕头；前者有傲骨，后者只有奴性。况且，柳善存虽迫于压力给他报销一点经费，但那毕竟是名不正言不顺的。现在赵炳坤公开支持姬曲成研究这个课题，有长期的课题经费，这对自己来说是有百利而无一害的，何必拒之于门外？因此，他对姬曲成说："我们师生俩真叫不打不相识，你既真心相邀，我也不能驳你的面子。今天我打开天窗说亮话，当初你在大学时向我请教'鸟神坛'的有关知识，我只当你是一时的兴趣而加以鼓励，但内心并不支持。因为我感到你缺乏考古学的系统知识而难有建树，还因为我不希望你将自己的青春年华耗费在这种冷僻而希望渺茫的课题上。没想到你持之以恒地倾注了自己的全部精力，且在学术水平上有了惊人的提高。我不得不承认自己老了，比不上你了，所以，我今后没有理由不全力以赴支持你。"

姬曲成诚恳地说："老师敞开心扉，语重心长，我感激不尽。市政协的'鸟神坛'课题实际上是把市政府的这一项目移花接木，改个说法便于操作。您是我的老师，市政府顾问的头衔也没有去掉，当然必须由您挂帅，我当助手。以前为名誉之争对您的不敬，我再次向您道歉。"

姜昊被姬曲成的诚心打动了，他表示自己不需要任何虚职，只求在"鸟神坛"研究上帮助姬曲成有新的突破。

这个消息不知如何传到了宋老那里。他通过电话询问柳善存有没有《松寥神韵》和《逍遥赋》这两部书。柳善存说有，并将这两部书的来由做了说明。宋老提出要借这两部书一阅。柳善存说姜昊和姬曲成可能不会同意。宋老又退一步说，那你就帮我弄一个复印件吧。柳善存说那没有问题。近来，柳善存对宋老的热情之所以减退，主要是因为他看到宋老已近一年没有在媒体露面和发声了，这可能意味着他影响力消退。对于这样一个人，柳善存觉得自己要进行观察，必要时需保持一定的距离。

"鸟神坛"研究恢复之后，姜昊和姬曲成紧密合作，在一年多时间内发表了三篇高质量的论文。论文都是由姬曲成撰写，姜昊修改定稿。因为国内的受限，这三篇论文都是通过姜昊的关系在法国的权威刊物《艺术博览》杂志上发表的。其中有一篇大量运用了焦光《松寥神韵》和《逍遥赋》中的资料。运用这些资料当然是以他们对这两本书的深入研究为前提的。姜昊对《松寥神韵》的占有欲虽未完全消失，但已没有以前那么强烈了。姬曲成的防范意识也有所放松。国外学者本来对焦光这个半人半仙的人物并不太了解，以为他只是个民间传说。而当看到两千年前他对松寥山的观察、考证，他们都感到十分惊奇，对这篇论文颇为赞赏，因而该文获得了《艺术博览》的年度优秀奖。

姜昊和姬曲成两人合作的论文，署名都是姜昊在前，姬曲成在后；姜昊用的是实名，姬曲成用的是笔名"修远"，取自屈原的"路漫漫其修远兮，吾将上下而求索"。《艺术博览》曾聘请姜昊和"修远"作为访问学者，姬曲成考虑到这可能会给自己和赵炳坤惹上意想不到的麻烦，便始终未能成行。

正当两人处于合作的"蜜月"期时，姜昊发现了武小玲的异象，他要求姬曲成弄清武家村与武则天家族的后裔有无关系。姬曲成的祖籍在高明县，且姬家村与武家村相邻，了解起来当然很方便。他经过考察后告诉姜昊，武家村乃武则天家族的一个分支，提醒老师对武小玲多加防范。

姜昊觉得姬曲成的话可谓一语惊醒梦中人，可惜悔之已晚，看来这一切都是老天注定。

赵炳坤支持姬曲成搞"鸟神坛"课题研究的经费要从市政府财政拨款。柳善存本想加以阻挡，他对赵炳坤说："根据省委书记陈逸新的指示精神，松寥山'鸟神坛'项目已经明确暂停，在此情况下拨研究经费可能不妥，再说现在政府资金实在太紧张了。"

赵炳坤听后冷冷一笑，道："松寥山'鸟神坛'项目是暂停了，但机构和人员没有撤，既然没有撤就不能不做点事。开发项目不行，进行课题研究总可以吧，谁有权力禁止科学研究？你柳市长不会是个特例吧？至于说到资金问题，我看你们为了政绩工程、面子工程几个亿、几十个亿地轻轻巧巧砸下去，又怎么会在乎几文小钱？你如真的实在困难，我就到企业去化缘，你有你的关门计，我有我的跳墙法。"

虽然赵炳坤的话说得很重，柳善存却不敢与他较真，因为这话击中了他追求政绩、不讲效益的要害，让柳善存感到心里发虚；再者，赵炳坤的威望和根底在江河市无人能及，因此，柳善存只得很不情愿地给市政协批了一笔研究经费。

资金问题解决后，赵炳坤就让姬曲成放开手脚去干了。

姜昊和姬曲成在法国发表的论文得了奖后，赵炳坤亲自设宴为他俩庆贺。姜昊喝得兴起之时，高诵曹操的《短歌行》："对酒当歌，人生几何？……何以解忧，唯有杜康。"杯酒便醉的姬曲成也用陶渊明的《饮酒》诗作附和："采菊东篱下，悠然见南山。……此中有真意，欲辨已忘言。"赵炳坤怕他俩醉后生事，派办公室两员猛将架着他们回宾馆休息。

柳善存对赵炳坤仍然全力支持"鸟神坛"研究的做法很不满意，他将这一情况在电话中向汪东升做了汇报。想不到汪东升对他说："善存，你得转变态度了，对于'鸟神坛'研究，你要比赵炳坤更加积极地支持，个中原因，我到时机成熟时会向你说明。另外，考虑到启动这个项目你们资金比较紧张，周华明愿意投资入股，你是否可以考虑？"

柳善存听了汪东升这番话十分惊讶。凭汪东升的政治敏锐性和谨慎作风，他对宋老态度的改变，其中必有深层原因，自己不便追问。可是，他想让周华明参与这个项目，为的又是什么？于是，便对汪东升说："'鸟神坛'项目即使启动，也是政府主导的公益性项目，华明集团这样的民营企业怎能参与？"汪东升哈哈一笑："我的老同学，你如用改革的观念来考虑问题，许多条条框框都是可以打破的。"柳善存又说："公益性项目能否赢利很不确定，周华明这样精明的人怎会看中这个项目？"汪东升道："人家愿意砸进真金白银，当然有他的道理。我只是转达他的意向，最后的决定权还在你手上。"柳善存心想：汪东升从表面看并无明确的意见，只是把皮球踢到自己这里，其中必有蹊跷。他不由得想起了半年前的一个突发事件——

据市园林局报告，华明集团的董事长周华明带着七八个人登上松寥山秋游，他们把游船的绳索系在了"鸟岩雕"的鹰爪部位，致使"鹰爪"断裂，坠入江中。他们还在山上举行野炊活动，结果引起茅草和一棵枯树燃烧，使"鸟岩雕"的表层受损，后果非常严重。当松寥山管理人员发现这一情况，当场要周华明写出事情经过时，周华明嘿嘿一笑道："意外火灾嘛，我赔钱就是了。"说完扬长而去。

此事很快就传到了赵炳坤那里。赵炳坤派出姬曲成等三人到现场调查。当姬曲成见到"鸟岩雕"被毁坏的景象，如同自己被鞭笞火炙，浑身抽搐，心头滴血，百感交集，禁不住放声痛哭，眼泪鼻涕弄湿了半身。两位同事平时都不太接近姬曲成，看到他这副悲痛欲绝的样子，心中也受到了感染，劝慰他道："事情已经发生，悲伤解决不了问题，亡羊补牢，犹未为晚，你还是多想想补救的措施吧。"姬曲成哽咽道："这是上古的神雕，是鬼斧神工之作，最重要的是保护原貌，任何修补都是画蛇添足，每毁坏一处，都会成为千古遗憾！"两位同事这时才明白姬曲成与"鸟神坛"的情结，也看到了姬曲成身上的可爱之处。

姬曲成把现场看到的情况向赵炳坤做了汇报，并猜测周华明去松寥山不是一般的秋游，而是祭祀。赵炳坤听后非常震惊，他当即联系了一些政协委员，向柳善存提出了质问。市人大有几名代表闻讯后也要求对政府问责。

柳善存迫于压力，以管理不善、严重失责为由通报批评了旅游局局长田大壮，对具体分管的管理处处长给予了行政记过处分。

事情并没有到此为止，还有不少人要求将以周华明为首的肇事者依照破坏国家重点文物的有关法律法规进行处罚，这可让柳善存更为难了，因为周华明是市里的著名企业家，对江河市的贡献很大，与汪东升又私交甚笃，这个财神可得罪不起呀。柳善存权衡之后，打电话把情况报告给了汪东升。

一向处事谨慎的汪东升听了柳善存的报告后，回道："善存啊，说起来你已是一市市长了，这种问题还不能处理吗？本应是你们市委市政府处理的事，省政协能横插一杠吗？至于说到周华明，我与他并没有什么私交，只是为了解和支持民营企业的发展去他那里搞过几次调查研究……啊哈，说来也巧，两天后省政协要开民营企业家座谈会，周华明也在名单之列。我现在在靖州市的调查马上要结束了，回去恰好经过你市，我抽空与你们聊一聊，人员嘛，不要太多，因为许惠民这几天在省里开会，你和李剑到场就可以了。"

大约一个小时后，汪东升来到鳌山宾馆，见了江河市三位领导后，立即便认真了解起民营企业发展的情况。到了晚饭时间，柳善存提出要设宴招待，马上被汪东升制止。他说："把宝贵的时间放在饭局上很不应该。听说周华明突然住院了，我要去看看他。一是了解一下病情，二是看他能不能参加后天的座谈会。对于民营企业家，我们有责任关心和支持。至于他们有违法乱纪的行为，一切依法办事。"

汪东升在江河市三位领导的陪同下来到了周华明的病床。

周华明住院才半天，据说是脑袋突然剧痛，到医院检查病因。

汪东升关切地问周华明已经做过哪几项检查，现在感觉怎样。

周华明都一一做了回答，并说："老朋友一到，我好像顿时轻松了许多。"

汪东升问一旁的主任医生："你们初步检查的结果怎样？"

主任医生回答："经过脑CT和脑电图检查，尚未发现什么异常情况，我们准备进一步细查后请上海的专家一起来做个会诊。"

汪东升说："会诊后的结果一定要告诉我。"然后他将脸转向周华明，说："看来座谈会你是参加不成了，安心养病吧，我这就回去了。至于你损坏'鸟神坛'一事，即使是意外事件，后果也很严重，我不能帮你也帮不了你。待调查结论出来后，只能依法办事，你要正确对待。"

汪东升走出医院，与江河市三位领导握手告别，然后钻进了汽车。

汽车驱动后，扬起了一片尘土。

市政法委书记李剑对柳善存说:"市公安局接到市政协的举报后,查勘了现场情况,认为周华明的行为在客观上破坏了国家文物,本来准备今天下午对他实行刑拘的,没想到他生病住院了。请您发话,待他病情好转后,还要不要对他履行这一手续?"

柳善存耸了耸肩说:"刚才汪主席来看周华明,他说对周华明要依法办事,你怎么理解的呢?作为市政法委书记,我相信你应该知道怎么办。至于要不要向许惠民书记汇报,你自己掂量着办吧。"

后来,善于领会领导意图的政法委书记李剑对这事做了巧妙的处理。

现在回想起来,柳善存觉得汪东升与周华明的关系绝不寻常。今天,汪东升又想故技重演,让周华明投资"鸟神坛"项目。此事非同儿戏,弄不好自己会吃不了兜着走,必须留个心眼。想到这里,他对汪东升说:"这件事到操作的时候,我会把您的意见,噢,不不不,我的意见,提出来让班子成员讨论,尽最大努力满足您的要求。"

汪东升立即说:"善存,在这件事上我可从来没有向你提过什么要求呀!"

柳善存立即纠正道:"对对对,是我表达错了,我知道该怎么说,怎么做。"

第五章

他是谁

一个月后,发生了一件奇事:一位英俊的年轻男子在武小玲的陪同下前来拜见姜昊,他向姜昊坦承,自己就是小玲的男朋友,小玲所怀的孩子是他的。为证其实,他向姜昊出示了由省第一人民医院所做的亲子鉴定报告。然后,他十分恳切地表示歉意,说他与小玲的恋爱未事先征得姜昊的同意,又做出了未婚先孕的出格事情,引起了不良的社会反响,让姜教授蒙耻并祸及他人,特来登门谢罪,澄清事实真相。

姜昊被这突如其来的"真相"搞得有些不知所措,便认真地打量着这个年轻人。他二十五岁左右的年龄,身高一米八左右,五官端正,气质儒雅,尤其是那双大眼睛,灵动中藏着一丝深沉,说话伶牙俐齿。姜昊暗自思忖,这么一表人才的后生怎么会看上农村姑娘武小玲呢?蓦地,他隐约感到,这个人外貌很像自己一个永世难忘的仇敌——谢加林,是谢加林让他终身残疾,改变了他一生的命运。因此，他不得不对这个年轻人细加盘问。

小伙子被姜昊打量得似乎有点不好意思，站起身来帮姜昊续水，又殷勤地剥了一个橘子送到姜昊面前。

姜昊不为所动，问道："你叫什么名字？是哪里人？现在做什么工作？"

小伙子恭敬地回答："鄙人贺之杰，今年二十五岁。原籍深圳，两年前毕业于南吴财经大学，现担任华明集团金宁分公司副总经理。我们公司的大楼就在您家马路对面东南方向一百米左右处，楼顶上有一只展翅的朱雀，那是我们公司的徽标。说起我们这个新的徽标，还得益于您的'鸟神坛'研究成果呢。"

姜昊不知道这家公司，但对朱雀这个徽标倒印象颇深的，他根本不相信这个年轻人懂得什么叫"鸟神坛"，觉得他完全是在借题与自己套近乎。便又冷峻地问道："你父亲叫什么名字？原来是做什么工作的？"

贺之杰回道："我父亲叫贺芜生，是个出租汽车司机，在我还未满月时，不幸车祸身亡，妈妈为了我一生未嫁，所以，我家是个单亲家庭。"

姜昊觉得自己的盘问无意间触及了对方的伤心事，为自己的疑心略感歉意，便转换了话题："说说看，你和小玲是怎么相识、相恋的？"

贺之杰瞥了一眼坐在离自己一米远处的武小玲，做了介绍："我进公司不久，有一天中午到办公楼附近的'良子足疗店'去捏脚，为我服务的就是小玲。她那时可能刚刚学习，技艺不精，但态度认真热情，彬彬有礼，加之她长得漂亮，并有一股青涩的纯真气质，当时我就心动了。从此我每天中午都有意到她那里捏脚，发现她技艺进步神速，看得出她心灵手巧。我主动与她聊天，彼此相熟不少。十天后，在她告诉我实习期限已到，即将离开这店的时候，我有一种莫名的失落感。我将自己的名片给了她，并送给她一部手机，以便于今后联系。她开始羞羞答答地不肯收，我说就算我借给你的，不用时再还我就是了。她这才勉强收下。从此之后，我俩时有约会，很快就进入了热恋，以至于我没有控制住自己的冲动。这个责任完全在我，小玲是无辜的。"

姜昊听到这里，呼吸有些急促，心中五味杂陈：自己当初送小玲去学习捏脚，完全是为了让她回家专门为自己服务，没想到却为她提供了与这个小白脸亲近的机会，真是有心栽花花不开，无心插柳柳成荫。这也许是天意，自己只能打碎了牙齿往肚里吞。他吃了一瓣橘子，继续问道："那么，小玲怀孕的事闹得沸沸扬扬，你却迟迟不肯露面，为什么直到今天才突然告诉我呢？男人做事就要敢于担当，否则就会被人瞧不起，何况你俩是正当的恋爱，有什么值得顾虑的呢？"

贺之杰脸露愧色，低着头做出了解释："姜教授批评得对，我的确有失男人的风度。不过，请您无论如何给予谅解，小玲怀孕后我也有思想压力。前面我已经说过，我是单亲家庭，从小没见过父亲，是妈妈含辛茹苦把我抚养大，而我与小玲的恋爱因怕妈妈不同意而暂时没有告诉她，如果待到生米煮成熟饭再逼她同意，更怕伤了她的心，所以，妈妈至今不知道我俩的事。同时，我更明白您是小玲的亲人、恩人，也是声名远扬的教授、大收藏家，我的冲动行为可能会让您蒙羞，甚至让您震怒，为此，我一直惶恐不安，举棋不定，后来在小玲的恳求下，我才下定决心向您坦陈一切，并请求您能答应我立即与小玲结婚。在得到了您的同意后，我再做妈妈的工作，妈妈一直把我当作她生命中最重要的部分，我相信她是会宽恕和理解我的。"

"你真的要立即和小玲结婚？"

"是的，她已有七个月的身孕，十月怀胎，近在百日，我如果让她生了孩子再结婚，既对不住小玲，也对不住您呀。"

"那你们定好了结婚日期了吗？"

"半个月以后晚上六点十八分，婚宴定在喜来登大酒店。"

"结婚是件人生大事，婚礼要好好准备，双方家长事前要见面，还要邀请好友，琐事繁杂，这些工作半个月内你们来得及做吗？"

这时候，武小玲插话了。她说："我俩已经商量好了，为免社会上的人说三道四，也为了让您省心，婚礼一切从简，打算就办一桌酒，参加婚宴的人员除了我俩，还有之杰的妈妈，我的爷爷和妈妈，还有您。另外，还得拜托您为我们请一位证婚人。"

"证婚人？"姜昊说，"你要我请谁？最值得我信任的就只有汪东升了。"

武小玲说："他官太大，又从不喜欢在私人宴会上抛头露面，请他当证婚人恐怕不妥。"

姜昊说："那你认为还有谁合适？"

"柳善存。"武小玲脱口而出。

"柳善存？"姜昊一个激灵，"为什么你认为他合适？"

武小玲说出了自己的理由："柳市长对我是不是有坏心思我

不清楚，但我认为他即使有贼心也没贼胆，因为他既惧您的威严，又要顾及对仕途的影响。在您不知道我怀孕的真相前，您对他曾有怀疑，弄得两人很不开心，这完全是我的罪过。让他当证婚人，既可还他清白，还可修复您与他的关系，这不是一举两得的事吗？同时，我相信柳市长会乐意的。当然，我只是提个建议，最后还得由您定夺。"

姜昊皱了皱眉："你的话不无道理，但柳善存对人真真假假，我也吃不透他，让他当证婚人，我还得郑重考虑一下。"一想到武小玲马上要嫁给他人，离开自己，姜昊的心情非常复杂，有怨恨，有爱怜，有难舍，有羞愧，真可谓百感交集。此时此刻，他只能声音低沉地说："小玲，婚事无论怎么简单，总得忙活一阵，从今天开始，你就住到贺之杰那里去吧。"

武小玲听完，又一次向姜昊跪下，热泪盈眶地说："嫁人哪有不从娘家出去的，可我现在无脸回娘家，免得全村人嘲笑，只能权且把您这里当娘家了，相信您不会拒绝吧。我向您保证，不到结婚那一天，我决不会离开您。孩子满月以后，我带着孩子搬回您家，像以前一样当您的保姆。我知道，您年事已高，近年小毛小病不断，没有人在身边照顾是不行的。之杰要是想我和孩子，可以来这里看望，我也可以请短假回他那里。之杰是个通情达理的人，他同意我一直服侍您，请您成全我们的一片孝心吧。"

姜昊又一次被武小玲的泪水和承诺打动，他头脑一热，心头一颤，豪放之气冲天而出："小玲，不管你把我当作爷爷也好，临时的娘家也好，我总要为你备一份拿得出手的嫁妆。以往我曾对你说过，待我百年之后，你可在我这里挑十五件最喜欢的瓷器。今天我改主意了,你现在就可挑走这些瓷器,算作我送给你的嫁妆。"

小玲一听此言,向姜昊磕了三个响头。其实,她早就请专家挑好了十五件瓷器,那就是姜昊在法国捡漏回来的永乐官窑青花瓷。但是她并不急于拿走,更不想贺之杰与她一起分享。

姜昊泪眼婆娑地把小玲扶起。他感激小玲,同时又有一种失落感。失落的究竟是什么,是失去了小玲的陪伴,还是失去了十五件瓷器,他一时也理不清楚。

……

武小玲和贺之杰的婚礼虽然简单,却充满了喜庆。

柳善存得体而风趣的证婚词,获得了满座喝彩。为了显得热情,他多喝了几杯,佯装醉醺醺地问了贺之杰不少问题。贺之杰不知是出于紧张还是过于兴奋,有几个简单的问题竟然回答得牛头不对马嘴。比如,柳善存问贺之杰:"你知道小玲喜欢什么花吗?"贺之杰说:"当然是玫瑰。"柳善存听了暗暗好笑,明明小玲告诉过他最喜欢水仙花,因为此花在古代称作凌波仙子,品位极高又带有传奇色彩,怎么贺之杰会想当然地说成是玫瑰呢?再比如,柳善存问贺之杰:"你和小玲约会去得最多的地方是哪里?"贺之杰说:"秦淮河畔。"这又让柳善存吃了一惊。大约在半年前,他曾想约武小玲到秦淮河畔的"香君酒家"烛光晚餐,武小玲没有答应,还问道:"秦淮河有我们武家村的三里河长吗?"可见她根本不了解秦淮河,更不要说经常去秦淮河畔约会了。

不过,柳善存最大的疑点还不在贺之杰对这些细节的回答上，而在于贺之杰的身世。柳善存上大学前是金宁市造船厂的办公室秘书，谢加林是该厂的党总支书记。柳善存大学毕业后被分配到市教育局当秘书，谢加林又调到市教育局任办公室主任。因而他对谢加林不是一般的熟悉。当华明集团的总部搬迁到江河市后，柳善存觉得周华明的神态和习惯动作都很像谢加林，经过后来的多方暗查，他终于确定周华明就是谢加林。因为周华明对此拒不承认，柳善存感到其中定有难言之隐，也就暂时未加追究。可今天，柳善存看到贺之杰与当初的谢加林长得如此相像，贺之杰的那气质极佳的妈妈又是单身，且出生在周华明的发迹之地深圳。他凭着多年的社会经验不得不怀疑贺之杰很可能是周华明的私生子。如果这一怀疑将来可以证实的话，那又会引起一个更大的疑问：周华明为何要叫自己的私生子与武小玲结婚，有意或无意地平息了有关武小玲怀孕的风波。柳善存怎么都想不明白，他觉得这桩婚姻背后一定隐藏着自己不知道、姜昊更不知道的动机或阴谋。

就在这时，柳善存的手机响起，来电显示上的名字是汪东升，他立即向姜昊和武小玲打了个招呼，走出人声嘈杂的包厢去接电话。

"柳市长，听说你今天是证婚人，可得多喝几杯呀。"汪东升打趣道。

柳善存说："这种场合不喝不行呀，不过，我的酒量你是知道的，从来没有被谁灌醉过，所以，决不会在酒桌上出洋相，这一点请您放一百二十个心。唉，听老师说，您原来也准备来为老师捧场的，我听了也很高兴，怎么后来突然变卦了？"

"人在江湖，身不由己嘛。我原来确实答应了老师的邀请，但后来再三考虑觉得还是不参加为好。你知道，在我这个位置，一举一动都会有人评头论足，很平常的事会被人鸡蛋里挑骨头。再则，今天下班前，陈逸新书记找我谈事一直谈到很晚，也的确没有时间参加了。你再帮我向老师说明一下，并代我向他敬杯酒。不过，千万不能让老师喝醉，免得情绪失控而难以收场。"汪东升说。

柳善存说："老领导，我理解您的为难之处，您的心意，我一定代为转达。不过……不过，老领导别责怪我胡思乱想，武小玲和贺之杰的婚姻可能非比寻常。您知道……您知道那个贺之杰长得像谁吗？像周华明！而他的妈妈，一直单身，又是深圳人。老领导，您不觉得其中有蹊跷吗？"柳善存说出这个疑惑，也是想试探一下汪东升的反应，因为他知道汪东升与周华明的交情非同一般，对周华明的私密有可能了解得比较多。

汪东升马上语气郑重地说："善存呀，我说你这个人就是疑心病太重，或者说想象力太丰富了，天下相像的人多着呢，你怎么独独把贺之杰与周华明联系起来？我很清楚，周华明只有两个女儿，没有儿子。今后你可别往这方面胡思乱想了，人家可是真心实意地把集团总部从深圳搬迁到了江河市，对这种有贡献的企业家，你作为江河市的主要领导者，有责任从各方面支持和保护他。"停顿了一下，他又说道，"待婚宴结束以后，你到我家里来一趟，我有要事相告。"

柳善存一听这话，不知道汪东升所说的"要事"是祸还是福，立即回道："那我就得回包厢催他们尽快收场了，其他话当面再说。"言罢，挂了电话。

没有料到，当柳善存回到包厢时，姜昊喝多了酒正在放声大哭，嘴里还骂声不断："要不是谢加林这个畜生，我的孙辈都可以结婚了。谢加林，你这个畜生害得我好苦呀！"这让在场的大多数人都莫名惊诧，不知所措。柳善存怕姜昊情绪进一步失控，惹出想象不到的事端来，便向众人抱歉地说："老师一喝多，就容易情绪激动，今天小玲要离开他，他大概舍不得，这种心情想必大家都能理解。我看所有程序都已完成，时间也不早了，让新娘、新郎早些休息，我来送老师回家。"

柳善存亲自背着姜昊上了车，把他送到家中。

姜昊一上床，就鼾声大作，可嘴里不时梦呓般喊着武小玲的名字。因为武小玲未把她与姜昊的秘密告诉给柳善存，所以，柳善存不知这喊声的含义是什么。他突然想起"张半仙"曾告诉过他，有的人说梦话时，你如接上，他就会顺着你对答如流。想到这里，他对姜昊说："我是小玲，您为什么要哭？"

姜昊果然接口道："小玲，真的舍不得你离开我。我不要你再为我捏脚、暖床，只要你陪着我。"

柳善存听着吓了一跳，说："你放心，我只是暂时离开你，今后还会为你捏脚、暖床。"

姜昊回道："胡说八道，我已经认错了，你还要我怎么样？"他说这话时胸脯起伏得厉害。

柳善存有点害怕了，他倒了杯开水放在姜昊的床头柜上，然后就出了门急奔汪东升家，脑中想象着武小玲为姜昊捏脚、暖床的情景。

汪东升见到柳善存醉意朦胧的样子，一边给他倒茶一边说："善存你有没有喝醉，要是醉了的话，就在这里先躺一躺，正事明天再说。"

柳善存哈哈一笑："老领导，我要是喝醉了，还敢到您这里来吗？您就不要老是吊我的胃口了，有什么事快告诉我吧。"

汪东升见柳善存一副急火火的样子，也就不卖关子了，说："我在电话中对你说，今天下班前陈逸新书记找我，谈的就是关于你的事，知道吗？姜昊老师最近向陈逸新书记写了一封信，说清了武小玲和贺之杰之间的关系，为你正了名。陈书记觉得既然可以完全排除你与武小玲之间的嫌疑，就不能长久地把你搁在半空中，否则，会对江河市的工作造成负面影响。他准备下星期召开省委常委会，正式任命你为江河市市委书记，程跃任市长。为此先征求一下我的意见。我当然对这一方案举双手赞成，为你说了不少话。我的话，他是听得进去的，看来这事已基本定局。但是，在这关键时刻，你要牢记我对你说过的保持一个'静'字，千万不要惹是生非。今天你为贺之杰和武小玲做了证婚人，更可向外界证明你的清白，这真是高明之举呀。"

柳善存感激涕零地说："老领导，您的关心帮助我没齿不忘，铭记在心。我永远是您的兵，今后不管您有什么吩咐，我一定赴汤蹈火，在所不辞。至于我为什么要当这个证婚人，您心中明白，我不用多说了。"

汪东升揉了揉鼻子，微微一笑，道："别说得那么夸张，你我是老同学，是同一战壕的战友，互相关照是应该的。再则，我也决不会要你做什么赴汤蹈火的事。今天被你一说，我倒想起一件事也许要你费点心思。上次我去医院看望周华明，江河市好像有人误解他。别的人倒无所谓，主要是赵炳坤这个人有时太较真儿，上下不问，软硬不吃，据说他曾向许惠民施压，已让公安局立案调查周华明。要扭转这一局面，首先得做通赵炳坤的工作。做他的工作不太容易，你得多动动脑子。"

柳善存本就觉得汪东升在处理周华明这事上有些反常，一听说赵炳坤有意见，且自己对调查周华明的事一无所知，心中就起了疙瘩，因为他在江河市只惧赵炳坤一人。同时，明显可以看出顶头上司许惠民对自己极不信任。但是，面对汪东升，特别是想起自己刚说出的誓言，他只能拍着胸脯说："请老领导放心，这事我一定摆平。赵炳坤再厉害，他毕竟是人而不是神，是人就有软肋，有软肋就可以找到进攻的方向。"

汪东升点点头，然后说道："陈书记还跟我谈了一件事，你担任市委书记后，恐怕要马上重新启动松寥山'鸟神坛'项目，因为这个项目国家已经立项，准备向联合国申报世界文化遗产。如果你们两年内没有任何动作，按有关规定就将取消立项，这是陈书记不愿看到的结果。"

柳善存搓着双手说："可这个项目被宋老枪毙了。宋老近来虽然因身体欠佳而很少问事，但他的影响力仍在，倘若违背他的意志而重新启动，他知道后一旦动怒，我可承担不起呀。"

汪东升不以为然地说："这就是考验你智慧的时候了。我上次谈话中就向你提过，陈书记对这一项目是积极的，为此他还专门到松寥山考察过。宋老表示了不同意见后，他采取了'暂停'的方案，那只是一种策略。我从省委调到政协后，他仍要我当这个项目的主要负责人,可见他的良苦用心。听人说,上层已提醒宋老不要再插手'鸟神坛'的争论,你自己去体味这意味着什么。现在到了必须重新启动的期限,你若要他亲自开发令枪,无非是出了问题要他负主要责任,而由你主动启动,就减轻了他的压力,他能不高兴吗?申遗项目的涉及面很广,它包括区域规则、环境保护、权威机构的评价审核、外界知名度等许多内容,你可先从敏感度小的地方着手动作。"

柳善存大有茅塞顿开之感,对汪东升说道:"老领导,还是您站得高,看得远,抓住本质,举重若轻,我虽愚钝,但经您这样的高人指点,自当有所长进,您就拭目以待吧。"

赵炳坤这人有时真叫人捉摸不透。他可以顶着各种压力对姬曲成、姜昊等人一再宽容,全力支持他们搞研究,但对于涉及重大原则的问题,不管大事小事,都很较真儿,且不畏权势,不讲情面。

周华明带客人"秋游"损坏松寥山"鸟神坛"的事发生后,虽经汪东升从中巧妙斡旋,暂时转危为安,但赵炳坤却未就此罢休。他认为,在松寥山已经被市里确定为重点保护文物、严禁攀登的情况下,周华明还贸然带人"秋游",这要么是蓄意破坏,要么就是另有所图。因此,在汪东升离开江河市的当天下午,他就找到了市委书记许惠民,要求对周华明依法实行刑事拘留。

许惠民为难地说:"这事不知为何汪东升同志掺和了进来,汪主席虽然对此事没有明确表态,但从他的举动中不难看出他与周华明关系非同一般,暗示我们不能对周华明轻举妄动。对汪主席这样一个德高望重的老领导,如不给他面子是说不过去的。"

赵炳坤冷冷一笑："我不只是代表个人和市政协的意见，人大的龚玉林副主任和许多人大代表都有这样的呼声，国内外一些知名学者都对此更是痛心疾首，你如果照顾了个别领导的面子，就践踏了民意和法律的尊严。古人尚能做到'王子犯法，与庶民同罪'，为什么我们就不能？汪主席如果真是一个德高望重的领导，他应该知道孰轻孰重。再说，如果这一次放纵周华明，那么，今后再发生类似的事件怎么办？若是以此仿效，我敢断定，松寥山数年内必毁，我们将成为历史的罪人。"

许惠民长叹一声，道："老书记，您讲的道理我都懂，但是，世俗的人情我还一时难免，看能不能折中一下，对周华明不立案，不抓人，但由市公安局对他深入调查。"

赵炳坤说："考虑到你的难处，暂时不抓人可以，但不立案是绝对不行的，犯了法而不立案，有悖于法律的公正，也没有依据对犯罪嫌疑人进行深入调查。以前我在市委主政时，曾收到过举报周华明不法起家和偷税漏税等内容的人民来信，鉴于当时证据不足，未对他进行调查。我到了市政协以后，由于偶然的机会对知情人有了深入的接触，才确信那些举报并非空穴来风。这次可以利用立案的机会，对他的上述问题一并查清。假如查明他确实没有问题，我们就可以放心地支持华明集团的发展。如果因为调查周华明而让你受到非议，我愿意为你全力担当，我可以向汪东升同志和陈逸新同志说明，这主要是我对你施加的压力，要打板子的话重点打我。"

许惠民本来就对周华明的无罪开脱心存不满，只是迫于情面和压力没有主动采取措施，现在听赵炳坤说得如此坚决、透彻、恳切，他被这种无私无畏的胸襟深深地感动了，终于下决心让市公安局对周华明进行立案侦查，但为了避免干扰，没有将此事向市委市政府的其他领导人通气。

柳善存被正式任命为市委书记后，并没有像预想的那么兴奋。因为按照常规，地方上的党委书记可以兼任人大主任，但这次省委却没有让他兼任，而是由龚玉林任市人大主任。龚玉林和新任市长程跃都是赵炳坤一手培养起来的，这样一来，在市四套领导班子中，赵炳坤的影响力仍然很大。虽然市委是领导核心，市委书记理应是绝对权威，但从领导科学来讲，这只是指权力性影响力，而并不包含非权力性影响力；一旦缺乏后者，前者的地位可能会动摇。柳善存可不想让这样的悲剧在自己身上发生。所以，他遵汪东升之嘱第一次找赵炳坤谈心时，不是按惯例让赵炳坤来见他，而是他亲自到了赵炳坤的办公室。

赵炳坤对于柳善存的光临，感到有几分意外，诙谐地说道："哎哟哟，柳书记，新官上任三把火，看来这第一把火要从我这里烧起哟。"

"老书记说笑话了，我今天到您这里来，主要是来看看您，前些日子事情实在太多，加之职务上有些名不正言不顺，未能与您深入沟通，尚望见谅。现在我正式担任了市委书记，如果说要烧火的话，我的第一把火就是重启松篸山'鸟神坛'项目，为此，想先听听您的意见。"柳善存显得态度非常诚恳。

"重启松篸山'鸟神坛'项目？这是省委的指示？"

"不，目前还只是我个人的想法，待征求了市人大、市政府、市政协主要领导的意见后，我再向省委汇报。"

赵炳坤心中暗想，柳善存刚当上市委书记，就要重启"鸟神坛"项目，并且首先来征求自己的意见，这背后一定有高人指点。不过，重启"鸟神坛"项目，确实符合自己的意愿，自己没有理由不支持，便说道："柳善存同志，你上任的这第一把火，真有些出人意料，这把火有胆量，得民心，值得点赞。依我之见，松寥山'鸟神坛'项目的启动，首先得从区域规划和环境保护开始。说到这个问题，我想先听听你对周华明案是什么态度。"

真是怕什么来什么，想不到赵炳坤开门见山地提出了周华明案，把柳善存的真实来意搞得一清二楚，还迫使他无法回避问题。柳善存习惯性地搓了搓双手，说："对周华明被立案调查一事，我还刚知道不久。根据市公安局局长沈永辉同志的汇报，周华明在深圳开始三四年都是干杂事，后来偶然获得了一笔意外财富，从此就开始搞实业。来我市以后，总体上是守法经营的，有人说他有偷税漏税的行为，至今查无实据。至于损坏松寥山一事，情况已查清，完全是他的客人无意之举，恐怕很难追究他的法律责任。"

赵炳坤冷笑一声，道："柳书记，我忘了向你汇报，不久前我曾找沈永辉了解过情况，我不相信他对周华明的案情分析有两个完全不同的版本，至少你漏掉了一些重要情节。第一，周华明原名叫谢加林，就是致使姜昊教授终身残疾的那个红卫兵，到深圳后才改名为周华明。第二，你说他发家的那笔意外财富，其实是靠卖假古玩获取的非法之财，主要受害人还是姜昊教授。第三，是他主动带客人违规上松寥山搞祭祀活动，严重损坏了国家文物，为什么不应该追究他的法律责任？"

柳善存本想把周华明的事先大事化小，再小事化了，没想到赵炳坤竟了解得这么详细，如果对峙下去，势必剑拔弩张，难以收场。他只得想了个权宜之计，大骂沈永辉向他汇报情况不实，要严加追究。然后，对赵炳坤说："不管在任何时候、对任何人，我一定会坚持依法办事的原则，周华明的事，待公安局彻底查清后一定会做出公正的处理。现在，我们是不是回到重启松寥山'鸟神坛'项目的主题上来？我知道，老书记对这个项目从来就没有停过，只是把'项目'巧妙地改为'课题'，并取得了新的研究成果，能否请您具体谈谈这些研究成果？"

赵炳坤知道柳善存这是在转移话题，但一想到柳善存刚任市委书记就主动提出重新启动"鸟神坛"项目，不管他动机如何，实际上都是在办一件好事。再说，自己已经退居二线，对新任市委书记也不能把关系搞得太僵，因而也就顺着柳善存的话题聊了起来。

……

柳善存从赵炳坤那里碰了一鼻子灰以后，更加意识到确立自己在四套班子中绝对权威的紧迫性。

没有让柳善存兼人大主任，陈逸新估计柳善存会有想法，出于平衡的需要，他给柳善存留下了一个调整的空间，那就是市委专职副书记一职暂不确定，由柳善存推荐。柳善存自然明白陈逸新的用意，他要巧用这一"空间"使效果达到极致。

柳善存准备把市委专职副书记一职由市政法委书记李剑担任。李剑一动，政法委书记一职就空了出来，市政法委书记可以兼任公安局局长，也可不兼。柳善存的打算是不让沈永辉兼任，把空出来的市公安局局长一职由原来的政委高茂林担任。如此一来，这三人都会对自己感恩，成为盟友甚至铁杆。

柳善存的打算经过缜密的部署在市委常委会和省委获得通过后，他对树立自己的绝对权威充满了信心。

自"鸟岩雕"的一只"鹰爪"遭到周华明破坏沉入江中后，姬曲成一连两天吃不下、睡不着，待精神稍好转，他就提出要打捞"鹰爪"。

姜昊表示反对。其理由是江流湍急，淤泥又深，很难确定"鹰爪"的位置。加之"鹰爪"坠江时很可能已经破碎，即使捞到了也很难恢复原状。目前研究经费紧张，弄不好会劳民伤财。

倒是肖道一坚决支持姬曲成的主张。他认为，"鹰爪"虽小，但雕琢得很精致，缺少了它，整体形象会减分，十分可惜。"鹰爪"距江面只有两米左右高，坠入江中不一定破碎。近几天一直刮的是西南风，这就使"鹰爪"在江底的漂移速度相对减慢。如能抓紧时间派得力的潜水员寻找，希望还是比较大的。

虽然是二比一，但姜昊是第一权威，姬曲成难以定夺，最后只能把意见反映到赵炳坤那里。赵炳坤仔细地听了各人的分析后，一拳砸向桌面，立即拍板："捞！即使有再大的困难也得把'鹰爪'捞上来。为确保成功率，我请解放军潜艇学校帮助。至于打捞费用，全部由周华明出，这也是对他的一种惩罚。"

打捞队经过三天的努力，终于在离"鸟岩雕"三十多米处的淤泥中捞出了"鹰爪"。正如肖道一分析的那样，"鹰爪"虽有局部破损,但主体部分基本保持了原貌。

打捞队正欲收兵回营,却遭到了姬曲成的阻止。原来他听一位潜水员说,离"鹰爪"很近的地方,发现一块鸟形巨石,大约有三四吨重。姬曲成听到带"鸟"的物件尤其是石器,神经异常敏感,他认为应该把巨石吊上来看个究竟。

这个任务说起来容易做起来难。打捞队将此事向校领导进行了汇报,又一次得到了校领导的支持。他们增派了一艘打捞艇,用钢缆多层绑住巨石,经过七八次努力,最终将巨石吊起。

如果不是前两年对这段江底进行清淤,也许这块长期沉入江底的巨石会完全淹埋在淤泥之中。这也许是姬曲成经常所说的天意。巨石经水枪多次强力冲刷后,绝大多数地方仍是黑乎乎的,却在个别处露出黄褐色。它的形状像一只大鸟,头部和身体上的加工痕迹很少,只有像鸭屁股状的尾部能看到几道凿痕。姬曲成边看边浑身发抖,蓦地,他掩面大声痛哭起来。

在场的人都被他的举动惊呆了!

姜昊拍拍他的肩膀,道:"曲成同学,我还从来没见你这么痛哭过,出了什么事也不会叫你一人承担,不是还有我吗?"

肖道一上前,抚摸着他的头:"小姬,有什么事就直接说出来,否则在场的人心里都不好过。"

姬曲成停止哭泣,用双袖抹着满脸的泪水,声音颤抖地说:"请大家原谅,我这是喜极而泣。姜老师、肖馆长,你俩还记得集凤台遗址上那半块巨石吗?它跟这块石头的尾部是不是一模一样?焦光在《松寥神韵》中记载的凤凰石原来是真的,它就是凤凰石!凤——凰——石!据古籍记载,所谓'凤凰',雄的叫凤,雌的叫凰。其特征是：鸡头、燕领、蛇颈、龟背、鱼尾，有五彩色、身高六尺，是天下太平的象征。其原型可能是大型鸟类尤其是大鸵鸟。也不排除真有凤凰神鸟存在的可能。现在我们看到的凤凰石，应该是远于任何文献记载的最早原型。"

经他这么一说，姜昊和肖道一才记起集凤台遗址的那半块巨石，果真是凤凰石的尾部，原来由于缺少整体形象，加之雕琢又十分简略，所以没有人能看出它是什么物件。前一段时间，专家对那半块巨石的质料和加工部分已进行了科学的检测，结论是：石料属于侏罗纪火山侵入性结晶大理岩，加工年代距今一万五千年左右，从材质到加工年代与"鸟岩雕"惊人地相似。现在有了完整无缺的凤凰石，这就为研究"鸟岩雕"与"集凤台"的关系打开了重要的连接线索。可是，焦光在《松寥神韵》中推测有九九八十一块凤凰石，那另外的去向何在？为何如此重的巨石会沉入江中呢？是地震、泥石流等自然灾害，还是别的原因呢？

还有，"集凤台"与"鸟神坛"之间又有着什么样的内在关系呢？三人经过讨论后认为：最大的可能是，"集凤台"原是早于"鸟神坛"的祭坛，在岩石群塌陷后，才产生了"鸟神坛"。还有一种可能就是，远古时代人类最早的生活方式是采集植物和狩猎，而狩猎需要练习场，"集凤台"就是最早的练习场。至于焦光推测"集凤台"原有九九八十一块"凤凰石"，这种推测是否科学、准确，还有待于进一步考证。

三位专家都沉浸在思索之中，一时都忘记了已经十分疲惫的打捞队成员，但没有一位战士挪动脚步或吭声，大概他们已经猜测到面前这块巨石意义非凡，他们为地方、为国家做出了应有的贡献……

姬曲成的儿子姬峻茂以全市总分第一名的成绩考取了清华大学，专业为建筑设计。

一拿到录取通知书，姬峻茂就对父母说："我不愿将精力浪费在那些无聊的应酬、答谢上，要约几个同学外出旅游，放松一下后迎接新的挑战。"说完第二天就出发了。

可怜天下父母心。儿子不愿做的事只能完全由父母来承担了。姬曲成跟妻子商量，准备办几桌酒席好好答谢亲朋好友，可到底该办几桌，一时拿不定主意，因为觉得漏掉哪一个都不妥当。他俩的近亲，双方工作单位的同事，儿子的老师，还有对他俩有恩的人，如赵炳坤、姜昊、肖道一、顾时轮、姬阿兴等，这些人都得请。这样算起来，要请的人又太多，不仅给人以张扬之嫌，而且其中还有许多烦琐的环节难以解决，如姜昊、顾时轮、姬阿兴等要派车接送，乡下的亲戚可能要安排住宿，赵炳坤这样的人物与谁同桌，收不收人家的份子礼，这些问题都不容易处理好。思来想去，还是妻子定了调："咱索性一桌都不办，给每人送一份答谢礼包，里面放一封答谢信、两个红鸡蛋、一盒巧克力、一袋开心果，每份礼包的价值在一百元左右，且由我俩分头送到人家手里，这样既表达了诚意，又省去了对方的麻烦，经济实惠。"姬曲成觉得妻子的主意不错，便以这种方式进行了答谢。

姬曲成因平时很少与儿子交流，老是觉得欠儿子一笔债，因而在儿子旅游回来后的一天晚上，跟儿子认真谈了一次。

姬曲成首先对儿子说："峻茂，你这次能以全市第一名的成绩考取清华大学，确实为我们姬家争了光。可是，你今后的路还长，千万不能骄傲，谦虚使人进步，骄傲使人落后。"

没想到老子一开腔就遭到了儿子的反驳："爸，你们这代人的所谓谦虚，实际上大都是一种虚伪，就像林语堂批评中国人的陋习说的那样，分明当之无愧却必言'岂敢岂敢'，分明功绩显赫却连称'哪里哪里'。这种带有虚伪的'谦虚'，不仅不能使人进步，反而会使人退步。你们这一代人总把骄傲当作贬义词，至多说一句人可有傲骨而不可有傲气，而在我们这代人看来，骄傲是一种自信、一种真诚、一种精神风貌。我们常说为祖国而感到骄傲，为什么不能为自己而感到骄傲呢？"

姬曲成觉得儿子说得有几分道理，未加驳斥，转口说道："大学不比中学，自由选择的弹性要大得多，能上清华大学的都不是凡夫俗子，你不一定能像在中学那样当得上学霸，但这不要紧，只要努力了就行。身体是你一辈子最重要的本钱，决不能因争强好胜而拼坏了身体。"

对这番话儿子不以为然："爸，我很讨厌'只要努力了就行'这句话，这是弱者的自我安慰，抱着这种心态的人永远成不了强者。强者永远要争第一，而不是第二。真正的学霸，或者说真正的天才，绝对不是靠拼身体而成功的，主要靠天赋和智慧。您尽管发表了不少论文，出过许多成果，但是，您投入了全部的精力，没有任何娱乐，甚至见不到笑脸，我认为这不是天才，也不是我所想要的生活。"

姬曲成感到儿子说话有些过分，但又无言反驳，特别是儿子对他的评价，击中了他的命门，使他既震撼，又有些心酸。他为自己辩解道:"孩子,你应该知道老爸所学的专业是历史学,毕业后的主要研究方向是史前史,这需要在浩瀚的知识海洋中遨游,需要心无旁骛地思索、求证、破译,所以,就不能像常人一样生活,这是我的命不好。为此,我不希望……你走我的路,我很尊重你本人对专业的选择。"

儿子这一次用同情的口气对父亲说:"我敬佩您的意志和毅力,也理解您的追求和苦衷,但是,恕我直言,您把奋斗的方向选择错了,把一生的精力都放在虚无的东西上,这是不值得的。我有一位同学的父亲也是历史学家,他在病逝前写的最后一篇文章题目就是《历史太虚伪》,这也许是他最后的醒悟。我听妈说您在研究松嵺山'鸟神坛'方面名声越来越大,我不知道您的研究结论是否正确,即使是正确的,对人们的生活又有什么现实意义?据说为这个项目要花几亿元经费,如果能把这些资金用在科学技术上或改善民生上,效果是完全不同的。"

姬曲成心中十分苦楚,自己奋斗了几十年并为之而自豪的"鸟神坛",居然被儿子看成是虚无的东西,是一种极大的浪费,他真想好好教训一下儿子,但想到他没有几天就将离家远行,见面的机会越来越少,便忍耐着对儿子说:"按照你的逻辑,像雅典帕特农神庙这种已经残缺不堪的古建筑也没有任何保留和研究的价值了?"

儿子说:"不,建筑是凝固的音乐,任何一座伟大的建筑,不管是古代的还是现代的,都是实实在在的文化和艺术的标志,人们不仅可以欣赏、享受,更可以启发未来的创造。而您所研究的'鸟神坛',全世界只有寥寥无几的人感兴趣,更不知道它是真是假，这二者能相提并论吗？也许您把执着于这种虚无的东西作为一种信念甚至信仰，这才是更可悲的。"

姬曲成本想教育儿子，不料反被儿子教育了一顿，他深深感到，"代沟"的本质是对事物的观察视角和生活态度不同。他在苦涩中嗅到了一丝甜蜜，因为，儿子虽然可能有失偏颇，但足以看出他的独立思考。

……

儿子去北京上学后，姬曲成再也没有与他有过联系，偶尔想念时，就向妻子打听他的情况，妻子总是回答得很简单："他一切都好，就是开销太大了。"说完，还有一声无可奈何的叹息。

姬曲成安慰道："按他的学习成绩，拿奖学金没问题，能有多大费用？"

妻子的语气中带有后悔："可能是我误导了儿子，我要他在外面吃好、穿好，与人相处不要小气，免得被人瞧不起，他可能以为家中经济殷实，花钱无所顾忌，每个月的生活费用大大超出我的意料。"

姬曲成问："他每个月的生活费用是多少？"

妻子说："不低于三千元。"

姬曲成有些吃惊："这么高？想当初，我上大学时每月的生活费从来没有超过八元，上街哪怕是走十里八里路，从来都不敢坐公共汽车。那年月，每一块钱都来之不易呀。当然，现在的消费水平与那时不可同日而语，但至多就大几百元吧。这小子会不会一进大学门就交了女朋友？"

妻子说:"这倒没有。他对我说话态度很坚决,先立业,后成家,一定要等出国留学回来,再找女朋友。我倒是担心,他只是出于和同学之间的争强好胜,又不了解家中的经济底子,花起钱来才大手大脚的。照这样下去,我俩几乎没有能力凑得起钱供他出国留学,尤其是如果要上国外名校,恐怕连我们的房子卖掉都不够。"

姬曲成说:"这只能到什么山上唱什么歌了,只要凑得起钱,就要满足他出国留学的愿望,这小子还是很有雄心的,但实在凑不起钱的话,也只能委屈他在国内深造了。"

此后,姬曲成觉得妻子总是一副忧心忡忡的样子。

一个星期前的一天晚上,风雨交加。妻子在做家教后回到家中,步履沉重,神情恍惚,目光呆滞。

姬曲成忙问妻子:"出什么事了,是不是有人欺负你?"

妻子连连摇头,说自己身体不太舒服。

这天晚上,睡到子夜时分,妻子突然一阵尖叫,接着失声痛哭起来。

姬曲成被惊醒后,问妻子到底怎么了?

妻子回答说:"做了个噩梦。"说完,搂着丈夫浑身颤抖。

姬曲成觉得自己实在对不住妻子,她每天除了繁重的教学工作,还要承担全部家务,每周要有四个晚上出去做家教,为的是能够多挣些钱供儿子出国留学,她实在太累了。姬曲成愧疚自己徒有虚名而收入微薄,愧疚自己让妻子承担得太多。他一边轻轻地抚摸着妻子,一边想着如何能为妻子尽量多分担一点,就这样迷迷糊糊地睡到了天亮,醒来之后发现妻子不在身旁,起身一看，妻子正在阳台上洗衣服。

家中本有一台老式洗衣机，今年上半年坏了以后无法修理，姬曲成曾劝妻子买一台新的，妻子一直舍不得花这笔钱，宁愿自己吭哧吭哧地用手搓洗。姬曲成见妻子眼睛浮肿，脸色憔悴，搓起衣服来非常吃力，便走到她身边说："你昨晚没有睡好，去休息吧，让我来试试。"

妻子说："我已经习惯了，没事的，你从来没有洗过衣服，让你洗，衣服的寿命起码缩短一半，而且不可能洗干净。"

姬曲成说："那就趁今天星期天我俩都有空，上街买台便宜些的洗衣机吧。"

妻子说："便宜货洗不干净，价格高的又买不起，还是让我的手辛苦些吧。"

姬曲成在家庭琐事上向来由妻子做主，自己身上的零花钱也从不超过一百元，他不忍看到妻子因节约而如此劳累，吃过早饭后便向同事借了五百元，买了一台全自动洗衣机。

妻子见丈夫自作主张买了如此昂贵的大件，心中非常不悦，结婚以来第一次向丈夫发了脾气。

姬曲成认为妻子发脾气并不仅仅是因为他擅自做主买了一台洗衣机，可能另有原因，联想到最近以来特别是昨天晚上她的异常情绪，他隐隐感到很可能发生了意想不到的事，心中暗下决心要查个明白。

第二天吃过晚饭后，妻子又照常出去做家教，姬曲成骑着自行车远远跟在后面，这是他第一次跟踪妻子，内心十分忐忑不安。他既怕被妻子发现无言以对，更怕妻子万一真的有什么猫腻自己脸面扫地。

妻子骑车进了本市豪华的"逍遥山庄"别墅小区，在一幢筑有假山、富丽堂皇的别墅大门前，她将自行车交给了门口的保安，身影很快就消失了。

姬曲成跟到这幢别墅的大门前，被两个保安拦了下来，说这是"周公馆"，如没有事先跟主人预约的话，就不能进去。

"周公馆？"姬曲成见门头上根本就没有这三个字，便说："什么'周公馆'，叫你们主人出来！"

一位胖保安打量了一下姬曲成，训斥道："你知道这里的主人是谁吗？凭你这副寒酸样还敢叫我们主人出来？"

姬曲成头一昂："我管他是谁，总归是人不是鬼吧？"

胖保安一把抓住姬曲成的衣襟："你找死，敢骂我们周董事长？"

旁边那位瘦保安显得文明些，对胖保安说："别吵架，你先问清他找周董事长有什么事。"

姬曲成脸色刷白，气喘吁吁地说："刚才我看到我老婆进去了，我要给她送东西。"姬曲成不好意思说调查他老婆在这里干什么。

胖保安说："那是周董事长为他外孙请的家庭教师，你怎么证明她是你老婆？即使是你老婆，你也没有权利进去！"

姬曲成情急之下，从口袋里掏出工作证，往胖保安面前一扬："告诉你们主人，我是市政协的。"

胖保安看了一下工作证，然后往地下一摔，不屑地说："大人物我见过多了，市政协的工作人员算哪根葱，真不知道自己几斤几两，滚！"

瘦保安把工作证拾起，放到姬曲成手中，拍拍他的肩膀："兄弟，快走吧，否则你要吃苦头的。"

姬曲成声嘶力竭地喊了声："里面的人出来！"

"是谁呀？在门口吵吵闹闹的，成何体统！"随着一声威严的责问，一个穿着休闲衫的老头打开了大门，脸上带着愠怒。

姬曲成一见来者，霎时怔住："你……周华明？"

周华明待看清了是姬曲成，上前对两个守门的保安一人一记大耳光，骂道："浑蛋东西，不长眼睛，姬主任来了都不向我报告，还敢对他动粗，看来非炒了你们的鱿鱼不可！"骂完，上前对姬曲成鞠了一躬说："姬主任，真是大水冲了龙王庙，想不到你能亲临寒舍，我早就盼望着与你痛快一叙呢，得罪了，得罪了，幸会，幸会！"言罢，周华明亲热地拉着姬曲成的手，把他带进了别墅之中，在第一层的一个小型会客室内坐了下来。

姬曲成头脑里一片混沌，呆呆地望着"寒舍"的后院，院中种满了各种名树异花，绿坪边沿一条小溪流水潺潺，蜿蜒环绕，小溪岸边耸立着一块高度足有五米的赤色新疆戈壁石，如剑指苍穹，大概这是镇宅辟邪之物。

周华明亲自为姬曲成沏了一杯正宗龙井茶，笑眯眯地问道："姬主任著书立说，向来惜时如金，今晚怎么有雅兴来到我这里？"

姬曲成这时已慢慢回过神来，但他又不好意思言明自己来这里的真实原因，只得答非所问地回道："这套别墅好大呀，就你和夫人两个人住吗？"

周华明说:"哪能两人世界,住别墅必须有人气。我让大女儿全家都住在这里。除了女儿和女婿,还有一个上五年级的外孙和上幼儿园的外孙女,二楼被他们包了。三楼由我们老夫妻俩住。四楼留作客房和家庭影院,没有客人时,就作为你夫人辅导我外孙的教室。每层楼八百平方米哟,这么大的教室大概全市没有第二个了。怎么了?看你一副呆呆的样子,你夫人在我这里做家教将近一年了,难道她从来没向你说起过?"

姬曲成的确从来没问过妻子在哪里做家教,妻子也从来没有向他提起过。他只得讷讷地说:"她的事,我很少过问,今天偶然经过这里,见她进了你的府上,我才想进来看看。"

周华明哈哈大笑:"姬主任,看来你是不大放心哟,我这里外有保安,内有这一大家子人,你夫人到了这里可是上了双保险的。"

姬曲成忙说:"老周,你误会我的意思了,我觉得我老婆没有资格做你家的家教。"

周华明道:"这就叫'不识庐山真面目,只缘身在此山中',你夫人是一中名气很响的语文老师,不仅课讲得好,人品也端正,我是慕名请她来的。所以,一般人请家教都是一个月一千元,我给她三倍的工资,银是银的价,金就必须是金的价嘛。不过,这只是聊表心意,等我外孙明年考取了重点中学,我还要另有重谢呢!"

姬曲成听到这里,才知道妻子所说的两个家教中就包括周华明的外孙,他为自己的胡思乱想而汗颜。周华明是什么人呀,财大气粗,身边美女如云,潘素华这样的中年妇女哪会入得了他的法眼？再说，他要是真的做了什么亏心事，哪会在自己面前显得如此坦荡。想到这里，他带着歉意对周华明说："谢谢董事长的慷慨，只怪我自己能力太差，还得靠老婆挣钱来培养孩子，说起来真丢人啊！"

周华明接口道："不是你无能，而是你太夫子气，学陶渊明不为五斗米折腰。其实，凭你的才学，到处都是赚钱的机会，比如说，你要是辞职来当我的私人博物馆馆长，就用不着你夫人这么辛苦了。哦，对了，我原来的博物馆，有部分物品已搬到了这幢别墅的地下室，你有没有兴趣跟我下去看看？"

姬曲成对他的所谓博物馆从内心不屑一顾，便连连摇手说："今天就不看了，等以后有机会再说吧。对古玩，我最多只能算是一知半解，岂敢给你掌眼。不过，有一点我比别人强，钉是钉，铆是铆，坚决不说假话。"

周华明立即说："我最看重你的就是这一点。世上有没有值得一直坚持的真理我表示怀疑，但是，一个人如果能在任何时候、面对任何人都敢说真话，那就是君子，就是英雄。你千万别以为自己曾经说过我博物馆中有一批物品年份不对，我就会对你有什么成见，你这人对自己的老师、誉满天下的大收藏家姜昊都敢直言不讳，其凿凿慧眼、铮铮傲骨、荡荡胸襟可略见一斑，令人敬佩，令人敬佩呀！"

姬曲成问："你怎么知道我对姜昊老师也是如此？"

周华明说："这个嘛，正如俗话所说，世上没有不透风的墙，你是靠自己的正直和才学赢得了姜昊的信任。"停顿了一下，又说，"我还知道姜昊现在手里缺钱，前几天他看中了一只宋代钧窑三足洗，开价两百万元，他砍到一百万元，但自己拿不出钱来，最后还是向汪东升借的，听起来真是太可怜了。你如能说服他转让一点瓷器给我，我不仅给他出好价钱，解决他的燃眉之急，还会给你一笔奖励，足以供你儿子留学之用。"

不知是由于生活所迫，还是这个诱惑实在太大，姬曲成听后不由得为之心动。他想到妻子的忧虑、劳累、节约无不缘于儿子出国留学的费用，如果自己能以举手之劳彻底解决这个问题，就可大大减轻自己对妻子、儿子的愧疚。同时，这种牵线搭桥的事，并不对任何人造成伤害，而是能取得双赢，不，三赢，又何乐而不为呢？想到这里，姬曲成试探着问道："周董事长，你对姜昊的哪些瓷器感兴趣？"

周华明很明确地说："早年从法国捡漏的那批永乐青花瓷。"

姬曲成心中暗暗吃惊："他怎么知道姜昊的永乐青花瓷是真品？是不是他对这批东西觊觎已久？会不会另有阴谋？"便反问周华明："你以前与姜老师有没有古玩方面的交易？"

周华明摇摇头："这老头脾气太倔，像我这样的人，他可能见都不愿见，何谈交易？所以，我认为通过你这个中介人是最合适不过了。当然，我知道你是个很要面子的人，不愿轻易被人驱使，所以，你不用急于回答我，待想好了再定不迟。"

姬曲成说："这种事我从来没有做过，是得郑重考虑。"他长叹了一声，右手在裤袋中把大腿狠狠拧了一下，鼓足勇气说："老周，今天趁这个难得的机会，我也想问你几个问题，要是你真看得起我，希望如实回答。"

周华明嘿嘿一笑："问吧。"

姬曲成道:"不管你承认不承认,你损坏'鸟神坛'已是不争的事实,我想知道,你到底是去秋游,还是去祭祀?是故意破坏,还是无意损害?"

周华明干咳了两声,声音显得有些沉重:"首先我要告诉你,对松寥山这只'神鸟',不管怎么称呼,我都看得很重很重,因为它对我来说是神灵,我对它顶礼膜拜,你说我敢有意冒犯它吗?我在虔诚祭拜时不小心让它意外受到伤害,心中无比沉痛,理应得到报应。赵炳坤想借此整我,我才不得不隐瞒真相。"

"它是神灵?这是张仁和对你说的吧?"姬曲成问。

周华明咂咂嘴,道:"请原谅,我不可能出卖大师,对他的话我深信不疑。上古时期,以蛟龙为首的五大水怪在长江里兴风作浪,洪水泛滥,危害民间。天帝派南方之神朱雀下凡,降伏水怪,为防后患,朱雀取凤山巨石变成自己的化身,镇守住长江入海口。这就是松寥山这只'神鸟'的来历。大师说我的五行属火,而朱雀也称火凤凰,我只能靠它庇护,否则可能会遭灭顶之灾,这就是我崇拜它、祭祀它的原因。可你花了几十年时间做所谓的考证,把它说成是最早的鸟形祭坛,这不是对它的莫大亵渎吗?不是也应该得到报应吗?"

"一派胡言!"姬曲成也不知从哪来的胆量,大声对周华明进行了斥责,然后娓娓道来,"从星象学来说,朱雀本是二十星宿的'四象'之一,它代表的是南方七宿。即使民间传说认为它是南方之神,它也是南天宫之主,不受天帝调遣。因为佛教传入中国之前(西汉末年),天上的最高统治者是创世元灵,即开天辟地的盘古。你所说的所谓天帝是佛教传入中国的产物,从宋代才开始盛行，与上古时期风马牛不相及。当然，我并不能肯定天上有没有神仙，只是借用民间传说，来驳斥你的谬论。我和姜昊老师认为松寥山是人类最早的'鸟神坛'，这不是迷信，而是科学，是探索和破译史前文明的一项创举。"

周华明双手连拍了五下，道："姬主任，尽管我还是只相信大师的话，但不得不佩服你知识的渊博。你的研究成果不管叫什么名称，都可以为我所用。如此看来，我们今后合作的领域应该更为广泛。"

姬曲成鼻子里"哼"了一声，慢条斯理地说了一句："你我根本不是一路人，恐怕没有合作的可能。"

周华明咧了一下嘴："哎呀，姬主任，话不要说死，不记得有句俗话叫'天意难违'吗？"

姬曲成听了这话一怔。

周华明点着头狡黠地笑了笑。

……

第六章

话沧桑

因为"鸟神坛"项目的重新启动，姬曲成在国内的学术活动彻底松绑了。市博物馆馆长马定富不知是为了给本单位争功还是出于别的目的，多次主动恳请姬曲成回市博物馆，都被姬曲成坚决拒绝。

继马定富后，柳善存亲自出马了。

一天下午，徐其亮把姬曲成请进了柳善存的办公室。

柳善存笑脸相迎，亲切地握了握姬曲成的手，道："曲成同学，听说你在市政协的职务被撸掉了，我真为你抱不平。今天我想亲自跟你商量一下，请你回博物馆，接替马定富当馆长。"

姬曲成一惊："那马定富去哪儿？"

柳善存说："他在专业上不过关，还是回文化局当副局长吧。你是名副其实的专家，现在还成了名家，到博物馆当家，不仅有利于'鸟神坛'的深入研究，还能提高博物馆的知名度呀。"

姬曲成冷冷一笑，道："谢谢你的错爱，可我不敢接受，也决不离开市政协。"

"为什么？"

"因为市政协给我创造的环境太好了。再说，我也不能辜负赵炳坤主席。"

"你的想法我能理解，可是，赵炳坤还有一年多时间就要退休了，他能护你的时间还能有几天？这个、这个，博物馆毕竟是正经的研究部门，是你发挥特长的最佳之处。"说到这里，柳善存又为姬曲成的茶杯里续了水，拍了拍他的肩膀继续道："老同学，我刚任市委书记，你不会不支持我的工作吧？"

姬曲成犹豫少顷，终于鼓起勇气说："柳书记，恕我得罪，经过上一次宋老来视察的风波，我对你的话很难再相信了。"

柳善存哈哈大笑了一阵，道："曲成啊，这个、这个，你这个人做学问很聪明，在政治上很糊涂。你认为当时撤销你的职务是我的主意？再说面对宋老和电视台的压力，你和姜老师之中总得有一个人挨几下板子，这也是不得已而为之的应对之策嘛。今天我可以实话告诉你，当时我承受的压力、心中的苦闷要比你大得多，可我向谁去诉说？现在我提议重新启动'鸟神坛'项目，你知道我可能面临的风险吗？"

姬曲成回道："柳书记，我一介书生哪能想得这么多？本人一生的坎坷……数也数不清了，以往的事，随它去吧。我只是认定赵炳坤对'鸟神坛'的支持始终不变，我不能让他失望和伤心，所以，回博物馆一事不予考虑。同时，我要向你重申，'鸟神坛'研究绝不是迷信，而是科学。那些借'鸟神坛'而搞封建迷信的人，倒是……倒是应该受到追究的。"

姬曲成最后一句话，让柳善存心中"咯噔"了一下，他联想起自己那次在松寥山祭拜时，似乎见到了对岸的姬曲成，是真是假，今天必须得到证实，否则他心中这道阴影始终消退不了。他口气严肃地说："曲成同学，请你拿出证据来说说清楚，谁在借'鸟神坛'搞封建迷信？"

姬曲成略一思索，回道："比如说张仁和和周华明，这两人你是应该知道的。"

柳善存轻描淡写地说："哦，你说他俩，这两人都不是共产党员，也不是领导干部，我国的宪法上允许信仰自由，对他们这样的人不好追究。你能不能举几个领导干部搞封建迷信的例子，哪怕一个也行。"

姬曲成心想：柳善存啊柳善存，你真是虚伪透顶了，明明你自己就是个典型，还在一本正经地贼喊捉贼！他真想当面予以揭穿，但考虑到这样做后患无穷，只得含糊其词地说："这……这方面待我了解清楚后一定告诉你。"

姬曲成面部表情的细微变化，柳善存明察秋毫，他突然一拍桌子喝道："姬曲成，你的所谓了解可不能捕风捉影！另外，据有人向我反映，你时常夜间或凌晨在松寥山转悠，这是在干什么？"

姬曲成一阵惊慌：难道那次他发现了我？还是我用手机拍摄的照片无意间被人翻阅了？他有些惶恐地说："我……我为了观察'鸟神坛'的变化，有时在凤山过夜，这不是迷信，而是科学研究。不过，我从来……从来没有发现过有领导干部搞……搞祭拜的。"

听到"祭拜"二字，柳善存更加确信自己的怀疑绝非多余，他显得很坦诚地说："曲成，我曾陪同北京来的科学家凌晨考察看松寥山日出，大概有人以为我是搞祭拜吧。这事说小也小，你当我的面说清楚就算了。但说大也大，如果你有意无意地传播出去，让外界产生了误解，这个责任你是承担不起的。老实告诉我，你当时有没有用手机摄像或拍照？"

姬曲成认定柳善存在使诈，急忙回道："柳书记，你……你这事别跟我讲，我根本就不知道，是不是你……看错人了。再说，手机上的功能我除了会打电话、发信息，其他什么也不会呀。你……你千万别冤枉我。"

柳善存淡淡一笑："你这话真也好，假也好，我身正不怕影子斜。这个、这个，我再强调一遍，你要想清楚传播出去的后果！好了，咱们言归正传，你考虑一下回不回博物馆。我等你一个星期，你想好了就给我答复。"

姬曲成在三天后给了柳善存正式答复："不回博物馆。"

半个月后姬曲成和姜昊收到古蜀"鸟文化"研讨会邀请函。两人经过商量，准备一起参加，还根据举办单位的要求，匆匆赶出了一篇论文，标题为《松寥山"鸟神坛"是"鸟文化"的最古老渊源》。

鸟在先蜀文化中占有极重要的地位。在三星堆文化两个祭祀坑出土的金权杖上有鸟纹，"青铜神树"上立着群鸟，陶勺上有鸟头把，还有铭文鸟身人兽玉像。在金沙文化中，最为典型、最为神秘的也是金质太阳神鸟。三星堆文化中也有铜质的太阳神鸟。为何先蜀文化的突出标志物不是龙,而是太阳和鸟,这个问题至今没有定论。由于兴致颇高,两人一上飞机就开始讨论起他们所提交的论文和举办组织这次研讨会的意图。

姬曲成说:"老师,近二十年来,三星堆文化和金沙文化一直是全国甚至全世界的研究热点和难点,当地政府和学界也以此为荣,他们真会容得下我们将松寥山'鸟神坛'作为'鸟文化'的最早渊源这一观点吗?"

姜昊回答道:"无论古今,地方文化虽有其独特性,但它们终究只是中华文明的枝干,揭示其中的内在联系和历史渊源,是学界共同肩负的任务。其实,在秦代之前,凤的地位高于龙。在距今7000年的河姆渡文化遗址中,出土了'双鸟朝阳纹象牙碟形器',一对展翅欲飞的凤凰拥戴着太阳。这与古蜀文化中的'太阳神鸟'似有异曲同工之处。《诗经》中说:'天命玄鸟,降而生商。'《楚辞》宋玉《对楚王问》中说:'凤凰上击九千里,绝云霓,负苍天,足乱浮云,翱翔乎杳冥之上。'出土的文物,如楚国时期的一些壁画、帛画中,凤占主导地位,展翅飞翔的凤敢于追啄龙。古蜀文化中的太阳神鸟表现得更为突出和独特。这次举办方之所以冠之以'鸟文化'研讨会,看来是受到我市'鸟神坛'国际研讨会的影响,可见当地政府、学界的视野和心胸是开阔的。回想起来,赵炳坤在这方面功不可没,我们都得感谢他。"

姬曲成点点头,又提出了一个问题:"按照以前形成的主流观点,三星堆文化的上限是夏人的一支从长江中游经三峡西迁成都平原、征服当地土著文化后形成的。照此推理,它与长江下游包括我们江河市的'鸟文化'根本就没有什么联系呀。"

姜昊喝了口水，笑着回道："主流观点就不能改变吗？在松寥山'鸟神坛'被发现和宣传之前，人们尚不清楚'鸟文化'不同表现形式之间的联系，比如前面提到的河姆渡文化，还有距今5000年左右的良渚文化、红山文化、三星堆文化，距今3000年左右的殷商文化、金沙文化等，里面的鸟都是典型文化标志，表现的特点和方式又有区别。中国的'鸟篆'文字和兴起于江南的花鸟画倒是表现得最为直接。从这个角度，你就不难找到各种'鸟文化'之间的联系。三星堆文化遗址的一期中见不到中原文化，而二期和三期就见到了。这就是有力的佐证。当然，先蜀文化的特点和谜团较多，'鸟文化'只是一个侧面，不能以偏概全。据民间传说，先蜀在洪荒时期曾有一支羽人族，并建立了羽人国。'羽人'与常人最大的区别在于，前者腋下长着翅膀，能在空中翱翔。但考古界至今没有找到可以佐证的实物，所以，只能认作是先人的一种美妙想象。"

姬曲成觉得深受启迪，又问道："老师，听说这次梁教授也在邀请名单中，不知他有没有时间来参加？"

姜昊说："昨晚他跟我通过电话，说肯定参加，并且准备了一篇论文，主题是讲'鸟文化'与'龙文化'的关系，似乎与我们遥相呼应了。20世纪80年代末，在河南濮阳西水坡发掘出仰韶文化时期四组蚌砌龙虎及鹿、鸟等图案。考古界中'龙文化'一派的人据此认为，6500年前出土的中华'第一龙'可以见证我们是'龙的传人'。而梁教授却撰文认为，西水坡大墓中的青龙、白虎、朱雀、玄武等图，都是对天文'四象'和'北斗星'的描述，他的观点后来得到了越来越多人的认可。而在'三星堆'文化中，原来主流的观点认为只有鸟而没有龙。梁教授则认为既有鸟也有龙，不过这里面的龙还是蛇形，且不居于主导地位。自参加江河市'鸟神坛'国际研讨会后，梁教授就一直主张，'鸟神坛'与先蜀'鸟文化'有着渊源关系。他这次来这里，除了参加会议，还要顺便看望女儿和外孙，他的女儿是这次主办方的领导成员。"

姬曲成听后兴奋地说："能够享受天伦之乐，那是人到老年时的最大幸福。"一想到姜昊孑然一身，姬曲成感觉这会让他隐隐作痛，便立即改换话题道："梁教授这人不仅学问深厚，而且品行端正，他如能成为我们'鸟神坛'课题组的成员，那就如虎添翼了。"

姜昊干笑一声，道："你要是怕请不动他，那我就陪你一起去请。今后只要是你觉得我能发挥余热的地方，就放心地交给我办。"

……

姜昊和姬曲成下了飞机，正在寻找接机的人，忽听得有人高喊："在这里！在这里！"两人循声望去，原来呼喊的人正是梁教授。

梁教授对他俩说："我只比你们早到了十分钟，就在此等候你们一起走了。"接着，指着一位五十岁左右的中年妇女说："这是我的女儿梁晔，是这次会议接待工作的负责人，她对你俩仰慕已久。"

梁晔上前与姜昊和姬曲成亲切握手,然后说:"因为来宾的到达时间不一样,所以今晚只能吃顿便饭。饭后我和我先生陪你们到'可居茶介'喝茶,还有公事和私事与你们相商。"

成都作为中国茶馆第一城,早在春秋时期就开张了世界上最早的茶馆,现在全市的茶馆比北京、上海、天津的总和还要多。在这众多的茶馆中,最高雅的要数"可居茶介"。"可居"一词,源于清代一位学者的斋名,意即视往事为行云流水,无怨无悔。其建筑和装饰都是清代风格,纱幔垂帘、楹联字画等都堪称文物,连茶具都是古色古香,别具一格。

众人坐定后,梁晔指着旁边一位年近六十文质彬彬的男士说:"他是我的先生李立,西蜀大学美学教授,也是这个茶楼的最大股东。"

姜昊嘿嘿一笑:"这么说来,你梁晔就是这里的老板娘了。"

梁教授接口道:"他们家是我女儿主外,女婿主内,经济上的事全由我女婿当家,要不然我女婿怎能办得了私人博物馆呢。"

李立教授谦逊地说:"我喜欢收藏研究中国古代陶瓷,有时花钱如流水,若没有夫人的支持,恐怕是寸步难行的。所以呢,我觉得一个家庭的核心和茶道的核心一样,都是一个'和'字。"

梁晔微笑着招呼大家品茶,接着说:"老李,你的私事待会儿再聊,我先谈公事。我知道姜教授和姬先生是'鸟神坛'的最早发现者和探索者,且姜教授还是江河市政府的顾问。我市在这次研讨会之后,想搞一部电视宣传片,二位能否将'鸟神坛'国际研讨会的有关资料借给我们用一下,这可不是侵犯知识产权,而是共享成果呀。"

梁教授急忙给女儿帮腔："我觉得成都市这一设想很有意义。以往学界一直认为中华文明的源头在黄河流域，因为夏、商、周的国都皆建于此。而成都市在长江的最上游，江河市在长江的最下游，这两个地方都发现了神奇而悠久的史前文明。我无意贬低一方或抬高另一方，而认为二者在探讨中要相互补充、借鉴、融合。因此，将'鸟神坛'和古蜀'鸟文化'连接起来，统筹宣传，这是文化上的一个创举。我相信有姜教授和姬曲成的鼎力支持，此举一定能成功。"

姜昊说："我支持梁晔的想法，也欣赏梁教授的观点。不过，实话告诉你们，我的名气虽比姬曲成大，但研究精力和能力都不如他。我方此事的主帅应该是姬曲成，我和其他几位老同人愿意做他的帮手。"

姬曲成被姜昊说得有些坐不住，涨红了脸说："姜老师太谦虚了，我……我……我愧不敢当，一定做好姜老师的学生和助手。"

梁晔拍手道："谁当主帅就由你们师生自己去商量吧。公事说完了，私事嘛，就由我的先生来说吧。李教授，请！"

李立托了托眼镜，道："前面说过，我是个古陶瓷收藏爱好者，听说姜教授从法国收藏到一批永乐官窑青花瓷，上面有松寥山的图案，我想请姜教授揭开其中的谜团。"

姜昊呷了口茶，摇摇头说："这个谜团，我至今未解。从正史查不到出处，只是通过民间的野史得知，永乐五年，朱棣曾到江河微服私访，其间到过松寥山。至于为何没有载入史籍，可能是朱棣在私访中做出了不妥的事，或者与他的重佛轻道观念有关。罢了罢了,宫廷之中有些谜团永远也解不开,何况我将这批瓷器作了捐赠。"

"捐赠给谁了?"李立两眼圆睁,觉得有些不可思议。

姜昊讪讪一笑:"待我眼闭腿蹬之后,便会真相大白,现在暂时保密。"

只有姬曲成知道其中的奥秘,他急忙帮着老师圆场:"此事改日再谈,今天我们还是聊聊先蜀鸟文化吧。"

……

研讨会共开了两天半时间。学术氛围非常活跃,共有二十五位代表作了主题报告。应姜昊的强烈要求,由姬曲成上台宣读了他俩的论文。由于与会代表有近半曾参加过江河市"鸟神坛"国际研讨会,想起当初这师生俩互相争名、而今互相谦让的场景,他们感到既欣慰,又惊奇。梁教授诙谐地说:"他们这叫打是亲,骂是爱,没有谁错或谁对。"

第三天下午,举办方安排与会代表参观了三星堆遗址博物馆和金沙遗址博物馆。参观结束后,受李立教授的邀请,姜昊和姬曲成一起观看了他的私人博物馆。

李教授的私人博物馆在一幢办公楼的地下室,面积约四千平方米,里面的防盗、防湿、防辐射、防碰撞等设施十分完备。每件重要的藏品都有厚厚的钢化玻璃罩着,罩子上还有一张介绍藏品的精致卡片。姜昊觉得其中有许多藏品的历史文化价值和市场价值都很高,其数量与品位不在他的"南吴第一宝库"之下,心中暗想:真是山外有山,天外有天啊!蓦地,他在一件名叫"南宋官窑贯耳尊"的藏品前停下，从各个方位看了好长时间，最后有些不好意思地对李教授说："这件藏品我似曾相识，想上手看一下，不知阁下是否允许？"

李教授立即应允，叫管理员打开锁，拿来一张小桌子，将藏品放到了桌子上。姜昊戴上白手套，小心翼翼地掂了掂藏品的分量，看了看它的底足，嘴里念念有词："金丝铁线，紫口铁足，釉面气泡密实，是一只难得一见的南宋官窑精品。可奇怪之处在于，它的大小、颜色、开片与我见到的那只一模一样。按理，任何一只南宋官窑的开片都绝不可能雷同。"他询问李教授："你这件藏品是从何处得到的？"

李教授迟疑了一下，道："这种带有机密或隐私的问题，我对一般人是不可能回答的，但您是收藏界的泰斗级人物，我不敢有任何隐瞒。这是五年前由你们南吴收藏协会会长张大钧介绍，从当地一位藏家那里转让过来的。"

姜昊紧接着问道："这位藏家是不是名叫刘再新，长着个大大的酒糟鼻子，绰号'牛鼻子'？"

李教授说："正是。您认识他？"

姜昊顿时愣住了，嘴唇哆嗦了几下，道："果真是他！"

李教授见姜昊神态异样，追问道："他不是宋瓷行家吗？难道有什么疑点？"

姜昊连忙摇摇手："李教授，别多心了，我只是随便一问罢了。"言罢，就急着要回去，连李教授原定的宴请都不参加了。

……

从成都开会回来后,姜昊整整一个星期没有到江河市的办公室上班。姬曲成出于关心,在第八天下午来姜昊家中看望。现在他跟以往大不相同,已经用不着再为乘地铁还是公交车算计,赵炳坤配给了"鸟神坛"课题组一辆专车,这车大多为姬曲成所用,难怪有人说他是副处级调研员享受副厅级待遇了。

一见到姬曲成,姜昊亲切地说:"曲成呀,看来我这身体越来越不中用了,这次在成都多亏你的照料。最近心情不好,也没与你联系,谢谢你主动来看我。"

姬曲成心中暗想:以往老师一直称他为"姬曲成同学",今天改称"曲成"这样亲密的称呼,这还是开天辟地第一次,不知是因何而起。他咧嘴一笑道:"学生看老师,天经地义。老师,我冒昧地问一句,您心情不好是不是与在李教授处看到的那只南宋官窑贯耳尊有关?"

姜昊说:"是啊,你当天晚上问我其中有什么蹊跷,我没有告诉你。其实,在五年前我也从'牛鼻子'处买了一只南宋官窑贯耳尊,也是由张大钧介绍的,且与李教授那只一模一样。这么多巧合使我心生疑云:我和李教授买的南宋官窑贯耳尊可能都是赝品,若是这样,那就是个大骗局了,我的脸也丢光了。可我回家后反复察看这件东西,觉得它无论哪方面都没有破绽。为郑重起见,我通过张大钧联系'牛鼻子',张大钧说'牛鼻子'出差了。我又向张大钧要了'牛鼻子'的手机号,可怎么也打不通,这真奇了怪了。"

姬曲成说:"老师,我早告诉过您,您身边有一个专门高仿宋瓷的诈骗团伙,可您没有在意。现在,我可以明确相告,这个

'牛鼻子'就是其中一员,他与张大钧和我市的民营企业家周华明关系都非同一般。"

"你说的周华明是不是有一个陶瓷销售公司和一个私人博物馆?"姜昊警觉地问。

姬曲成说:"是的。这个人神通广大,谁也摸不清他的底细。"

姜昊鼻子里哼了一下,道:"我想见一见他,你能否牵个线?"

姬曲成想起一个月前周华明"拜托"之事,自己一直未敢向老师开口,今天老师既然主动要见周华明,不如来个顺水推舟。他对姜昊说:"周华明早就想见您,并想请您转让几件藏品给他,我因对他印象不好,就一直拖着没有向您禀告。"

姜昊因急于追查"牛鼻子"与周华明之间的关系,加之前段时间为买一只宋代钧窑三足洗曾向汪东升借了一百万元,他想尽快把这笔债还了。便对姬曲成说:"那你现在就联系他,至于是否转让藏品,要看他配不配。你是知道的,我至今从未卖过一件藏品。"

看姜昊如此心急,姬曲成便接通了周华明的手机,把姜昊的想法以及他家的地址告诉给了对方。周华明爽快地答应:"我立即开车前来。"

在等待周华明的这段时间中,姬曲成问姜昊:"怎么不见您家的小保姆,她是回家休息了还是被您辞退了?"

姬曲成这一问,又让姜昊平添了几分忧伤。几年来武小玲的相伴,成了他的一种依赖、一种乐趣,她的突然离去,使他一下又回到了孤独寂寞的境地。他内心非常渴望能见到她,哪怕她不为自己做家务,更不发生"捏脚""暖床"之类的不轨之举,只要她能陪伴在他身边,就能成为一种温暖,一种慰藉。他为自己曾经对武小玲采取的卑鄙行为而忏悔,他更为武小玲对他的一片孝心而感动。现在听姬曲成提到武小玲,他有些哭笑不得地说:"看来你真是两耳不闻窗外事,小玲出嫁已经三个月了,前几天刚生下一个男孩,你对这些事真的一无所知?"

姬曲成说:"我哪有心思打听这些事。不过,老师之前曾叫我查过她这支家族的来源,我就猜测她是红颜祸水,这样的人早点离开您并不是坏事。"

姜昊叹息道:"她毕竟是个孩子,犯什么错误我都可以原谅。还记得三十年多前我在武家村给你讲故事的情形吗?那就是她爷爷的家,是她爷爷出这个主意保护了我,我不能忘恩负义呀。唉!我这个人向来爱憎分明,不计前嫌,如像以前为争'鸟神坛'一事的名誉对你也有过误解,但一旦消除,不是又和好如初了嘛。况且,我知道自己毛病不少,脾气太坏,有意无意地伤害过不少人,对此也常常反思,时感不安呀。"

姬曲成说:"老师胸怀宽广,且时时自我反省,值得我好好学习。"

姜昊说:"人非圣贤,孰能无过,到了我这样的年纪,如果还不知道'我是谁',那就太可悲了。"

姬曲成知道"我是谁"既是古希腊哲学家苏格拉底的一个终极哲学命题,也是基督教中耶稣阐述的一个重要问题。此语看似简单,但多数人至死都不会明白,因为人最难清醒认识的正是自己。他接过姜昊的话头道:"不瞒老师说,您讲的这个问题我至今尚没有完全弄清,真是惭愧呀。"

就在这时,门铃响起。姜昊大声问道:"是谁?"

门外应声:"我是周华明,请问,这是姜教授的家吗?"

姜昊向姬曲成努努嘴,示意他去开门。姬曲成开了门,领着周华明走到了姜昊面前。

周华明对姜昊谦恭地行了个礼,道:"想必您就是大名鼎鼎的姜教授吧?"

姜昊没有立即回话,盯着周华明足足打量了有半分钟,才勉强让他坐下,然后疑惑地问道:"你就是江河市民营企业家周华明?我们是否见过面?为什么我觉得你很面熟?"

周华明抿嘴一笑道:"先生可能认错人了吧,你我素昧平生,我虽久闻先生的大名,但至今还是第一次与您谋面,幸会,幸会。"言罢,伸长手臂欲与姜昊握手。

姜昊坐着一动不动,冷冷地说了声:"请坐。"

周华明感觉有些尴尬。

姬曲成见气氛沉闷,想缓和一下又不知说什么,只得不停地咂嘴。

姜昊问周华明:"你是否与外号叫'牛鼻子'的刘再新很熟悉?"

周华明摇摇头:"不熟悉,没有听说过此人。"

姜昊追问道:"你到底是不熟悉还是不想告诉我?"

周华明一脸诚恳地说:"我是真不熟悉。"

姜昊瞥了一眼低着头的姬曲成,换了个话题:"那你与省收藏协会会长张大钧熟悉吗？"

周华明回答："不熟悉。"

姜昊再一次瞥了一眼低着头的姬曲成，心想到底是姬曲成了解的情况不实呢，还是周华明没说实情。

姬曲成对周华明刻意隐瞒事实的行为极不满意，很想当面拆穿，但考虑到这样做会使大家都很尴尬，只好把头埋下。

姜昊沉思少顷，遽然问道："听说你想让我转让几件瓷器，是不是已有目标？"

周华明这下子才来了精神，说："是呀，我看中您从法国淘来的那批永乐青花瓷。"

姜昊一听，不便说出实情，只能说这批瓷器在银行保险柜中，今天见不到，也不想卖。

周华明一听这话，感到有些遗憾，但他心想，既来之，则安之，看看姜昊的全部家当价值几何也未尝不可。于是，他一边说着"荣幸，荣幸"，一边转悠着欣赏起姜昊的藏品来。大概半个小时，他浏览完毕，心中有了底：在这些瓷器中，大约一半是真品，一半是赝品，而这些赝品，大都出于他和同伙的"杰作"。

在周华明观看姜昊的藏品时，姬曲成觉得自己在场很不方便，唯恐姜昊把他看成捐客，几次提出要离开，都被姜昊拒绝了。姬曲成不知姜昊为何要把自己留下，心中颇感忐忑，没话找话地与他聊起古蜀"鸟文化"研讨会上的一些趣事。

周华明看完藏品回到原位，姜昊冷冷地问道："怎么样，有没有看中什么？我想考一考你的眼力。"

周华明稍稍犹豫了一下，在平淡的一笑之后，才谦虚而委婉地说:"先生的藏品之丰富、等级之高贵让周某大开眼界,可惜周某在古玩方面只是半瓶子醋,道行太浅,许多高级的东西不大看得懂,如巍巍高山只能仰视,真是惭愧呀。"

姜昊当然知道,在古玩界,对方说"看不懂"你的东西,实际上是暗喻赝品,其他赞美之词只是一种虚伪的吹捧,因此很不高兴地说:"有句行话叫人能鉴物,物能鉴人,这么多藏品竟然没有一件入得了你的法眼,不知你是眼光太拙还是过于狂妄。"

周华明急忙解释道:"老先生可别误会,除了眼光以外,还有一个个人偏好问题,正如俗话所说'萝卜青菜,各有所爱'。"

姜昊明白周华明是在找遁词,便一针见血地说:"看来你并无诚意,也就不必浪费时间跟我玩虚招了。不过,今天你既然到了这里,我有一事必须相问,三个月前,我买一件宋代钧窑瓷器时向汪东升临时借了一百万元钱,你是怎么知道的?"

周华明嘿嘿一笑道:"这就叫鱼有鱼路,虾有虾道,我跟汪东升熟悉也不是一天两天了,他既然愿向我说这事,其中自有理由,恕我不能说明。我只是想善意地提醒先生,您买的那件宋代钧窑三足洗不是真品,这事如果无意中伤了您的面子,还请您能海涵。"

姜昊嗤之以鼻道:"你才出道几天,哪能鉴赏宋瓷?不然我俩豪赌一场,让权威机构鉴定,如果那件宋瓷是假的,我把我的博物馆输给你,如果是真的,你把你的博物馆输给我。"

周华明以幸灾乐祸的口气嘲讽道:"先生不必进行豪赌了,我实话告诉您,这件东西是我的朋友亲自制作的,并且您这里有不少东西都是他的作品。当然,为了对得起朋友,我是绝对不可能把他的名字告诉您的，请多谅解。在鄙人看来，鉴定古玩固然需要学识，但并不是学识越高，能力越强。就如同炒股票一样，技术派历来是根据各种技术图形做决定，殊不知许多图形是庄家精心做出来引人上钩的。古玩上真正做得到位的高仿赝品，各个细节惟妙惟肖，与真品很难分辨，这正迎合了那些书呆子的心理和眼界，先生对这些可能忽略了。"

姜昊如雷轰顶，逼视周华明："你……你看来对我蓄谋已久。"

周华明平静如水地回答道："先生此言有失公允，本人对您既无所求，更无所谋，又哪能谈得上'蓄谋已久'？"

姜昊突然拍案而起大喝道："你别再跟我卖关子、躲猫猫了，一见面我就觉得你面熟，不管是岁月改变了面貌，还是你使用了什么易容术，但你的眼神和声音骗不了人，经过刚才一番接触，我对你的真实身份已确定无疑——你就是当年致使我终身残疾的谢加林！"

周华明心中一凛，瞬间又恢复了平静，道："老先生，您是不是认错人了？我是周华明。"

姜昊头上青筋直暴："你谢加林就是烧成灰我也认得，你我之间有不共戴天的血海深仇！"

周华明捋了一下山羊胡，阴沉地一笑，道："老先生，别激动，我倒是听说过谢加林这个人，也算与他有些缘分。不错，谢加林虽然伤害过您，但您后来不也伤害过他吗？您知道您将谢加林半生的奋斗毁于一旦，弄得他生不如死吗？何况，当初谢加林伤害您，除了潮流的席卷，还因为您对他的女朋友姚桂枝想入非非，不怀好意。您作为一名大学老师，本应为人师表，却干出了伤风败俗的事，也应该反省一下吧？"

"放屁！"姜昊把手中的茶杯"叭"地摔下，碎片飞溅到姬曲成和周华明的身上，他气喘吁吁地说："当初姚桂枝作为我的学生，多次主动向我示爱，才使我有所心动，我与她既是两相情愿，又是清清白白，与你谢加林这个流氓有何关系？"

周华明继续阴笑道："您真是做了坏事还自作多情，既可恨又可笑，最终与姚桂枝结婚的是谢加林，而不是您姜昊，这是铁的事实。即使您没有残废，姚桂枝也不会嫁给您这样的人，如若不信，哪天您可以当面问她。"

姜昊这时已气得脸色发青，浑身哆嗦，他指着周华明的鼻子，声嘶力竭地说："看来你到底承认自己是谢加林了，我告诉你，不管你变成神还是变成鬼，我总有一天要与你算总账！"

周华明用不屑的口吻说："老——先——生，请把眼睛睁圆了，我是周华明，一位闻名全国的民营企业家，一位受人尊重的慈善家，而不是什么谢加林。不过，我也可以坦率地跟您说，您跟谢加林的账算不清，并且您永远也斗不过他，原因很简单，因为他比您年轻，他比您有实力，他比您心狠手辣，他比您适应社会潮流。顺便告诉您，您最近得意的研究成果'鸟神坛'最终也只能为他所用。哈哈哈哈……"

姜昊这时已气得说不出话来，他嘴唇抖动了半天，只从喉咙里冒出一个沙哑的"滚"字。

周华明得意地扬长而去。手足无措的姬曲成看着跌坐在沙发上的姜昊，心情沉痛地说："老师，实在对不起，我不知道会是这样的结局，要不要送您去医院？"

姜昊气若游丝地说："你打电话给汪东升，汪东升……"

柳善存用推荐一个市委专职副书记的权力空间，实施了对市委和市政府多名领导成员的调整，确保了他在市委名副其实的核心地位。为了进而实现他对市政府、市人大、市政协的绝对控制，他又想到了以一个人来牵动全局的计划，这个人就是赵炳坤。

在柳善存看来，赵炳坤虽已退居市政协主席的位置，但他对市四套领导班子的影响力很大，加之他清廉刚直，如果想靠权力直接压服他是根本不可能的，不过，每个人身上都有软肋，赵炳坤也不能例外。柳善存对赵炳坤的对策，是从宋太祖赵匡胤的编书计中得到启示的。赵匡胤继承兄长的皇位后，为免"斧声烛影"的流言蜚语，显示自己的宽厚仁义，并让降国之臣不生事端，便以很高的待遇让他们大量编书，使他们感觉得到了重用并能彪炳史册，从而对赵匡胤心悦诚服。诸如《太平御览》《太平广记》《册府元龟》等巨著都是这一时期的杰作。柳善存认为，自己如果给身居闲位而又不甘寂寞的赵炳坤干他喜欢的大事，并委以重任，不仅能让他忙于事务，无心与自己闹对立，管闲事，还能为他柳善存树立绝对权威起到绝妙的作用。

从什么事情上吸引赵炳坤呢？柳善存思来想去，最后决定从松寥山"鸟神坛"项目着手。

他亲临赵炳坤的办公室，非常诚恳地对赵炳坤说："松寥山'鸟神坛'项目启动在即，我想打破原来的项目管理体制，成立一个指挥部,由您任总指挥,市长和常务副市长任副总指挥,下设一个办公室和若干专业机构。这样做可以充分体现我们四套班子齐心协力抓经济建设的局面,破除有关一线领导和二线领导的陈腐观念。"

赵炳坤是何等清醒之人,他一听这个建议就断然拒绝:"项目推进本应是政府的职能,你不让政府领导当总指挥,而让我这个政协主席取而代之,这种领导职能的错位,不仅与体制不符,还会酿成许多恶果,就算你是好心我也不能领受,请你打消这个念头。"

柳善存说:"省委省政府已经开了先例,汪东升在任省委副书记时是这个项目的总协调人,到了省政协之后,他仍保留这个头衔。这个、这个在我们市,只要您一出马,不仅便于市政协与省政府在这个项目上的对接,也是我们对省委省政府创新意识的一种落实,这绝对不可能造成任何不良后果。再说,松寥山'鸟神坛'项目是您顶着种种压力立项和大力推动的,您当总指挥谁敢不服?"

赵炳坤说:"汪东升和我不同,省里对这个项目不是具体操作,只是负责协调,而这个项目在我市,就要承担所有的决策和具体操作,由我任总指挥名不正,言不顺,势必让人产生误会。再说,汪主席德高望重,我又怎能与他相比?"

柳善存呵呵笑道:"老书记您太谦虚了,您在我们江河市也是德高望重啊。这个、这个至于体制问题,应该也可以进行改革创新嘛。说心里话,我之所以要请您亲自出马当总指挥,这个、这个最主要的还是因为您文化底蕴深厚,又曾经抓过世界文化遗产项目申报工作。我最近通过研究才知道，申报世界文化遗产程序非常复杂，一步走错，就可能前功尽弃。只有您亲自掌舵，我才放心。老书记哎，我和程跃的历练毕竟还不够，您多担当一点，也是对我们年轻干部的支持呀。"

赵炳坤听到这里，含蓄地一笑，道："说起担当，我倒无所谓，这个项目是曾经被宋老否定过的，现在要重新启动，你和程跃的确面临着很大的压力，从这个角度出发，我可以为你们做一下挡箭牌，挂一个副总指挥的头衔，你看这样如何？"

柳善存激动得似乎热泪盈眶："老书记，我说不出口的原因也被您一语道破了，真是惭愧呀。既然您肯为我们承担压力，副总指挥的分量是不够的，是不是可以折中一下，搞两个总指挥，您在前，程跃排在您后面，因为不管是在资历上还是能力上，程跃都没法与您相比。"

赵炳坤本来对柳善存重启"鸟神坛"项目心存疑虑，也怕他把这个项目搞砸，现在他让自己当这个项目的总指挥，虽然有悖常理，但如果自己将计就计，既可弄清他的真正意图，又有利于这个项目的正常推进，何不试上一试？想到这里，便说道："你非得赶鸭子上架，那也必须程跃在前，我排在他后面，当他的助手。因为程跃毕竟是市长，不能让我搞权力错位。至于能力，任何人都不是天生的，是可以锻炼出来的。况且，我的职责必须以抓政协工作为主。另外，你既然让我抓这个项目，那就必须接受我的思路，比如，在项目的总体设计上，要以'鸟神坛'为中心，把集凤台、莲花洞、焦公洞、圕山'箭洞'等都贯穿起来。在配套措施上，要把长江治理、山道连接、迎江大道的拓宽等统筹考虑。"

……

柳善存说通了赵炳坤，再回头把这一情况告知程跃，并劝慰道："赵老爷子虽然也挂了个总指挥的名义，但排名在你之后，最终决定权还是在你手里，他不过是为你挡风遮雨，出谋划策，这对你来说有百利而无一害，我完全是为你考虑呀。"

程跃嘴上满口说好，可心里却在嘀咕：我是赵炳坤培养起来的，他的个性又那么强，我哪能随意否定他的意见，更别说对他指手画脚，如此一来，我这个第一总指挥岂不成了聋子的耳朵——摆设了吗？

此事还在进一步发酵。市人大主任龚玉林知道赵炳坤当了松寥山"鸟神坛"项目总指挥，心中不免有些失落，因为按照惯例，市人大主任的位置排在市政协主席之前，赵炳坤能当项目总指挥，自己为什么不能？重大项目总指挥有实权，也有油水，这是不言而喻的。因此，他便主动来跟柳善存探话："我资格虽比不上赵炳坤，但年龄比赵炳坤还年轻两岁，是不是也可以发挥一下余热，搞一点实事？"

这种联动反应正中柳善存的下怀，他爽快地对龚玉林说："你也是老资格领导，我刚到江河市时，你就是我的领导，既然你有这份热情，我坚决支持。你熟悉科技工作，科技园是市十大项目之一，你就和程跃一起当总指挥吧。"

程跃资格没有龚玉林老，这样一来，他这个总指挥又打了一分折扣。

柳善存既分了程跃的权，又以冠冕堂皇的理由支持了他的工作，同时还使他处于夹板之中，遇到难以处理的问题时，就只能请他柳善存来协调平衡，如此运作，便凸显了他柳善存的绝对权威。

不过，赵炳坤并不是个容易被糊弄的人，他对周华明一案仍紧追不放。柳善存知道此事如果再拖而不决，被反映到陈逸新那里就不好办了。他在与市政法委书记和市公安局局长商量后，终于给了赵炳坤一个交代。

新任公安局局长高茂林首先向赵炳坤介绍了对周华明的调查的"真实情况"。高茂林说："关于周华明偷税漏税之事，经向国税、地税和海关核实，没有确凿证据，只是属于合理的避税行为。关于华明集团靠卖假古玩发家一事，经查事实并非如此。1998年春，周华明和他的合伙人将五件宋代定窑瓷卖给深圳当地一位富商，姜昊闻讯后主动要求这位富商以一百万元转让给他三件。古玩界的水非常深，一件东西有人看真有人看假那是常事，地下交易的行规是愿买愿卖，不签合同，一旦交易成功，永不反悔。因此，以假古玩诈骗姜昊的说法不成立。关于周华明损坏松寥山一事，情况比较复杂，需要做些说明。随同周华明上松寥山的客人中有一个名叫杨凡的景德镇陶瓷工艺师，也是周华明在陶瓷经销公司的合伙人，是他把游船的绳索拴到了'鸟岩雕'的'鹰爪'上，也是他在野炊中不慎将茅草和一棵枯树烧着，这些他已在审讯中供认不讳，也得到了其他人的证实。为此，我们已对他刑拘一个星期，并处罚金一万元。当然，周华明违反有关规定带客人上松寥山，也有不可推卸的责任，我们已向他传唤，并责令他写书面检查。他为了将功补过，主动向松寥山管理部门捐赠一百万元，以资修复之用，这种积极表现，也是值得赞赏的。"

赵炳坤听完高茂林的汇报后，冷笑道："这么说来，对周华明不仅不能治罪，还得进行表彰喽。"他转而问坐在高茂林旁边的市政法委书记沈永辉："永辉同志，早期的调查是你负责的，你认为事实是不是这样？"

沈永辉当时按许惠民的指令调查周华明一案，所知事实与高茂林的说法出入很大，但是，他知道高茂林的上述汇报是受柳善存授意的，还事先与他做过"商量"。柳善存对自己有知遇之恩，且有绝对权力，此时如不与柳善存保持一致，后果不堪设想，于是他违心地说："赵主席，我早期的调查是粗浅的，而高茂林同志的调查则是全面而深入的，应当以他的调查结论为准。"

赵炳坤叹息道："一个人如果因为一点蝇头小利而丧失原则，不仅党纪国法不容，就连自己的良心都不安。永辉同志，你有苦衷，我不勉强你，但我坚信，纸总包不住火，总有一天会真相大白。"

柳善存赶忙接话："老书记，您这种依法办事、百折不挠的精神是值得我们好好学习的，不过，就目前调查的情况来看，我们只能根据事实做出处理，而后就必须撤案了。周华明毕竟是对我市有贡献的知名企业家、慈善家，如果我们对他做出不当处罚，并长期限制他的人身自由，这对我们吸引外资、吸引人才都很不利，我们还是以大局为重吧。当然喽，今后倘若发现他有新的违法行为，我们还是可以再进行调查的。"

赵炳坤回道："我无权推翻你们的结论，但有权保留自己的意见。在我的心中，周华明绝不是一个守法的商人，你们对他的庇护，让我更看到了其中错综复杂的关系。我会尽一个共产党员的责任，坚持做我应该做的和能够做的事。"

柳善存为了消除紧张的气氛，指指窗台上的几盆菊花，对赵炳坤说："老书记，公事我们就谈到这儿吧。大家都知道您酷爱菊花，您能不能把其中的原因稍做指点，也让我们能分享一下。"

一提到菊花，赵炳坤的脸色果然开始解冻，不过，他并没有多说什么，而是先反问柳善存："你觉得菊花身上有哪些值得我们借鉴的品格？"

柳善存稍做思考，便做了回答："在万木萧疏、群芳凋谢的深秋时节，唯有菊花凌霜不惧，傲然独放，因此，人们赋予它许多人格化的高贵品节，如高洁、傲岸、隐逸、刚毅等。老书记的爱菊情怀，大概与这些不无联系吧？"

沈永辉插话道："陶渊明被称为菊神，赵主席对他一定十分欣赏吧？"

赵炳坤微微一笑，道："你们都是高雅之人，我可没有达到这样的境界。不过，你们既然跟我谈菊花，我就给你们增加一点常识。菊的古字为'鞠'，宋陆佃在《埤雅》中释云，'菊本作鞠，从鞠，穷也'，意即一年花事到了菊花开后也就穷尽了。我的一生也到了这个'穷尽'的阶段。说到菊花的价值，诗人屈原最早作了两方面的揭示。一是审美方面，见《离骚》：'春兰兮秋菊，长无绝兮终古。'将菊花与幽兰并列起来礼赞，且将菊花冠以秋季的代表花卉。二是食用方面，见《九歌·礼魂》：'朝饮木兰之坠露兮，夕餐秋菊之落英。'我每日早晨喝一杯菊花茶，晚上饮一盅菊花酒，所以，有人称我与它朝夕相处，此话并非言过其实。别人送我牡丹，我说它是富贵之花，只配达官贵人，本人享受不起。至于说到菊花的品格，那就仁者见仁，智者见智了。我独独欣赏它的傲岸，这大概不合今天的潮流吧。"

赵炳坤看似漫不经心地谈菊，但他的寓意所指，既表示了自己的心迹，也嘲讽了来访者的不轨企图……

汪东升接到姬曲成的电话，火速赶到了姜昊家中，随即叫来了救护车，拉着姬曲成一起陪同到省第一人民医院。经医生初诊，姜昊是因受了意外刺激而导致血压升高，心动过速，只要对症下药，静心休养，并无大碍。汪东升听了这话，才放下心来，为免老师再受刺激，他对姜昊并未多问什么，只是安慰了几句，便退出病房。在病房外，他向姬曲成了解了事情发生的经过，姬曲成如实做了回答。

汪东升听完只是摇摇头，没有表示什么态度，临走时他嘱咐姬曲成："今天晚上只能辛苦你在这里值班了，明天我一定会派人来接替你。你千万要记住，决不能说任何刺激老师的话，做任何刺激老师的事。"

姬曲成木讷地点点头："汪主席，请你放心，这我做得到，只值班，不说话，万一发现什么异常情况就告诉医生。"

汪东升说："还得告诉我。"

姬曲成说："如果是在半夜三更，我怎么好意思惊动你？"

汪东升回道："不管在什么时候，万一发生异常情况，你必须第一时间通知我，这一点一定要记住。"

第六章 话沧桑

  姬曲成不明白汪东升是因为心系老师还是另有隐情，立即应承了下来。
  ……

  第二天下午，秋雨霏霏，寒意乍起，汪东升把周华明约到喜来登酒店的一个套房内。他一见面就对周华明进行了严肃的批评："老周，你既有身份又有丰富的经历，怎么最近为人处世老出纰漏？损坏松寥山一事的屁股还没擦干净，又来招惹姜昊。他这样一个弱不禁风的老人，如果被你气得一命呜呼，这将如何收场？你与他到底有什么深仇大恨，不妨如实说给我听听。"

  周华明有些不平地说："本来我只是想与他做一桩买卖，根本就没想要刺激他，可是他翻起历史旧账，说与我有血海深仇，这才起了争执，这事主要责任在他，不能完全怪我。"

  汪东升问："你是否真的是那个曾把他踢得致残的红卫兵谢加林？"

  周华明回答："是。"

  汪东升一愣，追问道："为什么这事你一直瞒着我？"

  周华明说："汪主席，不是我不信任您，而是有些问题实在说不清楚，才逼得我改名换姓。在'文革'时期，只要不是不懂事的孩子，有几个人没有卷入到这场运动中去？尤其是在校的大学生，又有几个不积极参加运动？他们为什么？为的是所谓革命，为的是响应号召。可后来这些年轻学生有的倒成了替罪羔羊。我被开除公职，无以为生，像野鸡觅食一样只身闯荡深圳。不错，我是踢了姜昊一脚，但那是在批斗会上奉命行事，哪知道正好踢在他那玩意儿上。说起来也许是天意，他当老师时就勾引我女朋友姚桂枝，可想而知，如果他那玩意儿正常，不知有多少女人被他糟蹋，意外使他致残，也是为民除了一害。"

汪东升说："'文革'的历史旧账就别再纠缠了，再翻旧账已毫无意义。公正永远只是相对的概念，随着时代的进步，法制的健全，其绝对值才能越来越接近于准确。但是，你以假古玩来骗取姜昊的血汗钱，这无论如何总是说不过去的吧。"

周华明一听这话，知道是江河市公安局对他立案调查期间所了解到的情况，想必汪东升已经知道，他无法再隐瞒，便向汪东升有保留地陈述了自己的一段历史。

原来，周华明初到深圳时日子并不好过，从擦皮鞋到擦背他都干过。在这期间，他对深圳的状况进行了认真的分析，得出了一个结论：一方面，这个地方的开放程度在全国最高，人流量最大，市场机会多；另一方面，在鱼龙混杂的情况下，这个地方的管理存在着很大的漏洞，大有空子可钻，诸如假证件、假文凭、假公章、假产品等充斥市场。因此，他主要靠制造贩卖假证件和假文凭初步积累了财富。后来随着深圳管理水平的提高及市场的规范，他感到这种低劣的造假危机越来越大，恰在这时，国内掀起古玩收藏热。周华明又认识了来深圳创业的陶瓷工艺师杨凡，两人一拍即合，决定主攻制造假定窑瓷器，因为在宋代汝、哥、官、钧、定五大名窑系列中，定窑的存世量最大，工艺也相对容易仿造。两人之间的分工是：杨凡负责仿造，周华明负责资金和销售。他们仿造的第一批五件定窑瓷原来确实不是卖给姜昊的，而是卖给深圳本地一位蔡姓老板的。谁知这位蔡老板仰慕姜昊的大名，请姜昊鉴定，姜昊认为是确真无疑的定窑精品，硬是逼着蔡老板转让给他三件。周华明知道这一情况后，从此就把供货的主要目标锁定在姜昊的身上。因为他看到姜昊春风得意、红得发紫的样子，心中十分不平，他要让自己在时代潮流上永远压着姜昊，他要让姜昊这个自以为是的权威付出代价，他要让姜昊永远为他周华明而忙碌。为了巧设诱饵，他买通了南吴民间收藏协会会长张大钧，让姜昊当上该协会的名誉会长，由张大钧及其心腹在姜昊身边布下圈套。由于姜昊偏重于书本知识，对古瓷尤其是宋代五大名窑并非内行，所以屡屡上当。当然，他周华明并非等闲之辈，有了资本的原始积累后，他便搞起了实业，而且把实业越做越大。在他的集团公司中之所以一直有一个现代陶瓷经销公司，是因为他要打着这个幌子继续贩卖赝品。

讲到这里，周华明对古玩界的潜规则做了介绍："古玩的地下交易两相情愿，一个愿卖，一个愿买，各得其所。卖古玩给姜昊的不只我一个，姜昊如是真正的行家，什么人、什么手段都骗不了他，从某种角度上说，他是在自己骗自己，在虚夸的财富增长中自我陶醉。我承认他有丰富的理论知识，但玩古玩的最大忌讳是用条条框框来对照实物，真正高明的仿造者正是按照书本上的'金科玉律'请君入瓮的。"

汪东升问："照你这么说，他两套房子里的七八千件藏品中就没有真的了吗？"

周华明回答："瞎子也能碰到死老鼠，他搞收藏这么多年，当然也有一些好东西，比如说他从法国捡漏回来的那批永乐官窑瓷器就很不错。"

汪东升问:"那批东西在市场上大概是什么行情?"

周华明觉得有些奇怪,一向对古玩不感兴趣的汪东升怎么会问起这个问题?他不露声色地说:"如果在我手里,至少值一个亿,如果国际权威机构认可了'鸟神坛',价格还可再翻一番,但在他那里,半价也不一定出得了手。"

"竟会是如此天价?"汪东升挑了一下眉头,随即笑道,"老周,你这是在安慰我还是安慰我的老师?我可不是你们古玩圈中人,只是顺便向你讨教一点知识,你不必对我用孙子兵法。"

周华明解释道:"姜昊从法国捡漏的那十五件永乐官窑青花瓷现在得到市场的追捧,主要缘于两个原因:一是史称'永宣盛世',这时的瓷器工艺达到了一个新的巅峰;二是郑和下西洋带回了苏麻离青料,这种染色剂由于是高铁低锰,产生了浓重、晕散的艺术效果,比原来的国产料要美观得多。至于说其中的图案与'鸟神坛'有相似之处,这或许是巧合,或许另有缘由,至今为止没有任何人说得清,如果姜昊知道其中的奥妙,早就吹得天花乱坠了。汪主席,我说句实心话,您与姜昊的关系不一般,他没有后代,看样子也活不了几年,您如能把这批东西弄到手,这辈子在经济上就不用愁了。"

汪东升严厉地斥责道:"老周,你说说就豁边了,你把我当成了什么人?我凭什么占有自己老师的财富?"

周华明说:"我当然知道您的高风亮节,可有些机会错过了实在可惜,我听说姜昊委托您在他死后捐献他的博物馆,你从其中留下几件作为欣赏也无可厚非嘛。"

汪东升摇摇手制止周华明:"此类话以后永远不许提起。另外，你对姜老师的伤害虽然事出有因，但他毕竟是有名望的老教授，是我的恩师，你除了必须承担他不能报销的那部分医疗费外，还得用适当的方式向他道歉，一定要道歉，你听进去了没有？只有这样做，对你事业的发展和社会上的口碑才有利。"汪东升说完，盖上茶杯盖子，做出准备起身的样子，但刚刚站起，又好像突然记起了什么，问道："小玲和贺之杰现在关系如何？"

周华明说："我忙得也没有顾得上他俩的事，您当初只是说为了帮助朋友解脱困境要我找一个可靠的人与武小玲假结婚，迟早是要散的，关系如何并不重要吧。"周华明表面上说得很轻松，但心中却在猜测，凭汪东升的为人处世风格，他决不会无端插足武小玲的婚姻。而周华明之所以选定贺之杰"娶"武小玲，最主要的原因是想利用武小玲得到姜昊那批永乐青花瓷。后来贺之杰告诉他，姜昊已将这批瓷器送给武小玲作为陪嫁，但武小玲却没有取走。他便猜测到武小玲与姜昊的关系不一般，且武小玲背后定有高人指点。这个高人是谁呢？他在心中一一做过筛滤，却始终无法确定。刚才汪东升称呼武小玲时无意中把姓去掉，这引起了他的怀疑。

想不到汪东升来了个先发制人："老周，说起来我俩也算得上有些交情了，可我不明白你为什么要将许多重要的事情瞒着我，上面提到的那些事就不说了，单说这贺之杰，他难道仅是你的金宁分公司副总？柳善存不久前告诉我，根据他的调查，贺之杰是你与贺玉芬的私生子。据说贺之杰与你未整容前的模样非常相像，这事桂枝嫂子一旦了解，很可能会引起后院起火，不知你考虑过后果没有？"

周华明听了这话，惊出一身冷汗，他知道此事如果再向汪东升隐瞒，势必失去他的信任，影响两人的关系，便将汪东升按到了原位，向他讲述了自己与贺玉芬的经历。

贺玉芬十八岁只身闯荡深圳，黑社会逼她卖淫。周华明路见不平，拔刀相助，将贺玉芬从魔掌中救了出来。从此，贺玉芬心甘情愿地做了周华明的情人，一年后，贺玉芬生下一个男孩，取名之杰。就在他们沉浸于幸福之时，周华明的妻子姚桂枝来到深圳，欲与丈夫共同创业。周华明只得将贺玉芬金屋藏娇，并将周之杰改名为贺之杰。

姚桂枝来到丈夫身边后，周华明的生意开始红火起来，他感到妻子是旺夫星，自己离不开她。在建立"华明集团"后，周华明任董事长，姚桂枝任财务总监。她在事业上全力支持丈夫，从来不关心丈夫是否有过什么艳遇。

与此同时，周华明又实在放心不下贺玉芬母子。他为他们买了一幢别墅，忙里偷闲常与贺玉芬幽会。这时候，他的私人生活游弋于两个世界，与姚桂枝生活在一起时充满了宁静，与贺玉芬生活在一起时充满了浪漫。

在贺之杰上了初中后，经过贺玉芬的同意，周华明才将儿子的真实身世吐露出来。姚桂枝知道此事后尽管万分痛苦，却保持了清醒的理智。她坚决要求周华明将集团总部搬迁到江河市。为了事业的发展和对过往历史的保密，她让周华明做了局部整容。同时，她亲自给贺玉芬送去了一笔丰厚的生活费，要求贺玉芬从此不再纠缠周华明。面对如此大度而精明的女人，贺玉芬无奈只得答应。

贺之杰与武小玲"结婚",周华明本应到场,但想到这毕竟是一场假结婚,且自己与贺之杰的关系也不宜过早公开,免得外界沸沸扬扬,还可能引起后院起火,因而便没有在婚宴上亮相,只是暗中在物质上相助。现在,汪东升点明了他与贺之杰的关系,按汪东升的个性,他没有十足的把握是不会这样做的。自己在商场和许多方面都要仰仗汪东升的帮助,决不能失去他的信任,因此,便将真相和盘托出。

汪东升听了周华明这段故事,并没有责怪周华明,而是感慨地说:"老周啊,其实我对这事只是道听途说,想不到你坦诚相告,这是对我莫大的信任呀。对你的私生活,我是无权也无意进行干涉的。"

周华明笑道:"本来我只是向汪主席坦白,想不到您不骂反夸,真使我受宠若惊。您虽然位高权重,但很多欲望受限,活得可没有我自由潇洒哟。说句玩笑话,假如您看中了谁,一切由我来帮您操办。"

汪东升揉了揉鼻子,显得无奈地说:"老周,我就是有这个心也没这个胆呀,党纪国法像紧箍咒,社会形象如贞节牌坊,我哪敢想入非非呢!在外人眼里,都以为我风光无限,呼风唤雨,又怎知我内心的苦衷呀!"

周华明心想,这人城府实在太深,到这时候都不露声色,于是说道:"那我冒昧地问一句,您叫我帮助武小玲办假结婚,说是受朋友之托,您的这位'朋友'一定不是一般人吧?否则您怎肯帮这样的忙?"

汪东升稍稍愣了一下,随即笑哈哈地说:"老周,你话里有话啊,我不是不信任你,如果是我自己的事,我也会像你一样竹筒倒豆子,毫无保留。可这事涉及别人的隐私,我暂时必须保密。"

周华明见汪东升准备动身,连忙拉住他,说:"我要求在'鸟神坛'项目上投资入股一事,不知有无进展?我看好这个项目的发展前景,要把姜昊的所谓研究成果为我所用,成为我赚钱和扬名的工具。"

汪东升有些困惑道:"姜昊已是七十多岁的老人了,你为何还要对他步步紧逼呢?"

周华明理直气壮道:"步步紧逼?谁对谁步步紧逼呀?我周华明本来也是个有头有脸吃皇粮的人,后来被逼成了个商人。商人嘛,就是讲公平交易,就要不放过任何获利的机会。他姜昊除了有好听的身份外,所作所为实质上与我这样的商人有什么区别?"

汪东升摇了摇头,说:"你们之间感情上的纠葛我以后尽量少插手。不过,对你投资'鸟神坛'项目一事,我得提醒一下。你上次向我提出投资意向后,我曾向柳善存打过招呼,柳善存说赵炳坤和程跃坚决反对。现在你又与姜老师闹成这个样子,姜老师对我说要向陈逸新揭露你的'文革'造反派真实面目。我劝你在这个项目上不要抱太大的期望,同时,今后别再到那里搞祭祀活动,老是装神弄鬼的影响很不好。"

周华明愤然道:"不让我投资,那就拉倒,但不让我去松寥山祭祀,办不到!宪法上不是允许信仰自由吗?"

汪东升问:"你真的那么相信'朱雀真神'吗?"

周华明一惊:"您……您是怎么知道的?"

汪东升微微一笑:"天下没有不透风的墙嘛。"

……

第七章

咄咄怪事

武小玲生下一个男孩，取名武继尧，这名字还是请姜昊起的。在孩子出生半年之后，武小玲突然返回到姜昊家中，跪求姜昊收留她母子俩，她愿继续为姜昊当保姆。

姜昊望着泪水涟涟的武小玲和她怀中的孩子，有些惊讶地说："我不是早就跟你说过，待孩子满了周岁再作考虑嘛，你怎么突然变卦？你带着婴儿住在我家，外界会如何评头论足？"

武小玲哭着道出了其中的原因："想不到看上去文质彬彬的贺之杰原来是个花花公子。他跟我结婚以后半个月，我就发现他在外面寻花问柳，开始时他还百般抵赖，在我把他身上尚留的香水味、衬衣上的胭脂、手机里的暧昧信息一一戳穿以后，他才推脱说是酒后一时失态。孩子出生以后，理应由他妈妈服侍我坐月子，可她却始终没有露面，而是叫了一个老太太照料我。同时，贺之杰也以不影响我休养为名，干脆住到了外面，十天半月难得回家猫一下,对我们母子俩毫不关心。我追问其中的缘故,才知道是自己太傻,在结婚后不久,我无意间把为你暖床的事对他说漏了嘴,他说我太脏太贱。为了孩子,我只得忍气吞声,度日如年。昨天晚上,我得到可靠消息,他在喜来登酒店一个房间内与两名坐台小姐鬼混,我忍不住赶到现场,把他逮了个正着。他恼羞成怒地打了我两记耳光,说我无权干涉他的人身自由,要我立即与他离婚。我回家后彻夜未眠,思来想去,唯一的路是投奔于您,在这世上只有您菩萨心肠。"

姜昊听武小玲说得情真意切,符合逻辑,且道出了事情的根源在他身上,感到既羞愧,又怜悯,双手将武小玲扶起,说:"既然此事与我有关,我一定对你们母子俩负责到底。从今以后,你就把我这里当娘家,不过——"姜昊的脸色突然转为愠怒,向武小玲揭开了一个秘密,"我一见贺之杰这小兔崽子的面,就觉得好面熟,经过后来的调查,证实了我当时的猜测,贺之杰是谢加林的私生子。而谢加林是个地地道道的臭流氓。他的私生子身上有他的基因并不奇怪。不管你今后是否与他离婚,我都不会轻易放过他。"

武小玲已经知道谢加林就是如今的周华明,但确实不清楚贺之杰是周华明的私生子,她心中暗暗吃惊,脸上却不动声色,继续说道:"老先生,我永远铭记您对我和我儿子的恩情,不过,您年事已高,身体又不好,犯不着与贺之杰一家纠缠。我会比以前服侍得更周到,不管是捏脚还是暖床……"

"住口!"姜昊脸上一阵抽搐,表情复杂地说,"假如我以前一时糊涂对你作了孽,那我余生将尽量赎罪,不管是捏脚还是暖床,今后不仅不会发生,而且还不允许你再提起。你的首要任务,是把孩子带大,好好培养,我权且把你当作孙女,把继尧当作曾外孙。至于为我的日常服务,那是你的次要任务,决不能主次颠倒。"

武小玲激动异常,泪流满面。

……

自此以后,姜昊时常抽时间来抱抱小继尧,和他逗乐,自己也从中得到一种前所未有的乐趣。有时他会凝视着小继尧发呆:男女一经交欢,就会产生新的生命,这真是原始而神奇的创造,可自己对此抱憾终身,失去了这样的创造力。小继尧的出现,似乎是对他这一遗憾的弥补。他看着孩子那天真无邪的笑脸,牙牙学语的憨态,暂时摒弃一切杂念,忘记一切仇恨,心中像孩子般的纯净……

可是,姜昊怎么也没有想到,武小玲对他诉说的"悲惨遭遇",完全是她精心编造的谎言。其实,贺之杰对武小玲很好。洞房花烛夜的那天晚上,贺之杰就想与武小玲假戏真做。武小玲虽觉得贺之杰风度翩翩,才华横溢,但想到"孩子他爹"的告诫和自己的特殊使命,便坚决地拒绝了。武小玲生下孩子后,贺之杰将武小玲母子俩送到了金宁市最好的"月子中心",一住就是三个月。到了贺继尧满百日这天,贺之杰举办了一场丰盛的"百日宴"。就在那天晚上,因武小玲喝得醉意朦胧,加之实在抵挡不了贺之杰的巧妙进攻,便与他行了鱼水之欢。可几天之后,贺之杰拐弯抹角地提出要帮她保管那批永乐瓷器,这引起了她的警觉。又过了几天，贺之杰逼问贺继尧的生父究竟是谁，更让她感到了压力重重，她断定贺之杰与自己"结婚"居心叵测。当她将自己的想法告诉"孩子他爹"后，"孩子他爹"当即指示，让她找一个合适的理由，立即离开贺之杰，回到姜昊身边。于是，武小玲向姜昊表演了上述这一幕。其实，为姜昊"暖床"一事，她没有告诉过任何人，因为她怕一提此事就会损害自己的形象。她向姜昊编造此事，只是为了让他收留自己。当然，武小玲也并非铁石心肠，当她看到姜昊慷慨相助，尤其是看到他对小继尧的那份真情时，她也被感动过，也自责过，但是，为了自己和孩子的一生，她已无法回头。

有一天，姜昊与小继尧玩得正开心，武小玲突然好奇地问姜昊："老先生，我想冒昧地问您一个问题，您这一生中有没有自己真心爱过的女人？"

姜昊万万没有想到武小玲会问这个问题，他立即思绪万千，陷入了一段刻骨铭心的回忆中——

1965年，他在南昊大学历史系任大一班的班主任兼中国古代史老师。班上有一个来自江河市的女学生姚桂枝，她长得清秀文雅，乐观开朗，又是班上的学习委员，与姜昊接触的机会较多。她对姜昊的才华和为人颇为欣赏，只是出于姑娘的矜持不敢直白表达。

那是姚桂枝大一的一个星期天，姜昊带着全班同学去离金宁市不太远的采石矶秋游。待到达采石矶最高峰"三台阁"时，众人已疲惫不堪。此处地势险峻，峭壁嶙峋。姜昊手指气势如虹的长江，侃侃而谈：唐代诗仙李白曾隐居此山，欣赏奇景，泛舟江上，饮酒赋诗，逍遥自在，可惜，他在醉酒之后欲捞取江中之月而不幸溺水身亡……

"啊——"

姜昊正说得兴致勃勃，突然听到一阵惊呼。

有同学惊呼："姚桂枝坠崖了！"

姜昊大惊失色，只见姚桂枝滚下悬崖的五米多处，幸而被一棵碗口粗的小树挡住，身体卡在树干与峭壁之间，如果小树枝干折断，或者姚桂枝身子倾斜，后果不堪设想。

同学们都惊慌失措。姜昊紧锁双眉，稍做思索，夺过一位学生手中的水果刀，迅速地割了一捆山顶上粗而扁的藤蔓，将一头牢牢绑在自己身上，另一头拴在一棵树上，然后叫一些身强力壮的男学生握住藤蔓，慢慢地将他放下悬崖。待他抱住姚桂枝的身体后，同学们一起发力，将两人拉了上来。

姚桂枝一时惊魂未定，她倒在姜昊的怀中放声大哭。大约十分钟后，姚桂枝才清醒过来，羞赧地离开了姜昊的身体，并将自己不慎踩了一颗石子而跌倒的原因道了出来。好在她只是受了一点皮外伤，身体并无大碍，在同学们的照顾下回到了山下。

天生乐观的姚桂枝在返回途中对同学们说："看来我今天遇到了一棵神树，注定我命不该绝。"

她的一位闺密立即纠正道："救你的不是什么神树，而是姜老师，要不是姜老师的机智和勇敢，你可能早就拜见李白了。"

姚桂枝听后默不作声，心中却掀起了一阵涟漪……

此后，姚桂枝对姜昊暗生情愫，常以讨教学习为名与姜昊单独接触。年方三十而又单身一人的姜昊对姚桂枝的心思又岂能不知,但当时学校规定学生不允许谈恋爱,师生恋更被视为另类,所以,他只能装傻卖呆地忍着。在第一学年即将结束要放假时,姚桂枝终于打破了矜持,送给姜昊一首自己创作的情诗。

青灯
曾照罗敷未嫁时,灯花如豆寄相思。
今来坐到中宵后,清影低回只自知。

姜昊见到这首诗,已经按捺不住自己久已蛰伏的情感,他斟酌再三,提笔给姚桂枝回了一首。

偶然
君心如此我何言,云影波光叹偶然。
长夜临风人不寐,千回百转只生怜。

可是,天有不测风云,还没有等到姚桂枝毕业,"文革"的浪潮就首先在大学校园内掀起。姜昊因发表过一些学术论文,加之与姚桂枝关系的传闻,被定为"黑笔杆""臭流氓"而遭到批斗,那个比姚桂枝高一年级、对她一直想入非非的谢加林,在一次批斗会上踢了姜昊的下裆,致使他终身失去了性功能。而后,谢加林以卑鄙的手段将姚桂枝占为己有……

姜昊与姚桂枝的恋爱结局,尽管令人心碎,但这毕竟是姜昊的初恋,也是他一辈子唯一的一次恋爱,他时常想起,羞于性功能的丧失,他这份思念和痛苦无法向人诉说。书房办公桌抽屉里，至今还保留着他与姚桂枝互相馈赠的那两首情诗。他也曾有过见姚桂枝的念头和机会，但最终还是放弃了。现在，武小玲的突然提问，使他心绪难平，浮想联翩，他将武小玲作为倾诉的对象，道出了这段鲜为人知的情缘。

武小玲听完姜昊的叙述，心中也泛起了同情和悲悯。她对姜昊说："老先生，实在对不起，我的冒昧提问勾起了您伤心的往事，请您千万原谅。"

姜昊说："小玲，我不怪你，这段往事压抑在我心里几十年，今天才有诉说的机会，我要感谢你。另外，姚桂枝如今生活得如何，我一直很挂念，但在汪东升、柳善存、姬曲成面前，我都没有脸面向他们询问，那就只能拜托你了，你愿意帮帮我吗？"

武小玲点点头应道："我一定帮您。"

……

姬曲成在负责打捞出坠入江中的"鸟岩雕"鹰爪后进行修复时，又得到了一个意外的收获：在"鹰爪"原位的右侧，有一个近一平方米的空间，其平面岩石上刻着一行字：永明十一年春。从凿痕和笔法来看，这行字是青铜器或铁器所刻。难道说"鸟岩雕"经过后代人的加工？"永明十一年春"是什么意思？如果有后人加工，究竟是何人的杰作？带着这些问题，姬曲成查阅了无数资料，请教了多位知名学者，都不能解开这个谜，最后，他在茅山的清虚道长处，才得到了答案。

道教中有各种门派，其中茅山宗就是以茅山为祖庭，续上清派而形成的新道派，开创者为上清第九代宗师陶弘景。陶弘景有位爱徒叫桓清，号清远。他著有一本《清远杂记》，为后代茅山派掌门代代相传。此书主要记载了陶弘景修道前后的奇闻逸事，其中有一段为姬曲成指点了迷津：(南朝武帝)永明十一年春，陶弘景在入茅山前曾暂居凤山，他见到江中小岛松寥山形似苍鹰翱翔，突发奇想，请当地石雕名匠张公，欲对它精雕细刻，拟选择此处作为修炼佳景。孰料刚雕至第七日，一只"鹰翅"断裂，坠入江中，引发一声巨响，据说那溅起的江水在空中停留了许久才跌落下去。他方知此乃神物，不可妄动，若一意孤行，必遭报应，遂离开凤山长期隐居茅山。他在松寥山这一举动，可能是导致他最终未能像三茅真君那样羽化升天，而只能通过尸解成仙的一个因素。

姬曲成请来了姜昊、肖道一、顾时轮和梁教授，在市政协小会议室开了个小型研讨会，将上述情况向各位做了介绍。

姜昊说："根据史料记载，陶弘景确实在永明十一年（493）正式拜表辞职，入茅山修炼的，那年他三十七岁。可在入茅山之前暂居松寥山，此事在正式文献中都没有记载。据说，陶弘景十岁时读完葛洪的《神仙传》，就有意隐居修道，他长大成人后，游遍名山大川，特别钟情于山水景物，每遇一处不可思议之景，总以奇特的方式留下自己的足迹。他请石匠加工'鸟岩雕'，可能正是出于这种奇异心理，抑或他曾有意在凤山修炼，因冒犯了神物而遁入茅山。这些仅是我的猜测，如要还原历史的真实，我们对陶弘景雕凿'鸟岩雕'的真正意图仍无法考证。"

肖道一说："对陶弘景这样做的目的考证不了倒无所谓，因为对于古人的偶然行为，后人总会有各种诠释，这些诠释并不一定与历史事实相符。关键问题在于，他这一举动将史前最古老祭坛的主体部分'鸟岩雕'掺入了南朝名士加工的成分，'鸟神坛'的历史文化价值是否要打折扣？"

姬曲成说："这也不见得。道教历史源远流长，道学的创始人黄帝距今五千年，如再追溯到创造阴阳八卦图的伏羲，则又要向上推约两千年。道教信仰神仙，就必然有神仙居住的乐园，这便产生了三十六天、三岛十洲、十大洞天、三十六小洞天、七十二福地，茅山被列为第一福地、第八大洞天。如果不是因为陶弘景在松寥山闯了祸，说不定凤山包括松寥山也会被列入仙境之一。我们对集凤台的'凤凰石'虽还没有彻底解开谜团，但我有一些资料已经可以初步证明，'集凤台'是早于松寥山'鸟神坛'的祭坛，后者受到了前者的启迪才逐步形成。根据考古队最近的考察，圌山洞中的古人类DNA基因与莲花洞中的完全一致。这说明，'凤凰石'和'鸟神坛'就是这支古人后裔的杰作。据传说，火凤凰原是东王公的坐骑，冰凤凰原是西王母的坐骑，他们为救天下苍生于苦难，曾经降临人间。以此来推，'集凤台'是凡间仙境，而'凤凰石'则是经古人加工的凤凰图腾。为此，我同意姜老师的推测，因为凤山与茅山直线距离不到二十公里，这里依山傍水，风景旖旎，空气清新，确是道家修炼佳地。加之传说帝喾曾到此修炼，东汉末年的焦光曾在此长期隐居，最后羽化升天。这些都是陶弘景原本准备选择这里修道的理由。他最终没有将凤山包括松寥山列入仙境之中，恐怕是因为对自己贸然加工松寥山一事有所避讳。但是，他加工'鸟岩雕'这一举动，反而丰富了其历史文化的内涵……"

梁教授打断姬曲成的话，发表了自己的看法："小姬说得很有道理，所有神仙和仙境，实际上都是著名道人想象出来的，但许多想象都是以实景为基础的。陶弘景在道教中的杰出贡献之一，就是创立了最完备的神仙谱系。他把神仙分为三阶、九品、二十七等级，三阶中'圣'最高，其次为'真'，再次为'仙'。这一神仙谱系的建立，一是为了应对佛教的冲击，二是体现了陶弘景儒、佛、道三教合流的思想。至于他没有把凤山包括松寥山列入神仙居处的原因，小姬的分析很有道理，我就无须赘述了。"

姬曲成接口道："梁教授，您对陶弘景的神仙谱系很有研究，孔子、孟子等儒家最有影响的人物以及秦始皇、汉武帝等终生寻求不死之药的皇帝都进入了他的神仙谱中。我们把陶弘景及其神仙谱系拉到今天的主题上来，是不是可以认为，松寥山'鸟神坛'及其主体部分'鸟岩雕'，对道教的神仙信仰或许有着重要的影响，焦光的《松寥神韵》就有此思想。甚至可以说，陶弘景对元始天王的创造，灵感可能正是来自他所见到的最古老的祭坛形象。道教乐园的最早渊源，也可能与此有关。"

梁教授道："说得好，这一观点对我颇有启迪。陶弘景创立神仙谱系，显然深受葛洪和上清派第一代宗师魏华存的影响，同时又与他广为游历名山大川密不可分，因为，所有的神仙都是从自然崇拜中派生出来的。他的著作中对凤山尤其是松寥山十分敬畏，看来与他在松寥山的这一经历不无关系。"

这时，一直没有开口的顾时轮忧心忡忡地说："用你们这些材料联结起来编故事倒是吸引人，可我们搞的是科学研究，原来我们的研究结论是大约一万五千年前的原始祭坛，向联合国世界遗产中心的申报材料也是这样写的。现在插出陶弘景这一笔，申报材料就可能要推倒重来了。"

姬曲成说："顾老师，我看不一定要推倒重来。结论仍是一万五千年前的原始祭坛，只要加上公元493年春南朝人做过局部加工就可以了。本来有些细微处如此精妙，实在匪夷所思，现在也许能理解了。我建议对所有疑似被后人加工的部位都认真进行科学测试，还其历史真相。这样做也许需要花大量时间，但却是无法回避的。"

肖道一说："单是一个陶弘景还好办，就怕还插出其他人来。"

姜昊说："曲成，你可能对世界文化遗产的申报程序不太了解。每个申报周期是18个月，即从每年的1月到次年的7月，如果错过了这个期限，那就必须重新申报。省市领导重启这个项目是下了大决心的，也是希望尽快有收获的。如果像你说的那样去做，项目的进度就会慢下许多甚至可能遥遥无期，领导可能会大失所望，说实话，我本来就觉得这个项目命运坎坷，现在可能会雪上加霜。"

姜昊这一说，会场上顿时一片沉默。

"我来说几句。"讲话的是赵炳坤。他在门口已待了一会儿，听大家争得激烈，觉得不便打扰，就在靠门口的一张椅子上坐了下来，在场的人因专注于讨论都没有发现。在大家都陷入沉默之际，赵炳坤感到自己有必要引导一下了。他说："既然是研讨会，不同的意见相互争论是很正常的。我们有些领导不愿听到不同的声音，喜欢搞一言堂，以为真理都被自己掌握着，这是既可笑又可怜的。你们搞学术的专家,千万别做'御用文人'。在这方面,我也是有教训的,我到江河市的第一年,就有人提出要将本地只剩下残垣断壁的一处古迹修整后申报为世界文化遗产,但为了提高该古迹名胜的历史文化含量,把'重建'说成是'修缮',这就违背了'申遗'要求的真实性原则,项目被世界遗产中心否了。我希望在松寥山'鸟神坛'上千万别重演历史的悲剧。为此,我建议把原来的申报材料推倒重来,诸位认为这样行不行?"

姜昊首先表态:"你这个总指挥有这样的胸怀和魄力,我当然举双手赞成。但你是否做得了主?那些身居一线岗位上的领导对我们的研究成果产生怀疑或误解怎么办?"

赵炳坤说:"姜教授,你原来无拘无束的个性好像有了改变,不知什么原因?"

姜昊说:"主要是因为年岁不饶人,身体也大不如从前,怕'鸟神坛'研究没有完成就一命呜呼。再说,我也花了政府不少钱,不能不为政府考虑。"

赵炳坤说:"既然我是这个项目的主要负责人之一,就必须勇于承担责任。"

"这样做你的压力不小呀!"肖道一关切地说。

"压力究竟有多大,我现在还说不清,不过,请你们相信我这把老骨头缺钙并不严重,有信心能挺过去的。"赵炳坤对肖道一说。

这时,姬曲成用慢吞吞的语气说道:"本人建议,为了避免外界的误解,并让更多的人了解、关心'鸟神坛'项目,我们可以搞一个……电视宣传片,将'鸟神坛'项目推向全世界,这或许有利于'申遗'的成功。成都市在制作'鸟文化'的电视宣传片中,已涉及'鸟神坛'的有关内容,我们也应该把研究和宣传'鸟神坛'的视角放得更广阔。"

赵炳坤当即表示支持。他对姬曲成说:"宣传片的专业部分由你负责,政策层面的问题我亲自把关,我可以请市政协秘书长当我的助手。同时,制作一部高质量的电视宣传片可能需要一笔不小的资金,我还得与市委市政府主要领导商量,争取他们的支持。"

大家都认为赵主席考虑得全面周到,一致表示赞同。

……

会议结束后,赵炳坤把姜昊请到了自己的办公室,他为姜昊沏了杯茶,两人并排坐在接待室的一对沙发上。

赵炳坤对姜昊说:"姜教授,我今天主要是想问你一些个人问题,你觉得合适就回答,不合适就不要勉强,可以吗?"

姜昊说:"我知道你这是出于对我的真诚关心,加之你是一个难得的好官,我一定对你知无不言。"

赵炳坤问:"听说你对古玩收藏非常热衷,把自己一生的积蓄几乎都花在了这上面,不知情况是否属实。"

姜昊回答:"我一生的积蓄确实都用在了古玩收藏上了。这不仅仅是我的个人爱好,往深处说,我认为搞收藏与搞'鸟神坛'研究是殊途同归,都是对中国历史文化进行探索研究。我与许多所谓的收藏家不同,他们的'收藏'以牟利为目的,而我收藏的目的在于考证历史文化,因此从来只买不卖,同时,我准备将所有的藏品最终都捐献给国家,也算是我对国家最后能尽的一点绵薄之力。当然,我的这一决定是近期在身体每况愈下的状况下才做出的,这在一定程度上是受到魏晋名士嵇康在临死前弹出《广陵散》的启迪的。"

赵炳坤说:"你收藏的动机和目的都令人敬佩,不过,社会是复杂的,我得提醒你,有些人为了利益不择手段地引诱你进入陷阱。比如,如今的周华明也就是以前的谢加林,就编织了一张黑网,向你兜售了许多假古玩,用你们的行话叫赝品,不知你是否已引起警惕?"

姜昊的情绪有些激动起来:"谢加林是个典型的流氓、社会渣滓,且与我有血海深仇。不过,他想设局骗我,还没有这个资格和道行,因为鉴定古玩需要有深厚的文化底蕴,在这方面,他只是我脚丫子里的污垢,怎能逃得过我的火眼金睛?他四处说我收藏的大都是赝品,那是出于忌妒和造谣惑众,他扬言要我为他一辈子打工,那是不知天高地厚的狂妄之言,我一个堂堂的考古学、历史学教授怎么会败在他的手中!"

赵炳坤只得进一步把话点明:"我提醒你并非无的放矢,经公安机关的调查,周华明是靠卖给你一批假定窑发家的,即使他成为民营企业家后,还在通过他的网络向你销售赝品,只要你愿意举报并配合调查,司法机关就可以把他绳之以法。"

姜昊回道:"对他这样的人,政府早就该绳之以法,不过,不是以他卖给我假古玩的罪状,在古玩方面他是永远骗不了我的,我相信自己是收藏界的顶级行家,在国内没有几个人能超得过我。不过,他虽骗不了我,却能骗得了那些不懂行的人。公安部门如果掌握了他诈骗的确凿证据，理应予以追究。至于他是'文革'造反派的真实身份，我已写信给省委陈逸新书记进行了揭露。"

赵炳坤心想，看来姜昊的自尊心和虚荣心实在太强了，明明多次受骗还没有任何反省，明明可以用法律的手段捍卫自身的正当权益，却因为要维护自己的名誉而置之不理，真是太可悲了。但赵炳坤并未轻易放弃，只是改用了迂回战术，说："姜教授，我不得不向你透露一点内情，周华明用假古玩伤害你，没有得到应有的制裁；周华明损坏'鸟神坛'，也没有受到应有的惩罚，其中最主要的原因是他得到了汪东升的庇护。不仅如此，汪东升还多次提出让周华明入股投资'鸟神坛'项目，只是我和程跃等人的坚决反对才没有得逞。我很想向你讨教，周华明与汪东升到底有什么特殊关系？"

姜昊说："赵书记，恕我直言，我觉得汪东升和周华明没有什么见不得人的特殊关系。汪东升是我最信任的人。我不仅是他的老师，还是我最早向上面推荐的他。汪东升并没有因为地位的不断提高而忘恩负义，一直对我十分关心，多次为我排忧解难。况且，他的品行在全省有口皆碑。他为周华明说话，只是一时受了蒙蔽，并且当时他不知道周华明就是谢加林。当我把周华明的真相告诉他后，他义愤填膺，表示一定要让周华明受到法律的制裁。如果要说他有意帮助周华明来伤害我，杀我的头我也不相信。"

赵炳坤找姜昊谈话的本意是想帮助姜昊，提醒他别被人利用而受到伤害，尤其是不要被有些人的表面现象迷惑。现在看到姜昊如此偏执，如此执迷不悟，赵炳坤感到失望和痛心。

当柳善存从程跃那里得到赵炳坤要求把松寥山"鸟神坛"的"申遗"材料推倒重来这一情况后，他心中十分不快。因为他已向省委保证，这个项目在明年年底完成。如果"申遗"材料一旦推倒重来，势必要影响项目进度，其结果就会让他的政绩大打折扣。现在他对"鸟神坛"是真是假、是科学还是迷信已没那么看重，而是主要把它视为政绩工程。就目前的考核体制而言，GDP的增长和大项目的推进是两张王牌。在王牌上跌跟头，就是人人皆知的大跟头，即使不久后能爬起来，也会被竞争对手甩出一大段距离。他赵炳坤当了这么多年的领导干部，不可能不明白这一道理。想到这里，此时的柳善存，已经把他曾经坚决反对启动"鸟神坛"项目的所作所为忘得一干二净，而完全把它当作政绩成败的关键了。赵炳坤在这个项目上对他屡出难题，柳善存为破例重用赵炳坤不觉有几分懊悔。但事已至此，他只能以绝对权威来进行协调了。

考虑到影响面不宜太大，柳善存没有以市委联席会议的形式，而只是把程跃和赵炳坤叫到自己办公室，进行小范围的商量。

当了一把手以后，柳善存的讲话艺术有了较快的提高。他点题时，当然不会把项目推进与政绩考核联系起来，而是先肯定了"鸟神坛"项目推进中的成绩，然后以省委书记陈逸新最近就大项目推进所作的报告来发挥，要求"鸟神坛"项目必须根据陈书记的讲话精神，敢于创新，善于变通，确保在任何情况下不能影响项目进度。他作了"抛砖引玉"的发言后，接着指名让赵炳坤先谈谈看法。

赵炳坤说:"大道理柳书记已说得很透彻,就不必赘述了,我主要谈谈小道理。先说基本结论,那就是'申遗'材料必须推倒重来。为什么?一是要对人民和历史负责,二是要符合联合国的'申遗'原则。'推倒重来'可能对项目进度影响不大,也可能影响很大。怎么讲?前者是指'后人加工',除了陶弘景之外再无其他发现,这种情况无论是科学测试还是材料修改都无须花费太长的时间;后者则是指陶弘景之外,还有别的朝代有人做了加工,这种情况就比较复杂了,'后人加工'的量越大,科学测试和重建材料所需的时间就越长,就肯定会影响项目的进度。因为按照程序,世界遗产中心收到了申报材料,要由国际古迹遗址理事会与世界保护联盟派出专家实地考察,编写评估技术和价值分析报告,最终由世界遗产委员会用表决方式做出决定。所有程序都要严格遵守'真实'和'珍稀'两大原则。按项目专家组目前的意见,前者可能性较大,但并不排除后者,因此,我们必须有从最坏处着想的准备。这样一来,或许会暂时影响市委市政府的政绩,但最终会被学界及权威机构加以肯定的。"

程跃的表态模棱两可。他认为柳书记的意见应该肯定,因为这符合省委主要领导的指示精神,也与中央要求的创新精神完全吻合。赵主席的意见也有道理,因为实事求是是党的基本工作方法,也是"申遗"的基本要求。这实际上只是他的表面意见,他内心的矛盾在于,一方面,他也在乎政绩,要与柳善存保持一致;另一方面,他正是之前那项"申遗"时的分管副县长,不愿看到历史的悲剧在自己身上重演。

柳善存对两人的发言都不满意。他首先直截了当地批评了程跃:"你程跃作为首席总指挥,怎么没有自己的主见?这样也行那样也行的结果,一定是什么都不行。这是对党和人民的事业不负责任的态度!"然后又比较含蓄地敲了赵炳坤一下:"这个、这个市委请您赵主席担任第二总指挥,看重的是您的能力和经验。可是,一遇到稍微复杂的问题,您为何要从最坏处着想,而不从最好处着想呢?考虑问题的出发点不同,后面的配套措施也就会跟着发生变化。我相信您如换个角度思考,可能会得出不同的结论。"

程跃默不作声。

赵炳坤可不一样。他毫不客气地对柳善存说:"程跃的'模糊'不行,我的'明确'也不行,就是你柳善存行。那就由你来当总指挥吧。我不相信一个人官位一升领导水平就能飞起来。你叫我换一个角度思考,其实就是要我把'申遗'材料不必搞得太认真,只要达到目的,什么手段都可采取。对不起,本人永远做不到。要是你觉得我不行的话,就干脆把第二总指挥拿掉,不过,即使我成了普通老百姓,该说的话还是要说,要想控制我的脑袋、封住我的嘴任何人办不到!"

柳善存见赵炳坤态度强硬,脸上堆起笑容,声音十分温和地说:"赵主席,我们是在商量事情,说话别这么激动嘛。"接着,他把脸转向程跃,"程市长,你是首席总指挥,如果你也不要我协调的话,那这事就由你全权负责。"

程跃看到赵炳坤怒斥柳善存,心里着实高兴,觉得这个自以为是的绝对权威总算有人收拾了。但柳善存向他一施加压力,他又感到自己承担不起责任。因此，他又搞起了和稀泥："赵主席坚持实事求是的出发点是好的，再说也为这个项目吃了不少苦，这个项目离不开你。柳书记的话更没有错，项目指挥部解决不了的问题，当然要由市委书记来协调，党的领导决不能动摇。有话好好说，好好说嘛。"

赵炳坤用不屑的口气说："程市长，我知道你夹在中间很难受，为了不让你受罪，我只能离开，让你们党政一把手能够放开来商量。待你们商量好了，把结果告诉我一下。"说完，拉开门，拂袖而去。

……

协调会不欢而散，柳善存真想快刀斩乱麻，撤掉赵炳坤的第二总指挥，但一想到这是他自己竭力推行的"创新"主张，又怕别人笑话，因此，他忍着性子暂时维持现状。

大约一个星期后，柳善存到省城开会，第一天晚上他就拜访了汪东升，向他谈起了与赵炳坤闹不愉快的事。想不到汪东升对他说："柳善存呀柳善存，你位子一直往上升，怎么气度和水平就没长进呢？鲁迅先生曾经说过，对一个人可以'棒杀'，也可以'捧杀'。赵炳坤这种人，你想要'棒杀'，只能搬起石头砸自己的脚。'捧杀'的办法也许更有效，在他忘乎所以时跌了跟头，你才有修理他的机会。就'鸟神坛'项目来说，他的意见并非没有道理，你只要把情况向陈逸新如实汇报就足够了，我知道他是十分重视这个项目的。陈逸新要是支持他的意见，有什么三长两短与你无关，你就看他如何折腾，如何为你创造机会。否则，即使他赵炳坤有三头六臂，也兴不起什么浪来。"

柳善存觉得汪东升的话很有道理，便说："明天陈书记到了，我抽时间把这事向他汇报一下。"

汪东升说："太迟了，陈书记已经知道了你们的分歧，他说你立功心切，不讲原则。"

柳善存一惊："是谁向他反映的？"

汪东升说："你们是三个人商量的，程跃自当了市长后一直就是个好好先生，根本就没有这个胆子，还会有谁呢？"

柳善存气愤地说："那就是赵炳坤了，他恶人先告状，到底想干什么？"

汪东升说："你这就是瞎猜疑了。前天省政协开会，陈逸新主动要求参加会议。会议结束，他请赵炳坤单独留下，说要谈谈'鸟神坛'项目的进展情况，赵炳坤才有了说话的机会。其实，我怀疑陈书记可能是借这个名义问了他别的事，至于什么事，陈书记对我也保密，这是很少见的。从陈书记昨天与我的谈话中，我隐约感到这事与周华明有关。因为陈书记第一次用严肃的口吻告诫我，要注意与周华明保持距离。看来，这不是普通意义上的告诫，江河市乃至南吴省可能会掀起一场风波。"

柳善存一激灵，道："老领导，您是不是把事态估计得太严重了？周华明有天大的事与你我也没有太大的关系呀。"

汪东升口气凝重地说："关键点不在于周华明有多大问题，也不在赵炳坤反映了什么，而在于上面的态度和动作。"

柳善存一时惊呆了，好一会儿才缓过神来。

汪东升不置可否地说："但愿我的预感不准确吧。"说完，用右手食指顶着左手手心，做了个"停止"的手势。

柳善存立即领会到汪东升不愿在这个话题上深谈下去，便转了话锋："听说省里准备由您组团去美国考察，我们江河市有名额吗？"

汪东升说："这次考察的主题是环境保护，本来全部由省有关部门的领导和专家组成，后来我考虑到'鸟神坛'项目也涉及环保，便建议给了你们市一个名额。你准备让谁去？"

柳善存说："我去行吗？"

"不行。江河市现在不太稳定，你作为一把手怎么可以离开？"

"那……那你莫非想让赵炳坤去？"

"赵炳坤去对你暂时有利，可对我不方便。"

"为什么不方便？"

汪东升揉了揉鼻子，道："我对你非常信任和欣赏，但你总得给我留点隐私嘛。我看还是让你们分管环保的副市长去吧。另外，出国的时间本来是定在元旦后，现在看来可能要推迟，推迟到——到时候再说吧。"汪东升突然收口。

柳善存心中感到奇怪：为什么一向举重若轻的汪主席，在出国考察这样的小事上会如此小心翼翼呢？难道其中有什么隐情吗？

……

第八章 教授遗嘱

中国重阳节的传统文化内容十分丰富，其中被保留下来一直广为流传的有赏菊送菊、登高游园、佩插茱萸、食重阳糕、喝重阳酒等。

赵炳坤在这一天没有与家人享受天伦之乐，而是邀请了为松寥山"鸟神坛"做出特殊贡献的姜昊、姬曲成、肖道一、梁教授、顾时轮等五人欢聚一堂。除姬曲成外，其他四人都是老年人，姬曲成之所以被邀请，除了他的贡献之外，还要他承担一定的服务工作。

下午大家一起参观了正在建设中的"鸟神坛"配套工程。从江边通往"鸟神坛"的一百多米滩涂已经建成高二十米、宽六米的坚固堤坝。堤坝路面栽满生命力强且生长快的牛筋草，这种草不畏雨淋和寒冷，也不会往上疯长，而是始终贴着地面，因而有利于加固土质。堤坝两旁没有护栏，每隔五米都有一棵垂丝柳树，既融于周围的自然景色，稍长大一些后也可作为天然护栏。堤坝的尽头距"鸟神坛"两米左右，由一米多高的矮种枫树形成一道天然屏障，以防游客登临山体。在距山体二十米外的江中，都布满密集的暗桩，桩上有醒目的漂浮物，构成了江中的保护系统。与"鸟神坛"密切相关的莲花洞、焦公洞、集凤台、圐山"箭洞"等景点，正在建设新的连接通道。诸多环保措施也都得到了落实。唯一遗憾的是从市中心通往凤山的迎江大道拓宽改造工程因拆迁问题没有得到妥善解决而未能如期开工。

参观结束时，晚霞已映红江面，活脱脱一幅"余霞散成绮，澄江静如练"的壮观奇景。

晚上，赵炳坤在鳌山宾馆设宴招待了大家。他首先打招呼道："现在党中央明文规定，禁止公款吃喝，所以，今天这顿便宴是由我个人掏腰包的，主要是感谢诸位为松寥山'鸟神坛'所付出的辛勤劳动和突出贡献，同时，也与大家共庆我们老年人的节日。当然，对姬曲成搞了一点特殊化，因为他是在场的唯一一位年轻人。"

姬曲成心中乐滋滋的，但表面上显得很不服气地插话道："我也是……快当爷爷的人了，怎么还能算是年轻人？这未免有点名不副实吧？"

赵炳坤睃了他一眼，道："最近联合国对中老年年龄做出了新规定，六十岁还只能算中年，你今年才五十多岁，称你年轻人并不为过，这也是与国际接轨嘛。"

众人一片哄笑，唯独赵炳坤平静如常。

待大家入席以后，赵炳坤指了指桌上的淡黄色小酒坛，兴致勃勃地说："今天我们不喝白酒，而是喝菊花酒。想必诸位都知道，菊花酒的酿造源于汉代而兴于晋代，这与诗神兼菊神的陶渊明是密不可分的。他的《饮酒》一诗可谓千古绝唱。本人也爱菊，平时在家只饮菊花酒。这种酒，是我祖上传下的秘方，由优质糯米和上等白菊酿成，近二十年来，我自己饮的酒，每次都是本人亲自动手。来来来，第一杯酒我为大家斟上，恭恭敬敬地敬一杯，后面就请姬曲成服务，或者各取所需。"

众人接受了赵炳坤的第一杯敬酒，在道谢的同时，都说此酒香甜适中，口感醇厚，想不到赵主席还是酿酒大师呢。

酒过三巡之后，赵炳坤问坐在左首的顾时轮："顾先生，'文革'时期你在焦公洞偶得焦光的两部奇书，以前你秘而不宣，这是可以理解的，现在这已不是什么秘密了。我向你请教一下，历经两千余年，这两部书不霉不腐，完好如初，这到底是用了什么特殊的手段？"

顾时轮回道："赵主席，很抱歉，这个问题我真的说不清，只是感觉竹简的表面有一层淡淡的像油漆一样的光泽，并能闻到一丝幽香。至于涂的是什么材料，我一直觉得是个谜。不过，传说古代有一种昆仑神木，用它做棺椁可使尸体数千年不腐，不知焦光是不是借鉴了其中的原理。"

坐在赵炳坤右首的姜昊马上接口道："昆仑神木存在于上古时期，到东汉早就绝迹了。在考古学界，有一大谜团至今未解，那就是1972年在湖南一座汉墓中发现的马王堆女尸，开棺时如同熟睡的美人，没有丝毫腐烂，皮肤还有弹性。这说明中国古代的防腐术绝不逊于古埃及。但是，对其原因至今没有结论。我在一次考古过程中曾听一位民间高人说，中国古代防腐术主要靠一种外用药物，这种药物是用吸血蝙蝠的血液和阳蝶花的花汁配制而成，而阳蝶花在西晋时也已绝迹了。此种说法虽无史料可以佐证，但吸血蝙蝠为至阴之物，阳蝶花为至阳之物，按照炼丹术中至阳至阴两物融合作用的原理来分析，本人觉得还是可信的。倘若这个观点成立，那么，擅长炼丹的焦光对他那两部书的防腐，很可能用的就是这种药物。再向前类推，松寥山'鸟神坛'的主体部分'鸟岩雕'之所以风化、腐蚀的程度很低，很可能与此类药物有关。"

姬曲成兴奋地接过话茬，道："姜老师，经您这么一说，我对松寥山有了更深的理解。在莲花洞发现的鸟形石器中，有一个器型正是蝙蝠。这一现象绝不是偶然的巧合，由此我还联想到，吸血蝙蝠不仅直接侵害人类，而且它身上的细菌有可能造成瘟疫。创造松寥山'鸟神坛'的这支人类文明部落，很可能毁灭于一场特大的瘟疫。"

梁教授拍了拍姬曲成的肩膀，微笑着说："小姬，你的想象力真丰富。不过，科学的考证主要得靠史料、实物和现代检测手段，而不是主要靠想象。"接着，他朝一直默不作声的肖道一瞥了一眼，用征询的口气问道："肖馆长，你赞成我的意见吗？"

肖道一这才不得不开了口："梁教授是国内享有盛誉的名家，说出的话当然一言九鼎。但是，姬曲成初生牛犊，敢于打破条条框框，大胆地想象和推断，我觉得也有可贵之处。"

"说得好！不管是考古还是任何科学研究，既要有科学的态度和手段，也要敢于想象推理，否则，牛顿怎能从一颗苹果的落地发现万有引力定律。我感到姜教授和姬曲成刚才的观点都很有启发。"赵炳坤酒至五分，说话的中气比平时更足。

姜昊听到赵炳坤表扬自己和姬曲成，正想做出回应，突然感到胸口发闷，脸色骤变，哆嗦着嘴唇竟说不出话来。

姬曲成赶忙跑到姜昊面前，一边帮他轻拍着后背，一边关切地问："老师，您怎么了？什么地方不舒服？"

在场的其他人也都被惊得浑身冒汗。

姜昊从裤袋中拿出一小瓶药丸，服了两颗药后稍稍好转。少顷，他强打着精神说："看来阎王爷要请我去做客了，近来我时常心口堵，四处关节疼，有时全身像散了架一样。"

赵炳坤很诚心地说："姜教授，既然这样，你的酒就到此为止，别再喝下去了，上了年纪一定要珍惜自己的身体。"

想不到姜昊哈哈大笑道："请大家放心，我姜昊没有这么脆弱，即使阎王爷要请我，也得让我把酒喝个痛快。赵主席，我实话实说，你的菊花酒口感是不错，可惜度数太低了，喝得不过瘾，我能不能提个苛刻的要求，叫服务员帮我拿一瓶高度茅台酒来？"

这下子可让赵炳坤为难了。拿吧，他既怕姜昊多喝了酒身体发生意外，又怕他会像以前那样发酒疯；不拿吧，今天是自己请客，客人提出了实际上并不苛刻的要求，不满足的话会被对方误认为小气。

就在赵炳坤左右为难之时，他的手机响了起来，原来是"鸟神坛"工地值班室负责人老王给他打来的电话。老王是扬州人，向赵炳坤报告时带着浓重的地方腔："赵主席哎，妈妈没得命了，松寥山上满瞎子（到处）都是鬼火，这个兆头很不好哟。"

赵炳坤说："老王，你看清楚没有？哪来这么多鬼火？"

老王说："赵主席哎，我说话向来是实打实噶，尽管没上近前看，可凭这辈子吃过的盐就能断定它是鬼火，乖乖隆地咚，这么大的阵势，别说我出了娘胎没有见过，就连听也没有听过，真是吓煞人哟。"

姬曲成听到这里插嘴道："赵主席，我断定这不是鬼火，而是焦光在《松寥神韵》中所写的'白光冲天'怪象。按理，它一般从子时开始，现在还不到九点钟，属于辰时，怎么可能发生呢？你们继续喝酒，我到现场去弄清真相。"

赵炳坤说："如果真有这种怪事，那我们就一起去现场。姜教授身体不适，你就先回宾馆早点休息吧。"

姜昊托了一下老花眼镜，很不高兴地说："怎么了？酒不让我喝好，连奇景都不让我看了？我姜昊是不是成了废人？"

赵炳坤知道拗不过姜昊，只得同意让他一起去，同时叮嘱姬曲成一定要搀扶好老师，确保他的安全。

不知是老王走漏了风声还是另有人比他早发现，赵炳坤一行人到达松寥山时，不仅堤坝上挤得水泄不通，连江边都人满为患了。人们的议论声、惊呼声混杂在一起，一浪高过一浪。

但见松寥山通体白色，其间点缀着白中泛绿的幽光，"鸟岩雕"如振翅欲飞的鲲鹏，头南尾北，仰视苍穹，与星月争辉，把周围的江水照得银光粼粼，山、天、江似乎融成一体，互为呼应，煞是壮观！

赵炳坤见到这一情景，也与随行人员一样，既惊奇，又兴奋。但是，时刻肩负使命感的他清醒地意识到此事可能引起的后果，因而，他一方面叫姬曲成用工地的高音喇叭向人们宣传此景的真相，以消除迷信影响；另一方面，给市公安局局长高茂林打了电话，责令他火速组织人员到现场维持秩序，防止发生意外事故。

在江边观看了一个小时左右，不知是因为酒后乏力，抑或原来的身体不适加剧，姜昊被一阵较强的江风吹过之后，骤然呕吐不止，心跳加剧，浑身发抖，跌坐在地上站不起来。

赵炳坤见到此状，心中非常懊悔出发前没有制止住姜昊。现在面对现实，但只得立即叫来两个公安战士，让他们轮流背着姜昊火速下山，同时通知距离较近的江滨医院值班领导，要他速派救护车到凤山入口处，并组织医务人员对病人进行抢救和会诊。他自己带着随行人员也一起赶往医院。

转眼间，到了"小雪"时节。气候令万物改变，绝大部分花卉由盛开转为凋零，绝大部分树木由绿叶葱葱转为枯枝败叶，绝大部分人由身着单衣转为棉袄加身。唯有"鸟神坛"不惧寒冷，在呼啸、刺骨的江风中赤身露体，傲然屹立。

姜昊就在这个时候住进了省第一人民医院。

姜昊在松寥山观看"白光冲天"时突然病倒后，经医院及时处置很快就转危为安了。不过，医生查出他的血象有些异常，要他住院观察一段时间，可脾气倔强的姜昊根本不听劝告，住院三天后没有向院方打招呼就任性地回到了家中。

姜昊急于出院，除了其他原因外，最主要的是他想把"白光冲天"这一怪象和中国古代神奇的防腐药物、松寥山抗腐蚀风化等情况综合起来，更为深入地研究"鸟神坛"的产生以及创造这一奇迹的文明部落消亡的原因。当然，这一次他不是孤身奋战，而是与姬曲成紧密合作。想不到，苍天不遂人愿，这一研究刚有了点头绪，他就再次被病魔击倒了。

这一次他可不是一般的身体不适，而是病入膏肓了。经医院会诊，他患的是淋巴癌晚期，癌细胞扩散到了骨髓。如从延长生命的角度来治疗，他最多只能再活一两个月。姜昊得知这一情况，非常平静地对医生说："不管是两个月还是两天，对我来说没有多大区别。我只希望你们不要控制我的自由，用最有效的方法减少我的痛苦，并保持我的头脑清醒。"

汪东升亲自嘱咐医院领导："姜教授的想法自有他的道理，尽量满足他的一切要求，医疗费用由我负责结算。"因此，医院不仅给姜昊用剂量较大的杜冷丁止痛，还给他使用很昂贵的进口药，晚上则给他打安眠针。

姜昊对死亡似乎毫无恐惧。他每天早上要喝一碗豆腐脑，晚上要喝一小杯茅台酒。尽管医生一再告诫他，喝酒会加速癌细胞的扩散，他却置若罔闻，反说白酒有消毒、止痛作用，酒到醉时方成仙。

姜昊白天接待客人，但只见他开出名单的很少几个人，其他人一概不见，他要在有限的时日中了却最后的愿望。

进院第二天下午，他就叫来了自己的委托律师李力和最信任的学生汪东升。他对李律师说："在我原来的遗嘱中，要将一生的藏品捐献给国家，遗嘱执行人为汪东升，这一基本原则没有变，但要做以下六点修改和补充。

"第一，我从法国捡漏回来的那批15件永乐瓷器，目录为A1—A15，因已馈赠他人，不在捐献之列。

"第二，我今年买进的一件宋代钧窑三足洗，目录为Z14，馈赠给汪东升，作为我借他一百万元的抵债。

"第三，我收藏的焦光诗集《逍遥赋》，目录为C19，馈赠给姬曲成，以支持他研究'鸟神坛'之用。

"第四，我自己创作的二百余幅字画，馈赠给汪东升，以感谢他多年来对我的关照。

"第五，我的两套房子，一套馈赠给武小玲，另一套馈赠给汪东升，用作还清我的医疗费用和善后费用。

"第六，我家中床底下有一个金丝楠木骨灰盒，那是我去年用自己收藏的木料定制的，用它存放我的骨灰。并在我的墓碑后栽一棵小柏树。"

律师走后，汪东升对姜昊说："谢谢老师对我的信任和馈赠。刚才律师在此，我怕有些话不方便问，您馈赠我的那只宋代钧窑和一套房子，我很难接受，能否明天再让律师将这两项改掉？别说以前老师曾送给我字画百幅，即使没有，我作为您的学生，在您困难时刻借给您一百万元也用不着以物抵偿。至于说医疗费用和善后费用，学生理应设法解决，更不必以房子来作偿还。您馈赠我这些东西传出去会让我无地自容的。"

姜昊说："那只宋代钧窑三足洗，到底是真是假，至今还不能确定，它是谢加林的同伙卖给我的，希望你务必帮我查清楚。那套房子之所以给你，是因为我知道自己现在花费的所有国家不能报销的医疗费用，都是别人垫付的，假如我猜得不错的话，很可能是你逼谢加林垫付的，我不愿在临死前接受他的任何施舍，你千万要一分不落地还清。"

汪东升回道："老师既然说得这么清楚，我一定遵命。关于您的私人博物馆捐献一事，我已联系了两家单位。一家是南吴省博物馆，另一家是落户在金宁市的央企晨光集团自办的博物馆。按理前者最能代表国家，但该馆有些专家对您的藏品不太认可，接受捐献比较勉强；而后者却充分认可，还准备以您的名字命名该博物馆。到底捐献给哪家，还得尊重您的意见。"

姜昊哀叹了一声，道："既然南吴省博物馆的人有眼无珠，那就给晨光集团吧。"他说这话时流下了两行泪水。他做梦都没有想到，倾注了一生心血的藏品，南吴省博物馆居然不愿接受捐献，馆内的许多领导和专家都是自己的学生，有的曾对自己顶礼膜拜呀。可他万万想不到，汪东升根本就没有与南吴博物馆联系过。

汪东升等的就是姜昊的这句话。其实，在姜昊指定他为遗嘱执行人时，他就与晨光集团的董事长费明贵暗中频繁接触。费明贵原是汪东升的部下和心腹，他能到这个位置，全靠汪东升的鼎力相助。因此，他对汪东升的所有要求，都无条件地服从，且一切做得天衣无缝。此时此刻，汪东升清楚地知道，即使没有姜昊的亲口认定，他也完全有权处置。姜昊发了话，他操作起来就更加名正言顺、万无一失了。因此，他在与姜昊谈话时，暗中按下了手机上的录音键，以备不时之需。同时，他清楚地知道，姜昊的每幅字画市场价格低则几万元，高则数十万元，单是这一笔财富，已经相当可观。因此，他对姜昊有感激，有怜悯，也有愧疚。想到这里，他对姜昊说："老师，您把自己所有财富都捐赠了，为什么没有想到给自己后辈的亲人留一份？"

姜昊叹息一声，道："我后辈有亲人，但没有情分。我的老家在安徽淮北，在我祖父一代也算个望族，到我父亲时家道败落。我排行老三，上有一个哥哥、一个姐姐，他们都是英年早逝。两人留下了七八个子女，原来与我也有些往来，但是，我在'文革'遭批斗时，他们唯恐对我避之不及。我被谢加林踢成终身残疾，他们更视我为异类，怕有辱家门。直到我当了教授，一个侄子才第一次登门找我，要我帮助他上大学。我对他说，上学要靠自己努力，这个忙我帮不了。我给了他一千元钱，以示资助。此后，他们就与我再无往来。现在，我唯一的亲人就是你和小玲，除此之外，就再无……再无其他亲人了。"

汪东升观察得非常仔细，说："老师，我看您说最后这话时有些犹豫，是否有什么隐情？如果您信得过我，但说无妨，我会竭尽所能，并为您保密。"

姜昊的神态很是抑郁，他的双唇嗫嚅了一下，最后还是摇了摇头。

汪东升又问道："老师嘱咐我要用金丝楠木的骨灰盒，并要在墓后栽一棵柏树，不知其中有何深意？"

姜昊说："这本是我的一个秘密，跟你说了也不要紧。金丝楠木有绝佳的防腐性能，用之制作棺木或骨灰盒，还可顺应天理，吸收日月精华，让冥气场一直处于平衡状态。柏树在中国古代文化中则有'重生''复活'的含义。另外，我相信德国科学家的灵魂不死学说,更相信美国再生医学家 Bert Lanza 博士的观点,人死后生命不会结束,而会以另一种形态永远活下去。"
……

自姜昊住院后,因为只能卧床,大小便都需要人帮忙。为此,汪东升请了三个男陪护,两个轮流值夜班,一个值白班。

武小玲为了尽最后的"孝道",她把孩子暂时送回了老家武家村,自己一心一意服侍姜昊。除了每天煲各种各样的营养汤,她还亲自一口一口喂,甚至为姜昊伺候大小便,旁人看了都感动不已。

姜昊说:"小玲,见到你在我临终前对我如此孝顺,我觉得没有白疼你。昨天我已与律师说过,要在我的遗嘱中补写一项内容,就是把我的住房赠送一套给你,好让你们母子有个栖身之处。这样做,既是对你孝顺的一种回报,也包含着对你爷爷在我落难时相助的感恩,同时……同时……我实在无法排遣曾经对你的伤害,希望你能原谅我。"

武小玲这时是真正被感动得热泪盈眶了。回想起自己对姜昊的欺骗和算计,她的良心时常感到不安。此刻,这个即将油枯灯灭的老人,在最后时刻还对她馈赠、惦记、道歉,她内心五味杂陈,声音颤抖地说:"老先生,以往的一切都已过去了,我早已原谅您,请您别再记在心上。现在您能多活一天,我就感到多一份幸福。趁您头脑还清醒的时候,请允许我真诚地叫您一声爷爷吧,爷——爷!"

姜昊老泪纵横,嘴唇哆嗦:"小玲,我认下你这个孙女了。

在我死后,谁要说我无后,你要告诉他,我有孙女——我有——孙女!小玲,你一定要把孩子好好培养,万不得已时,把我赠给你的那套瓷器……卖掉,这笔款子,应该够你母子俩过上小康日子了。如果你不知道怎么卖,可以请汪东升或姬曲成帮忙。记住,可以卖给任何人,就是不能卖给谢加林,你记住了吗?"

武小玲连说"记住了",可她的心中有些忐忑不安。一个月前,因为她的亲爷爷病重,她叫"孩子他爹"尽快卖掉那批瓷器。他满口答应,但是,把瓷器拿走后,钱却迟迟未给。她催了两次,他回答说:"卖这种东西需要好的时机,时机不到,价格上不去。你如急于用钱,我先给你一百万元。"这一百万元,对于刚到省城的武小玲来说,是个想都不敢想的天文数字,但在今天的武小玲看来,却是微不足道的了。她甚至有些担心,"孩子他爹"会不会起黑心,把她这批来之不易的瓷器私吞掉……

姜昊见武小玲没有回答,神情有些恍惚,便又追问了一句:"小玲,我刚才对你说的话记住了吗?"

武小玲这才回过神来,急忙回答:"爷爷,我记住了,请您放宽心,我要把您这批宝贝当作传家宝,代代相传。今后每当清明时节,我会带着继尧在您墓前祭拜,祝您在那边过得舒畅美满。爷爷,我还要告诉您一个好消息,我通过一个值得信任的人找到了姚桂枝,把您对她的思念向她做了转达。她在昨天晚上找到了我,说一定要来看望您,要我把您的病床号告诉她。我不知道您是不是希望她来,所以,暂时没有答应她。爷爷,既然您对她一直念念不忘,我看您还是见她一面吧?"

姜昊脸上一阵抽搐,随即长叹一声,道:"我是想见她呀,可我已是说走就走的人了，如果见她一面会给她带来难堪甚至灾难，那我就不能害她……咳，千万不能害她呀……"

武小玲说："老先生可能多虑了，她既然主动要求见您，就说明已提前做了准备，再说她也不是一般身份，不是一般阅历，见您一面怎么可能会给她带来灾难呢？您与她见一面，可能不仅仅是了却了您的心愿，说不定还是了却了她的心愿呢。"

姜昊终于点了点头，道："你说得也在理，那就请她明天下午……不，明天上午九点钟查房之后，你亲自带她来我这里。怕你明天没时间，现在你先帮我清洗打扮一下，免得我最后给她留下可怕的印象。"

武小玲立即给他洗头、剪发、剃须、清洁脸部和颈部，给他脸上抹了点润肤霜，身上喷了几滴香水，最后帮他戴上老花镜，用自己随身带的小镜子让他照着端详了一下，他满意地笑了。

……

翌日上午十点钟，武小玲将姚桂枝带到姜昊的病房，把一个信封放在姜昊的枕头下，轻声对他说："这是您叫我带来的东西。"然后，她知趣地退出病房，在门外替他俩望风，不允许任何人进来。

姚桂枝坐到姜昊床边，望着瘦骨嶙峋、面色蜡黄的姜昊，禁不住潸然泪下，泣不成声。

姜昊哆嗦着双唇，从被窝中伸出鸡爪般的右手，贴住了姚桂枝的手掌，道："桂枝，想不到……你能来……看我，我这辈子……死也瞑目了。我枕头下有一件信物，送给你留作纪念。"

姚桂枝从枕头下摸出一个信封,抽出信封中的两页已经发黄的纸——这是她写给他的《青灯》和他回给她的《偶然》草稿,她用低沉的声音把《偶然》读出声来。然后她说道:"先生,我真没想到您把这两首诗一直留到今天。不过,您的诗中我有个疑问,请您帮我解开。您的诗题用了徐志摩的《偶然》,这该如何解释?"

姜昊露出了孩子般的微笑,回答道:"在大千世界中,一个人只与另一个人……心心相印,这本身就是一种偶然;你与我在采石矶的悬崖边……擦出了爱的火花,这也是一种偶然;我没有徐志摩那样大胆,也没有林徽因那样细腻,借用'偶然'为诗题,只是……委婉地表达我对你难舍又难说的一种深情。"

姚桂枝说:"我哪能像先生这样想得复杂,不过,我当时是真心实意。万万没有想到,一场浩劫打碎了我们的梦想。不,还有谢加林这个臭流氓,他用卑鄙的手段霸占了我,我对他……"

姜昊打断姚桂枝的话,道:"桂枝,你别说下去了,婚姻……是天意,我只希望你……用你的美丽、善良、宽容、智慧去感化、引导他,让他尽量少作孽,甚至放下屠刀,立地成佛。"

姚桂枝使劲摇头:"这根本不可能了,我与他早已感情破裂,他到深圳不久就有了小三,还养了儿子。现在见了他喜欢的女人,更是施尽一切手段占为己有……有多少次我曾经想来看您,可最终还是没有勇气。这辈子我与先生有情无缘,但愿下辈子能与先生在一起。现在,我所能做的,就是揭开谢加林这个臭流氓的真面目,为先生复仇,为无数被他伤害过的人复仇!"

姜昊劝慰道:"我虽然知道他把你骗到手后一定会伤害你,

知道他做了许多伤天害理的事，但妻子告发丈夫，这有悖常伦呀。何况，他现在财大气粗，背后有柳善存、汪东升等人帮他，你是斗不过他的。"

姚桂枝态度坚决地说："人被逼到一定地步，就没有任何顾忌了。不过，您刚才说到汪东升，倒使我想起一件事来，我不得不提醒您。听说您把汪东升作为您的遗嘱执行人，这万万使不得呀。汪东升……是个绝对不值得您如此信任的人。"

姜昊一颤道："为什么？"

姚桂枝说："这事说来话长，我不想在您最后的日子里再增添烦恼和痛苦，只是想劝您改变遗嘱执行人。"

姜昊惘然道："如果连汪东升都……不值得信任，我还能信任谁呢？到了现在这样的境地，我只有依靠他了。若是我看错了人，就活该……自作自受了。"

就在这时，有人推门而入。来人正是汪东升！

汪东升见了姚桂枝，并不惊讶，仿佛他早已知道两人的见面。他和颜悦色地对姚桂枝说："嫂子，真对不起，我不知道您在里面，本来是想向老师汇报他交办之事的情况，如果不方便，我先退出。"话虽这么说，但他根本没有挪动脚步，丝毫没有退出的意思。

姚桂枝忙站起来说："汪主席，我只是来看望一下先生，尽力宽宽他的心，你有事我就不打扰了。"她继而转身对姜昊说："先生，请多保重，也许在您身上能发生奇迹。"言罢，她强忍着泪水，离开了病房。

……

第八章　教授遗嘱

武小玲其实是通过姬曲成带信给姚桂枝的。因为在她看来，姬曲成虽然显得有些迂腐，为人却很诚实，没有什么心机。她没有料到，在姚桂枝来探望的第二天，姜昊就叫她打电话给姬曲成，说要与他谈重要的事。

姬曲成应召而来。他仅给姜昊带了一束鲜花。

姜昊不知是因为见了姚桂枝的缘故还是回光返照，精神显得特别好。他一见姬曲成便开玩笑道："曲成啊，你现在送鲜花不合适，应该在我死后放在我的墓前。"

姬曲成憨厚地一笑道："老师，鲜花仅是图个吉利，您现在说'墓'为时太早，我看您的精神好得很哩，说不定是医生对您误诊了。"

姜昊说："你别安慰我了，我自己的病心中有数，阎王爷让我熬到今天，已经是手下留情了。今天我叫你来，是想跟你进行一次推心置腹的谈话，这也许是最后一次。"说完，他的右手慢慢从被窝里伸出来，手里托着一件用牛皮纸包着的东西。

姬曲成打开一看，见是焦光的诗集《逍遥赋》，不由得心头一震，结结巴巴地说："老师，这……这是怎么回事？这可是您多年收藏、视为瑰宝的孤本呀，您……您为什么给我？"

姜昊说："我并不是只拿给你看看，而是送给你的。正因为它珍贵，我不能把它带进墓里，要找一个值得托付的人，想来想去……只有你，无论是你研究'鸟神坛'……还是研究焦光，它都对你有些用处。它的竹刻本我住院前……已清理出来给了小玲，你到她那里取吧。"

姬曲成说:"老师,这么珍贵的东西我怎么能收。"

姜昊嘿嘿一笑,道:"曲成,所有宝贝对我来说已是……过眼烟云,你不必有任何……心理负担,假如你觉得受之有愧的话,就向我磕个头算作回报吧。"

姬曲成愣了半天,不知道姜昊这是何意,怯怯地说:"按理,学生向老师磕头,这未尝不可,也可以说是天经地义的。但是,恕学生倔强,这辈子我从未向活人磕过头,包括我的父母,您这就难为我了。"

姜昊"扑哧"一笑,道:"好个倔头!如果你真的为这本书向我磕头……就不叫姬曲成了。我最看重你的正是为人真实、不屈不挠。以前,我曾为此骂过你、打过你、恨过你,可是,越是到生命的尽头,我却越是欣赏你。我觉得你正如郑思肖的诗所云,'花开不并百花丛,独立疏篱趣未穷。宁可枝头抱香死,何曾吹落北风中。'这就是文人……应有的风骨。在'鸟神坛'研究上……你与我……争过名,在古玩鉴赏上你顶撞过我,在我欲求《松寥神韵》这本书时……你嘲讽过我。现在细细想来,你是对的,我是错的,我向你道歉。"

听到这里,姬曲成有些坐不住了,接口说道:"老师,您过谦了,对我也过奖了,我这臭脾气没几个人喜欢,您对我已经够宽容的了。更重要的是,我在学术上的进步,很大程度上是靠您的指点和帮助。所以,我由衷感谢您,以前对您多有不敬和冒犯,我真诚地向您道歉。"

姜昊说:"曲成,虚话就别说了,我俩近几年可以说是惺惺相惜,也可以说是臭味相投。我知道自己已时日无多,今天请你来，先要你回答一个问题：'汪东升这人可靠吗？'"

姬曲成一听这个问题又感到为难了，从内心他不看好汪东升，甚至发现他身上有些疑点，但他在这时候又不想让老师伤心，便含糊地说："汪东升这人外面的口碑比较好，但口碑与真相有时差距很大。我对他的感觉……可以用一个字来概括：虚。"

姜昊说："你是指虚伪吗？虚伪可以骗人于一时，但他几十年……一直口碑很好，一个人能装几十年吗？这需要多大的毅力？"

姬曲成说："这可能与毅力有关，更可能与习惯有关。演惯了京剧的人，平时说话免不了带京腔。"

姜昊不满地说："你今天说话……怎么云山雾罩的让我听不懂，说了半天也没回答……他究竟是可靠还是不可靠？"

姬曲成说："每个人心中可靠的标准不一样，再说我对汪东升接触不多，并不真正了解，只能谈一点感觉供您参考。"

姜昊道："看人不是你的特长，那就到此为止吧。再问一个你感兴趣的问题，你对'鸟神坛'项目有没有信心？"

姬曲成这次回答得很快："当然有。'鸟神坛'研究耗费了我俩几十年的心血，现在要转化成实实在在、供世人观摩敬仰的标志性景点，也许可能成为世界第九大奇迹，我有什么理由不竭尽全力呢。目前国家的大环境也很好，我没有道理悲观呀。"

姜昊叫姬曲成喂他喝了几口水，顺了顺气，低沉地说："曲成啊，我今天要向你泼一盆冷水。'鸟神坛'作为一项研究，无可非议，但要成为一个项目……产生奇迹，可能很难成功。为什么？因为我们对'鸟神坛'的结论相当于文化上的'造反'。正如那位宋老头所说，中国五千年文明史，从小学教科书、中学教科书……到大学教科书都一以贯之，可谓深入人心，不可撼动，你现在要彻底推翻这个铁论，有些人会同意吗？倘若从纯粹学术研究的角度，只是一点微弱的不同声音，作为一家之言，社会还可以容忍，但作为这么一个浩大工程，还以标志性形象向全世界宣传，那就可能……可能……招来祸端。有文字记载以来的历史，其实真假难辨，我们其实很难窥见历史的真面目。"

姜昊说到这里，感到有些气喘。姬曲成急忙帮他轻轻地揉着胸脯，心里却在想：老师搞了一辈子历史，最后为什么变成了历史虚无主义者，我儿子峻茂从不研究历史，但观点为什么与他相近呢？

姬曲成说："老师，您既然有这样的观点和担忧，为什么要耗费这么多精力来研究'鸟神坛'呢？"

姜昊回道："我一直是在……矛盾中生活和工作的。从科学的角度和我的专业讲，我要追求真理，要探究历史的真相。从生存的角度讲，我要依靠标新立异的文章和著作……来扬名立万，受到尊重。从政治的角度讲，我受到过无法忘怀的……摧残，再也不愿成为政治的牺牲品。从感情的角度讲，我要对得起一直看重我、支持我的……赵炳坤、汪东升等政府官员。还有，如果说最初研究'鸟神坛'是为了个人的名利，那么，近几年来，就主要是……为了你，因为我看到了你的执着和才气，想尽力……帮你一把。这些矛盾和挣扎，一直在……煎熬着我，我之所以一会儿是君子，一会儿是疯子，除了性格之外，这种煎熬也是一个重要原因。"

姬曲成听后非常感动，又问："那么，松寥山'鸟神坛'项目就让它半途而废吗？这里面倾注了您我还有许多人无数的心血呀。"

姜昊吃力地摇了摇头，道："曲成啊，我们在'鸟神坛'研究上所花的心血决不会白费，我也没有任何懊悔。可是，你是块……搞研究的料，不是块搞政治的料。但哪一个大型历史文化项目……不包含政治因素？我劝你……最好退出这个项目，回到博物馆……去专心研究学问，否则，你迟早会后悔的。'文革'对我造成的伤害，也值得你反思，我已马上要到阎王爷那里报到，是在为你……担忧啊！曲成，你一定要……记住我的话……"

姬曲成点点头道："我记住了。"

这时，姜昊一阵咳嗽，脸上渗出汗珠，呼吸也急促起来。

姬曲成怕有意外发生，赶忙按了姜昊床边的呼叫按钮。两名护士立即冲进病房……

姜昊自见过姬曲成之后，就陷入了迷糊状态。赵炳坤去看他，他已认不出。赵炳坤报出自己的名字，他才自言自语地说："这名字好熟悉，好熟悉呀，好像是支持过'鸟神坛'研究的。……'鸟神坛'是个梦，你不必太认真……我到了那边，会设法找到元始天王，找到帝喾、大禹、焦光、陶弘景，问问他们是如何看待松寥山'鸟神坛'的……"

汪东升带着柳善存去看他，他的神志就更模糊了。他说："你们好像是兄弟俩吧？是不是受了谢加林的指使来骗……骗我的……藏品？休想，休想！阎王爷是我的学生，我会叫他跟你们算账的……"

五天之后凌晨，姜昊去世。据说在他临终前的那天深夜，他把预先叫武小玲放在他枕边的一瓶二两装的白酒全部喝了下去，第二天护士去处理他的遗体时，还能闻到一股酒香。

姜昊的遗体告别仪式搞得很隆重。

参加告别仪式的有江河市四套班子的一把手，有南吴大学的领导和他的许多学生，有历史学和考古学界的同人，有古玩收藏界的藏友和他的粉丝……

汪东升含着热泪为姜昊作了沉痛的悼词。而后他还亲自为姜昊安葬了骨灰盒，并在墓后栽了一棵小小的柏树。许多人对他的这些举动大为赞赏，说他真正做到了尊师如父。

为完成老师的遗愿，汪东升于十天后在晨光集团主持了"姜昊私人博物馆捐献仪式"。重要媒体对此都做了报道，口径一致地宣传姜昊将价值十个亿的藏品无偿捐献给国家，目的是传承中华文明的瑰宝。人们除了盛赞这位老教授的爱国情操外，还对汪东升的高风亮节进行了点赞。

几天之后，柳善存有些不解地问汪东升："周华明和一些古玩界的专家都认为姜昊的藏品中有近半是赝品，为何媒体号称价值十个亿？"

汪东升说："善存，你我对古玩都是门外汉，加之古玩界鱼龙混杂，说法不一，我们决不能偏听偏信，只能相信权威。这十个亿的价值是我请文物专家评估的，不会有什么差错。何况，老师不是为了牟利，而是为了无偿捐献，这用得着弄虚作假吗？"

柳善存说:"如果真是这样,晨光集团白白捞了一笔巨额财富,于情于理,对老师后辈的亲人总要有所表示吧?"

汪东升嗅了嗅鼻子,道:"善存啊,看来你好像怀疑这事有猫腻吧?我可以毫不隐瞒地告诉你,事先我曾多次征求过老师的意见,老师明确说他与后辈的所有亲人都断绝了往来,此举别无他求。至于我嘛,纯粹是了却老师的心愿,告慰他的在天之灵,绝对没有想借此谋取自己的私利,这一点难道你还有什么怀疑吗?"

柳善存连忙堆笑道:"老领导,别误会,您的清廉有口皆碑,对老师的关心也是有目共睹,我怀疑任何人也不可能怀疑您呀。不怕您见笑,我对晨光集团倒是有所求,这事还得请您鼎力相助。"

汪东升说:"说来听听。"

柳善存终于吐露了他的小九九:"您的一个决定,让晨光集团接收了姜昊老师的私人博物馆,这可是十个亿呀!您知道,'鸟神坛'项目还有六千多万元的资金缺口,只要您开声口,让晨光集团给我们借六千万或者直接投资入股,费明贵哪敢说个不字?"

汪东升沉思须臾,说道:"央企的钱也不是可以乱花的,但为了支持'鸟神坛'项目,更为了支持你,我叫费明贵出一点血,不是借,也不是投资,就是捐献给'鸟神坛'项目六千万元,这对姜昊老师也是一个交代呀。"停顿了一下,他又说,"善存啊,你一定要全力以赴完成好既有的十大工程,特别是'鸟神坛'的各项配套项目。陈逸新书记特别看好这一项目,我们都要支持他的工作。"

柳善存说:"'鸟神坛'项目权枝不断,由于赵炳坤的傲慢偏执和程跃的软弱无能,看来很难按期完成。此事我已向陈逸新书记汇报过,想不到他支持赵炳坤的意见,我只能让赵炳坤折腾去了。"

汪东升说:"这就对了,你只要顺着陈书记的意见办就不会出大的差错,项目拖到猴年马月与你没有多大的关系。不过,我感觉近阶段赵炳坤与陈书记的接触有些频繁,这里面好像有些名堂。你光用一个'鸟神坛'项目拖住他看来还不够,再动动脑子,最好让他自顾不暇,这样你的日子就好过了。"

柳善存一拍大腿,道:"经您这一提,我倒想起了一着好棋。为配套'鸟神坛'项目,指挥部提出要把原来的从市中心通往凤山的迎江大道进行改道,由原来的四车道改为六车道,这就涉及五六百户民宅要拆迁。这事是程跃分管,但麻烦太多,程跃就让赵炳坤参与其中,让他作为'鸟神坛'项目的总指挥驻守拆迁现场,做建言献策、动员监督工作。按赵炳坤的精明老辣,他理应拒绝,但不知出于何因却接受了。拆迁户最近可能又要闹事,看来,他要身陷这个马蜂窝中了。"

汪东升说:"善存同学,我主要是为你着想,不便直接插手,对于赵炳坤这种经验丰富的人,你一定要考虑周全。"

柳善存沉思了一下,道:"老领导,您放心,我已想到办法了。"

……

姜昊之死，姬曲成是最悲伤的人。

他想起自己曾与姜昊在"鸟神坛"发现问题上的名誉之争，内心愧疚不已。别说老师传授给自己多少知识，别说老师在自己困难时仗义相助，即使是在学术上，自己与老师的水平还相差甚远。虽说在"鸟神坛"研究上只是一时之争，但自己对老师的伤害却是无法弥补的。老师在临终前一再对自己道歉，并对自己寄予厚望，倾诉了肺腑之言，这使他更无颜以对。原来老师曾想以重金收购自己的《松寥神韵》，最终不仅放弃了这一念头，还把他珍藏的《逍遥赋》馈赠给自己。这不仅仅是一本书，其中寄托着他多么深厚的情义呀！

他想起自己长期以来认为老师的脾气太差，很多时候不愿与他见面，更不愿真诚地向他表示歉意。可是，自己从来就没有细想过，"文革"的冲击使他终身陷入痛苦，他无处申诉，无人倾吐，只能借酒消愁，岂料抽刀断水水更流，借酒消愁愁更愁，久而久之，心理扭曲，性格怪异，思想矛盾，谁知其中味？自己虽也经历过"文革"，但因为年龄小，没有受到多大的冲击或折磨，难以体会老师的切肤之痛。他临终前道出了对"鸟神坛"研究、对历史、对"文革"的看法，虽有偏颇之处，但也不乏真知灼见和拳拳之心呀。

他想起围在老师身边屈指可数的"朋友"，大都对老师怀有不可告人的目的。南吴民间收藏协会张大钧作为周华明的帮凶，从老师身上榨取了多少血汗钱，而老师至死不知其中的真相。那个小"武则天"武小玲对老师机关算尽，不择手段，抓住了老师的软肋，骗取了他的信任，老师却把她视为亲人，将一生最心爱的藏品馈赠于她。至于汪东升，表面上对老师毕恭毕敬，关怀备至，实际上道貌岸然，暗藏心机，很可能是武小玲、柳善存、周华明背后的操纵者，而老师却对他从未防范，信任有加，将他作为遗嘱执行人，真是一场大悲剧！看不透人心，容易感情冲动，这是不是老师这一代知识分子的通病？联想到自己也曾作为周华明的作伐，想骗取老师的珍藏，姬曲成感到无地自容！

他觉得老师虽不是个完人，却是个真实的性情中人。他的为人爱憎分明，没有半点虚伪。他对姚桂枝的爱刻骨铭心，至死不渝，令人感慨。柳善存对他百般巴结，当他看清了其真实面目后，便弃若敝屣……

姬曲成在参加完姜昊的遗体告别仪式后，回到家中，把留存的姜昊照片快速放大冲洗，用镜框镶好，上面绾着黑纱，把它挂在中堂。他决定给老师"做七"。"做七"为当地风俗，是指亲人死后每七天祭奠一次，如今一般只做到"三七"或"五七"。

每次"做七"，姬曲成都要头缠白巾，臂佩黑纱，向老师的遗像三拜九叩，然后供上老师生前最喜欢的茅台酒、红烧肉、清蒸白鱼、豆腐脑，还要焚香烧纸。姬曲成烧的不是一般纸钱，他在黄表纸上简单地勾勒出历朝历代的瓷器极品，以祝老师在冥界仍能收藏古玩，并且都是真品、极品。

潘素华对丈夫的这一举动虽不完全理解，但她相信丈夫的做事为人原则，因而积极配合。只是在她对姜昊遗像下跪时，丈夫进行了劝阻。姬曲成对她说："对亡人的跪拜必须出于诚心，否则就是对他的一种亵渎。你对老师并不了解，也没有我这样的感情，所以，就不必跟我学了。"潘素华听从了丈夫的话。她因有家教工作，又要操持家务，有时在丈夫祭拜时来不及吃饭就匆匆出门了。

在做完"五七"的那天晚上，姬曲成看着妻子憔悴的脸色，内疚地对她说："看你忙里忙外这么辛苦，我实在忍心不下，你是不是能把家教辞掉，或者至少辞掉其中一家，我设法在经济上多承担些。"

妻子说："儿子在英国剑桥大学读书每年需要三十万元左右，他准备拿到硕士学位后马上攻读博士，我不拼命为他挣够留学费用，怎么对得起他？你能承担什么？有一些人向你求索墨宝，你从来不好意思收取分文，还要贴上成本。你的书法徒弟徐其亮一年'润笔费'能赚百万，你要是有他的一半，还用得着我这么辛苦吗？我承认你是个才子，可要论经济头脑，你连小学生都不如，甚至像个白痴。"

姬曲成听了心中一堵，想起本地一句谚语，"风不来，树不动，船不摇，水不浑"。"白痴"虽是玩笑式的骂词，但以前妻子从未用过，今天从她嘴里说出，看来并非偶然，很可能是二十多年忍耐的爆发。他安慰妻子道："人与人是不同的，有的人少年得志，有的大器晚成。姜子牙年近七旬，才被周武王重用。齐白石六十岁进京之前，还是个名不见经传的摊头画匠。我相信无论是自己的书法还是历史研究，最终会有所建树。"

妻子说："就算你能载入史册，那也可能是死后很多年的事，远水哪能解得了近渴？当务之急，是你要把自己的才华变现，把儿子培养成一流人才。"

姬曲成反驳道："不是什么才学都能很快变现的，我的研究方向都是冷门，要被社会承认需要一个漫长的过程，'牢骚太盛防肠断，风物长宜放眼量'。要我改为顺应市场的实用主义研究方向，这辈子我可能做不到了。"

妻子说："江山易改，禀性难移，我也不指望你有多大的改变了。不过，正如俗话所说，'穷归穷，家里还有三担铜'。实在不行的话，你珍藏的《松寥神韵》和《逍遥赋》盯着的人很多，只要能够卖掉一本，或暂时抵押给人，就能凑出一大笔钱来。"

姬曲成当即表示否定："那是前辈对我的一片情意，情义无价，岂可当作商品？我宁愿卖房子，也不愿卖这两本书。"

妻子无奈地叹息了一声，道："一夜想了千条路，回家还是磨豆腐，看来靠你是没有什么指望了，还是由我忍辱负重吧。"

一向木讷的姬曲成对妻子这句话突然敏感起来，说："你的'负重'我完全理解，而何为'忍辱'就搞不懂了，士可杀，不可辱，我希望你能和我一样，在任何时候不做有辱于人格的事，素华，你听明白了吗？"

潘素华苦涩地一笑，不再与丈夫争辩。

……

为姜昊做完"五七"，已经过了壬辰龙年春节。春节上班后一个星期，姬曲成向赵炳坤递交了辞职报告，同时提出了回市博物馆工作的请求。

赵炳坤对此感到奇怪，他把姬曲成叫到自己办公室，对姬曲成说："人各有志，不得勉强，但你的请辞报告几乎没有提出正当的理由，今天请你说说清楚，如果能说服我，我决不拦你，但如果说服不了我,只是你一时头脑发热的话,我不仅不准,还要对你批评教育。"

姬曲成憋了半天,终于将姜昊临终前对他说的肺腑之言和盘托出,然后解释道:"我并不认为姜老师说的都对,但其中有些意见值得借鉴,比如说对'鸟神坛'只可作为纯粹的学术研究而不能成为政绩工程,比如说对'文革'的反思。"

赵炳坤稍做沉思便开了口:"我对姜昊教授很尊重,在他的遗体告别仪式上我情不自禁流了泪,因为他是一个有傲骨、有真才实学的老一辈知识分子,所经历的磨难比你我都多。为此他一方面珍惜时代所提供的机遇,同时又留有'文革'后遗症,这从他对你的临终遗言中就可以看得很清楚。不错,'文革'对他的伤害太深了,他至死不能自拔。但是,我们党对这一错误进行了深刻检讨和全面总结,而后又提出了以经济建设为中心,实行改革开放的战略决策,取得了令世界瞩目的成绩。尤其是在尊重知识、尊重人才方面,逐步在思想、氛围、体制上得到了保证。你可以认真想一想,现在各级领导岗位的干部以及其他社会精英,知识分子是不是占了主流地位?这种社会基础和发展态势的巨大变化,从根本上消除了再次产生'文革'的基因。对于历史,我从来不觉得虚无,它不仅是以往人类社会发展的足迹,而且对今天、对今后都有借鉴和推动作用。因为历史不是主要由帝王将相或历史学家创造的,而是主要由人民创造的;统治者为了粉饰太平,给自己贴金,可以篡改历史,而人民也会在抗争中还历史的本来面目。这里所说的人民,包括古代的,也包括今天的;包括你,也包括我。一部《红楼梦》为何形成了庞大的红学体系,因为这里面不仅有文学精华,更有历史的真相。同样道理,'鸟神坛'的研究既揭示了中国传统文化的悠久,又解开了人类历史发展多姿多彩的渊源,这正是我对它十分重视的主要原因。所以,姜昊教授对你的临终遗言,我可以理解,但并不完全赞同。现在,国家的大环境日趋向好,但江河市还有小风雨,但你在市政协搞研究的小环境可能没有别的部门能比得上了,这一点你自己没有体会吗?"

听了赵炳坤的这席话,姬曲成感到其中既有贴近实际的分析,又有气度不凡的信心。但他仍有些心有余悸地说:"赵主席,我承认您的话有道理,可如今像您这样的领导干部已是凤毛麟角,一旦您离开这个位置,'小环境'就很难说了。至于说大环境的变化,那像我这样的书呆子就更难看清了。"

赵炳坤说:"这真是一叶障目,不见泰山。你只盯着我赵炳坤有什么用,而要看到国家改革开放的局面和发展趋势,看到治国的大策。从这一角度看,我赵炳坤算什么?死了我一个,一定会有千百个超过我的人在坚守和涌现。当然,干部中有少数品行腐败的人为所欲为,但我相信他们绝对长久不了,天,终究是人民的天;地,终究是人民的地;官,终究要成为人民的公仆。"

姬曲成说:"我对您说的发展只能说心中也有几分祈盼。目前令我担忧的是,您被拆迁搞得焦头烂额,这分明是有人给您下套,您如何渡过这一难关呢?"

赵炳坤喝了一口水,冷笑道:"这事本不想与你讲,但你既已提及,说几句也无妨。本来拆迁标准都是市里集体决定的,程跃是具体负责人。因为程跃觉得柳善存太专权,事事得向他汇报，柳善存还时常丢开程跃以绝对权威直接指挥，搞得程跃左右为难，心中不快，程跃就将此事推给了我。我出于对程跃的同情和支持，也出于防止拆迁工作中的腐败行为，才挑起了这副担子。经过对拆迁户的认真调查后我才知道，六百多户拆迁户中有二百六十多户临时违章搭建了大量房屋。有些还是上面有人向规划局打招呼审批的。如果满足了这些人的要求，不仅要糟蹋国家的大量资金，而且对那些守法的居民实在不公。因此，我提出对违章建筑一律拆除，并要城管、规划和政法部门直接参与，严格依法办事。这就势必要得罪一部分人，他们来势汹汹，不仅有人在我上班时找麻烦，还有人到我家中胡搅蛮缠。我赵炳坤见的世面也不算少了，知道症结所在，自会对症下药。本来我早就想找你谈话，就因为忙于应付这些事，才一直拖至今天。你在这个节骨眼上向我提出请辞，是不是存心给我雪上加霜？"

姬曲成连忙说："我真不知道您如此为难，更不忍对您雪上加霜，您把我的请辞报告扔进垃圾桶吧。"

赵炳坤说："我没有这个权力，解铃还须系铃人。"他把请辞报告递给姬曲成，又说："你拿回去好好考虑一下，如果还是坚持要走，我一定放人。"

姬曲成把请辞报告一把揉成纸团，扔进了面前的痰盂里。

赵炳坤脸上露出了欣慰的微笑。

……

第九章 东窗事发

转眼间到了正月十五元宵节。在中原大部分地区的传统中,元宵节之后,就标志着"过年"的结束。

这一天江河市很不寻常,发生了两件不同寻常的大事。

第一件事,凌晨在"鸟神坛"顶上发现了一只美丽无比的奇鸟。此鸟为雄性,身长一米左右,尾巴的长度占了近半。头顶金黄色丝状羽冠,上体除前背有一道浓绿色外,其余皆为金黄色。下体深红色,尾羽黑褐色缀以桂黄色斑点。全身羽毛互相衬托,赤橙黄绿青蓝紫俱全,艳丽异常,光彩夺目,无论是观察、行走、嬉戏还是起舞,都极为灵动优雅。

第一个发现它的是习惯于在晨曦中观察"鸟神坛"的姬曲成,而后是松寥的管理人员。

姬曲成一见它就惊呼《山海经》中的名言"凤凰现,天下宁",其他岸上的围观者也跟着欢叫起来。待到此事惊动了动物学专家赶到现场时，此鸟已飞走，无影无踪。专家从姬曲成拍摄的现场照片进行了仔细分析，确认这是红腹锦鸡，习惯生长于宁夏地区。至于如何到了松寥山，一时无法解释。而姬曲成却执拗地认为，此乃传说中的凤凰！这事传到了赵炳坤那里。赵炳坤告诫姬曲成："你对'鸟神坛'的执着研究是令人敬佩的，但研究一定要坚持科学精神，决不能牵强附会，更不能带有任何迷信色彩。"姬曲成嘴上称是，心里却在嘀咕：凤凰的真实形象谁都没有亲眼见过，说不定"红腹锦鸡"就是凤凰基因变化的产物呢？再者，"红腹锦鸡"为何会突然出现在"鸟神坛"？又为何会在瞬间神秘地消失呢？

第二件事，市委办公室临时用电话通知赵炳坤，要他参加下午两点整在市委会议室举行的接受捐款仪式。据说是晨光集团董事长费明贵亲临江河市，为"鸟神坛"项目捐赠六千万元，为此江河市四套班子的一把手和相关部门的主要领导都要准时到场。此事对大多数人来说简直是喜从天降，但赵炳坤却觉得其中有些蹊跷。他把姬曲成喊到面前，询问费明贵以前是不是关心过"鸟神坛"。姬曲成说"不知道"。他又问"鸟神坛"项目与晨光集团在利益上有无关联，姬曲成的回答仍是"不知道"。他再询问费明贵对中国文化尤其是"鸟神坛"是不是有所研究，姬曲成的回答还是"不知道"。姬曲成的一问三不知，更引起了赵炳坤对其捐款动机的疑虑。就在这时，姬曲成压抑多时的情感骤然爆发，他大声说道："赵主席，费明贵的捐赠大有文章！"

赵炳坤一惊："你何出此言？"

姬曲成问道："赵主席，您还记得汪东升将姜昊老师的私人博物馆无偿捐赠给晨光集团这件事吗？"

赵炳坤说："当然记得，晨光集团有一个规模较大的博物馆呀，把全部藏品捐赠给它不是姜昊教授的遗愿吗？"

姬曲成一声叹息，道："姜昊老师的初衷是将自己的藏品捐赠给南吴博物馆，因为汪东升说南吴博物馆不接受，才改捐给晨光集团的。据我了解，汪东升……从来就没有与南吴博物馆联系过，他……蒙蔽了姜昊老师，实现了自己蓄谋已久的企图。现在费明贵对'鸟神坛'项目的所谓捐赠，只不过是一种做贼心虚的表演而已。"

赵炳坤听后十分诧异，道："晨光集团是央企，其博物馆也是公有的，汪东升将姜昊的藏品捐给它并没有什么大错呀，你为何把问题看得如此严重？你别急，把其中的奥秘细细说给我听。"

姬曲成觉得自己对古玩界的了解派上了用场，说不定还可以立功，说得更为流畅："晨光集团的董事长费明贵，我不仅认识，还与他打过交道。他在企业建有一个博物馆，同时自己家中又有一个私人博物馆，不过，并未冠名挂牌，对外也不张扬。我是因为陪同肖道一馆长受邀参加鉴定才知道这一情况的，并知道费明贵对古玩界了解颇深。这样一个人物，一旦……能够操控姜老师的藏品，就能够搞得天翻地覆呀。比如说，他可以将姜老师的藏品在国内几个有名的拍卖行进行多次专拍，将藏品的价格翻几倍甚至几十倍是轻而易举的。也就是说，姜老师这批被评估为十个亿的藏品完全可在几年内变成价值上百亿元。"

"上百亿元？"赵炳坤不太敢相信地问，"这不是为国有资产增值了吗？那是天大的好事呀。再说，你一直认为姜昊的藏品中有不少赝品，既然如此，怎么能拍得出去？"

姬曲成这时已有些得意忘形，歪着脑袋对赵炳坤说："您因为是古玩界的门外汉，所以才会有这么多惊奇。其实，在当今中国，古玩的真假很难说得清，一个人的名气往往可以压倒一切。姜老师是人所共知的收藏大家，他既是历史学教授，又是考古专业出身，藏品真假混杂，只要找几个高级托儿煽风点火，蒙骗不知情者真是易如反掌。再说了，按照……拍卖行的规矩，对买者和卖者都必须保密，这样一来，买者和卖者看上去是不同的身份，实际上完全可以是同一个人。由10亿元炒到百亿元，貌似国有资产增值了，其实……那是虚值，是欺骗外界的。真正的受益人是操纵者。比如说，费明贵通过操纵姜老师的藏品，为国有资产增值了90亿元，他完全有理由花二三十亿元购买另一批藏品，卖给自己集团的博物馆，而这些藏品，恰恰是费明贵的私人博物馆提供的，这里面可能会用少量真品来做宣传，但大多数是高仿品。卖者和拍卖行成了共同的利益，谁都不会拆穿其中的西洋镜。并且，因为是公开拍卖，有凭有据（拍卖行只提供佣金发票），想查清楚也并非易事。"

赵炳坤听得有点入了迷，夸道："老姬，真想不到你看上去傻乎乎的，说到古玩界却是头头是道。按照你的逻辑，汪东升把姜昊的私人博物馆捐献给晨光集团，这里面必有猫腻。但逻辑推理不能代替事实，如果拿不出有力的证据，我就只能权当听你传授知识，而不能确认它是真事。"

姬曲成说："我有证据。姜老师不知出于何因，把最值钱的从法国捡漏回来的十五件永乐瓷器馈赠给了武小玲。而武小玲得到的这批瓷器，现在已经到了费明贵家中的博物馆。费明贵亲口说是汪东升'让'给他的。这事肖道一馆长可以做证。前几天我陪肖馆长参观费明贵的博物馆时亲眼所见、亲耳所闻。费明贵在古玩上主要靠肖馆长掌眼，加之肖馆长的嘴严得很，费明贵很信任他，我也才有幸知道这些情况。至于武小玲怎么会把这批价值不菲的瓷器转到汪东升手里，汪东升'让'这批货又得到了多大的回报，那就得由权威部门去认真调查了。"

赵炳坤听到这里，突然一拍大腿，猛地惊醒：陈逸新要我暗查汪东升与周华明的真实关系以及周华明的犯罪事实，自己最近一直被拆迁之事缠着脱不开身，根本无暇顾及，现在看来，这很可能是他们早就设计的陷阱，我上了他们的当！不管是汪东升还是柳善存，他们哪会真的对"鸟神坛"项目感兴趣？他们只是想借此搞点政绩，捞点油水，或实施自己不可告人的阴谋。而周华明与他俩暗中配合默契，可见其中有微妙的关系。自己对此却没有完全看透。想到这里，赵炳坤深深地自责，并对让自己进入陷阱的主谋有了更明确的判断。他朝着自己的脑袋猛击一拳，然后用手机拨通了陈逸新的电话，开口就问道："陈书记，汪东升现在在何处？"

陈逸新回道："他于正月初六带了一个环保考察团到美国考察去了，这事你应该知道呀，你们市不是有一位分管副市长参加吗？按照预先的规定，他今晚就要带队返程。"

赵炳坤浑身一颤，道："陈书记，我估计他肯定不会回来了。"

陈逸新问："你何出此言？"

赵炳坤说:"电话里说不清,我当面向您汇报吧。"说完,立即叫乔秘书长备车。

乔秘书长说:"赵主席,要不要我跟着一起去?"

赵炳坤说:"不用了,我只能带姬曲成。另外,你告诉市委办公室,就说我身体不适参加不了晨光集团的捐款仪式,由沈福兴副主席代表。"

赵炳坤和姬曲成来到陈逸新的办公室时,已近下班时分。

陈逸新招呼他俩坐下后,指着姬曲成问赵炳坤:"这位同志看上去很面生呀。"

赵炳坤赶忙介绍:"他就是松寥山'鸟神坛'的发现者姬曲成,我把他挖到了市政协搞研究工作。"

陈逸新立即站起来热情地握了一下姬曲成的手,说:"久闻大名,你学问很深呀,一直对不上号,今天有幸相见,我很高兴,有空时我要向你请教'鸟神坛'方面的知识。"

姬曲成有些不知所措。

赵炳坤说:"陈书记,今天我可不是带他来向您汇报'鸟神坛'项目的,而是紧急向您反映汪东升的有关情况。"接着,他让姬曲成把汪东升向晨光集团捐献姜昊私人博物馆,以及在费明贵家中发现汪东升转让的永乐瓷器等情况如实向陈逸新做了汇报。

陈逸新听完姬曲成的叙述后,对他说:"姬曲成同志,看来你既是个行家,又是个有心人,让我对古玩界与官场的关系有了粗浅的认识,也为我们提供了一条重要的线索,我非常感谢你。"说完,停顿了一下,对赵炳坤递了个眼神,继而说,"姬专家,我要跟炳坤同志单独谈点事,你暂时在我办公室对面的会议室休息一下,里面茶水都有,你自己请便,实在抱歉了。"

姬曲成连说"好的,好的",知趣地退出办公室。

待姬曲成带上办公室的门后,陈逸新的脸色显得严峻起来,他对赵炳坤说:"汪东升的问题比我想象的要严重得多,除了你们刚刚提供的这条线索,周华明的妻子姚桂枝也给我送了举报他的材料,里面有不少事涉及汪东升。"

赵炳坤问:"姚桂枝是什么时候向您举报的?"

陈逸新说:"她前脚走,你们后脚就来了。按她的举报,周华明在前几年偷税漏税就达一个多亿。这里面离不开汪东升和柳善存为他穿针引线。此外,汪东升还为他在重大工程项目上打招呼。而周华明对汪东升也投桃报李,不仅为他儿子提供了五十万美元的上学费用,还帮助他儿子成为投资移民,并兼任华明集团美国分公司的投资总监。这都是姚桂枝在任集团财务总监时亲自掌握的情况,看来比较可信。"

赵炳坤说:"这个'廉政模范'的所作所为真是触目惊心呀。您是从爱护他的角度要我查清他与周华明的关系,我在市公安局和检察院有几个可靠的人一直在努力,但因为柳善存和他的心腹从中作梗,调查无法深入下去,后来还企图通过拆迁事件拖住我、搞垮我。要不是姚桂枝与周华明夫妻反目,这些事的真相还不容易揭开。现在您决定怎么办?汪东升可是中央直管的干部。"

陈逸新说:"我已与中央纪委领导通了电话,请他们速派调查组对汪东升立案调查,但这一两天暂时必须稳住阵脚,因为按规定汪东升所率的代表团今天晚上九点钟要返回,现在他们快要登机了，只有确定他登机之后，我们才能采取行动，以免打草惊蛇。"

陈逸新刚说到这里，省纪委书记叶子明就向他打来电话，说根据考察团同志来电证实，今天下午突然不见了汪东升的踪影，手机也无法接通。大使馆的同志刚刚摸清情况，汪东升已正式提出政治避难。

陈逸新痛骂了一声："这个败类！"他对叶子明说："此事你立即向中纪委报告，并通过他们转告大使馆，尽一切力量找到汪东升，万一找不到，我们就要做最坏的打算。你通知一下省政法委、省公检法安一把手，当然，你是少不了的，今晚八点到省委会议室召开紧急会议，具体内容暂时保密。"

当陈逸新接完电话回到与赵炳坤谈话的位置时，心情显得十分沉重，他长叹一声道："可怕呀可怕，炳坤同志，汪东升发展到叛逃，这事我有不可推卸的责任。前几年我一直被他的伪装遮住了眼，对他是予以重用的。自你向我反映对他的疑点后，我才有所警觉，想不到他不仅不思悔改，反而变本加厉地预谋叛逃，这个教训实在太沉痛了。"

赵炳坤说："这事的确发人深省，可您也不必过于自责。汪东升混迹官场二十多年，一直是有口皆碑的'廉政模范'，即使他伪装再巧妙，也总有露出破绽的时候，可我们一直没有发现，说明还是有他生长的土壤存在。因此，只有大刀阔斧地进行政治体制改革，才能逐步根除大大小小的汪东升式人物。"

陈逸新说："你这话说到了点子上，党中央已经在这方面做了重大部署，从严治党、依法治国将成为重大国策，我们党和国家的政治生态和环境一定会日趋转好。正因为这样，我决不能推卸自己的责任，一定要向中央做出深刻检查。"

赵炳坤说："这事缓一步再说吧。当务之急，是如何彻查汪东升的违法违纪的事实，按理这是省委的事，我无权过问，但从一个共产党员的责任出发，我必须向您提出建议。第一，首先要控制住犯罪嫌疑人周华明，因为他随时都有潜逃并与汪东升会合的可能……"

陈逸新打断他的话："你能确定周华明现在不在美国吗？"

赵炳坤说："能确定。他昨天还在家中，在拆迁项目上出谋划策，利用一些有私心的人兴风作浪，向我发难。但是，他老婆跑到您这里来举报，他不知会不会有所察觉。所以，今天晚上必须把他控制起来。并且，这事不能让柳善存负责，而要由省里直接派人下去，我可以做些配合工作。"

陈逸新点了点头，道："我立即会叫省公安厅抽调力量赶赴江河市，拘捕周华明的事由你全权负责。不过……你刚才说到'第一'就被我打断了，现在继续说你的思路吧。"

赵炳坤继续道："第二，必须立即控制晨光集团的费明贵。第三，必须立即控制住武小玲。第四，必须立即控制住柳善存，他与汪东升的关系非同一般，自己也有很多问题。不控制住他，江河市的许多工作就无法展开。"

陈逸新伸出右手，感激地紧紧握着赵炳坤的手，道："炳坤同志，你想得很周到，我会立即布置下去。不过，对柳善存还只能先让他停职检查，待确认他违法乱纪的事实，才能对他采取进一步的措施。"

赵炳坤站了起来,说:"有您这话我就放心了,您还有这么多紧急事情,我就不耗费您的时间了,您赶快回家吃晚饭吧。"

陈逸新说:"还吃什么晚饭,我叫司机买一份外卖在办公室扒拉几口就算了,倒是你,年纪毕竟比我大十岁,这段时间又受尽了冤枉气,一定要注意保护自己的身体。"

赵炳坤说了声"谢谢关心",向陈逸新挥了挥手就直奔门外。刚走到门口,陈逸新又叫住了他,郑重地对他说:"炳坤同志,现在江河市是非常时期,我必须要采取一些非常措施,你要准备好多挑担子,帮助组织积极推荐江河市市委书记人选。"

赵炳坤说:"您可以让程跃挑起这副担子,我一定积极支持配合。"

陈逸新说:"程跃太软弱了,从外地调人过来又不能很快熟悉情况,最好从本市的班子中物色人选。"

赵炳坤说:"人都是需要压力才能成长,程跃可以的。"

陈逸新嘿嘿一笑:"我再考虑考虑。"

……

赵炳坤到家还未来得及吃晚饭,省公安厅副厅长朱威就给他来了电话:"赵主席,我带领刑警支队的同志已到江河市。奉陈逸新书记的指示,听您安排。"

赵炳坤说:"你们真是雷厉风行,请其他同志暂时按兵不动,你来我这里一趟,我们商量一下。"

朱威说:"明白了,我大概十分钟就可以到。"

赵炳坤匆匆吃了一碗面条,就赶到市政协,将已在那里等候的朱威请到了自己的办公室,然后对他说:"你们的行动必须得到江河市公安局的配合,但我怀疑江河市公安局局长与此案有染,不便让他参加。我把市局负责刑侦的副局长何勇叫来,此人可靠,也与你对口。"

待何勇一到,朱威就和他商量,定出了抓捕方案:朱威从省厅里抽出一批力量,布控省城的公路出入口、机场、火车站、码头,因为犯罪嫌疑人最有可能隐藏的地点除了江河市就是省城。何勇负责布控江河市的交通要道。行动内容保密。

赵炳坤请朱副厅长带几个人和他去拜访周华明的妻子姚桂枝。

朱威立即表示同意,但何勇却提出异议。

何勇开始对单叫他来参加行动还有些云里雾里,但听到周华明的名字,又见赵炳坤根本就不提局长高茂林,心中立刻就明白了。他在电话中向相关人员布置了工作,然后对赵炳坤说:"我建议朱副厅长坐镇统一指挥,由我带人陪您去找姚桂枝。因为周华明养了一批打手,非常凶悍,加之他家的别墅结构复杂,还有暗道机关,我对这些情况比较了解,有利于防止不测。"

赵炳坤觉得何勇讲得有道理,便对朱威说:"那就辛苦你了,我立即和何副局长去,向姚桂枝了解情况,然后再与你联系。"

赵炳坤和何勇来到"周公馆",姚桂枝将他们带到了别墅的三楼。

这层楼除了一个主卧室、一个副卧室外,还有一个接待室、一个麻将室、一个司乐克室、一个健身房。

赵炳坤对姚桂枝说道:"你给陈逸新书记的材料我已知道,今天来这里一是对你的正义之举表示感谢,二是想请你帮助我们找一下周华明。"

姚桂枝将赵炳坤和何勇带进接待室，坐定后缓缓地说道："我与周华明的婚姻是个悲剧。在大学读书时，他先导致姜昊下体致残，然后用极其卑鄙的手段骗奸了我。当时，没有法律这个概念，他又是造反派小头目，我无处申诉，也躲避不了，这才勉强与他结了婚。在他没有发迹之前，生活还算平静。随着财富的增加，他纵情于声色犬马，与我的感情彻底破裂。我与周华明分室而居已近四年，他到任何地方都不会告诉我。好在公司中我还有几个心腹，对他的违法行为和行踪基本了解。昨晚他和市公安局的高茂林局长等人在我家打麻将，今天吃过中饭和市地税、国税的人一起出去钓鱼。钓鱼结束后他们没有在一起吃饭，他也没有回家。我猜想他十有八九又在藏娇之处鬼混了，看来今晚不会回来。"

赵炳坤问："你知道他的藏娇之处吗？"

姚桂枝苦涩地一笑，道："俗话说狡兔三窟，他又何止三窟！不过，他在本市的几窟我大致清楚。如要及早确定寻找方向，还得麻烦您先打个电话给姬曲成，问问他的妻子在不在家。"

赵炳坤心中暗惊，这与姬曲成的妻子有什么牵连呢？她可是个品行端庄的贤妻良母呀！但时间紧迫，他来不及细问，就与姬曲成通了电话。

姬曲成告诉赵炳坤，他妻子一吃过晚饭就出门做家教去了。

赵炳坤把这一情况反馈给姚桂枝，姚桂枝立即若有所悟地对赵炳坤说："我知道他在哪里了，你们跟我走吧。"

车子开了十分钟左右，来到了鳌山湖畔。鳌山湖湖面近十平方公里，这里山水相连，绿茵围堤，波光潋滟，风景如画。尤其到了晚上，这里弥漫着寂静而神秘的气氛。湖畔有一个名曰"水悦山庄"的别墅群，其档次和价格为全市之冠，是权贵们的栖身享乐之园。

姚桂枝因有"水悦山庄"特殊标记的钥匙，轻松地进了大门，在靠近湖面的8号楼前停下了车。这幢别墅只有三层楼，面积大约六百平方米，前庭后院占地都不少于两亩。由于这里的别墅前庭都不围栅栏，大概是想给人以宽敞、开放的感觉。所以，姚桂枝带着赵炳坤、何勇等人轻而易举就到了大门前。周华明不知是由于懒散还是出于方便考虑，总不喜欢把车开进车库。姚桂枝见门前的奔驰S600，就知道周华明已在别墅里了。她没有按门铃，而是从小拎包中摸出事先叫心腹配好的钥匙，很快打开了大门。

一楼大厅里只亮着几盏幽幽的夜灯。姚桂枝对赵炳坤和何勇说："他正在与潘素华鬼混呢，你们去三楼的卧室抓现场吧，我在下面等着。"

赵炳坤一想到女方可能是潘素华，便觉自己决不能去现场，他对何勇说："你带几个刑警上去，我陪姚桂枝同志谈谈心。请千万注意，执法时既要严谨，又要注意文明。"

何勇带着四位刑警蹑手蹑脚来到三楼，楼内灯光暗淡，空无一人。何勇贴着卧室的门听了一会儿，听到里面传来隐隐约约的嬉笑声和喘息声，便从上衣口袋中掏出一张薄薄的硬塑片，对着锁舌部位的门缝里插了几下，门就被悄然打开。

周华明正在与一个女子颠鸾倒凤，感觉有人走进房间，心中又惊又怒，细细一看，为首的是市公安局副局长何勇，知情不妙，却还是佯装镇定，愠怒地说："何局长，你私闯民宅，这是违法的，谁给了你这样的权力和胆量？"

何勇亮出拘捕证："周华明，我这是奉命执法，别跟我装模作样，更不要做无谓的抵抗了。"

周华明听了这话，只有几秒钟的震惊，然后就毫不在乎地说："执法执到我的身上，看来你们吃了豹子胆。我是在搞女人，但这是两相情愿，有哪条法律规定民营企业家不能有情妇？请你们转过身去，老子要穿衣服！"

那个在他身下的女人却吓得浑身发抖。

何勇叫同伴拍摄下现场，他自己在原地转过身去。

大约两三分钟后，何勇转过身来，见周华明和那个女人已穿戴整齐。待何勇看清那个低着头的女人时，心中惊诧不已——天啊，怎么会是潘素华，她可是自己儿子的老师呀。

何勇等人押着周华明和潘素华走出房间。

周华明一脸不屑，大摇大摆。

潘素华却脸色苍白，步履蹒跚。

待走到二楼台阶处时，潘素华大概看到了楼下的赵炳坤和姚桂枝，她突然使劲跃过楼梯护栏，头着地跳了下去，顿时鲜血四溅。

赵炳坤被这突如其来的场面惊呆了，他忙问何勇是怎么回事。

何勇说："这个女人就是姬曲成的妻子潘素华，因为我们没有把她作为犯人对待，盯得松了一点，哪想到她会突然跳楼！"

一向镇定自若的赵炳坤一时也惊得僵住了身体，他嘴里念叨着："怎么会真的是潘素华？她为何要跳楼自杀？"

少顷，他对何勇说："你的车押送周华明，再派一辆车迅速送潘素华到人民医院抢救，只要有一线希望，就要不惜一切代价，我来向医院领导打招呼。"

……

潘素华由于伤势过重，虽经医院全力抢救，但最终还是未能保住性命。

由于人命关天，专案组首先对周华明与潘素华的关系进行突击审讯。可任凭审讯人员问什么问题，周华明总是闭着眼睛装死，只字不答。

为击溃周华明的心理防线，审讯人员对他说："你的保护伞汪东升、柳善存等人都完蛋了，没有任何人救得了你，你如顽抗到底，只有死路一条。"

周华明听后只是稍稍愣了一下，然后睁开眼睛说："你们如果不调查、不伤害我的子女，那我就交代一切，若做不到，我这个黄土埋身之人便绝食而亡，决不吐一个字。大丈夫活要活得潇洒，死要死得壮烈。"

审讯人员觉得一个罪大恶极的人还敢提条件，并自诩为"大丈夫"，真是太嚣张、太猖狂了。但为了尽快突破案情，只得违心地答应，作为权宜之计。

周华明这才开始交代问题，首先交代了他与潘素华的关系。

周华明原来并不认识潘素华，因为部下钟礼民推荐潘素华当他外孙的家庭补习教师,他才与之熟悉。他与潘素华几次接触以后,就产生了俘获她的念头。自五十五岁以后,周华明选择情人的标准发生了很大的变化。由于体力的衰退和情趣的转移,他不再需要妙龄少女,更希望得到有情调、有气质的知识女性。潘素华很符合他的选择条件。他得知潘素华拼命工作为给儿子挣留学费用,这就更让他胜券在握。但因为夫人和晚辈在家,他不敢在家中轻举妄动。有几次他以检查教育质量为名,向潘素华发出暗示:"只要你对我好,你儿子出国留学的费用我全部包下。"想不到遭到了潘素华的明确拒绝。这不仅没有让周华明气馁,反而更激起了他的征服欲。他耐心等待着机会,这一机会终于在前面所说的那个暴风骤雨的晚上出现了。

周华明看着这种恶劣的天气,料定没有他开车相送,潘素华是回不了家的,因此,他事先在潘素华所喝的茶水中放了迷幻药,在潘素华上课结束之后,又假意以关心帮助为名开车送她回家。就这样,他把处于迷幻状态的潘素华带进了"水悦山庄"的别墅中,第一次对她进行了强行奸污。

当潘素华清醒之后,发现自己赤身裸体躺在周华明的怀中,她羞愤交加,大骂周华明,并扬言要向公安机关告他强奸。

周华明听了嘿嘿阴笑道:"我们的山庄和我别墅的各道门上都装有摄像头,它可以证明你是心甘情愿跟着我进来的,这怎么能算强奸?你若上告,只会使自己身败名裂,我不会损失半根毫毛。相反,你若能从此和我好,真心实意地听我的话,我保证你儿子出国费用无忧。"言罢,将一张银行卡塞到潘素华手里,道:"这里面有三十万元,仅作为我的定金,待你儿子出国时,我再给三十万元，决不食言。"

潘素华想到已无法洗刷自己的清白，加之儿子的出国留学费用也是她目前的最大忧虑，便在痛苦和矛盾中接受了周华明的这张卡。

自此之后，潘素华就摆脱不了周华明的纠缠了。她按照周华明的建议，辞掉了另一家家教工作，而将空出来的时间来陪伴周华明。姬曲成因埋头于研究"鸟神坛"，加之对妻子也十分信任，根本就没有想过对她防范。

周华明倒也说话算数，在姬峻茂出国留学时，他又豪爽地给了潘素华三十万元。潘素华觉得这个人至少是说话算数、慷慨大方的，耻辱感便逐步减弱。同时，由于她跟丈夫的房事长期都是千篇一律、刻板无趣，而周华明层出不穷的花式和技巧却在无意中唤醒了她在性方面的乐趣，更让她在深陷的泥潭中难以自拔。直到突然被公安人员当场捉奸，而且捉奸的为首者是她学生的父亲，她才觉得无法面对丈夫、儿子和世人，便横下心来决心自尽了断……

周华明对设计用假古玩坑害姜昊一事，也道出了他真实的意图。他与姜昊的仇恨，始于对姚桂枝的争夺。他虽然最终娶了姚桂枝，但深知在姚桂枝的心中始终没有忘掉姜昊，这使他深感耻辱。尤其是"文革"结束后，姜昊身上的光环越来越多，而他却成了丧家之犬，内心愤愤不平。在他和杨凡制作出第一批宋代定窑赝品时，姜昊误打误撞地成了这批赝品的鉴定家和买主，由此他有了向姜昊复仇的方向。他绞尽脑汁、编织网络让姜昊在他挖的坑中越陷越深。如果说他前期主要是为了骗姜昊的钱，到后来就不是为钱了,而是要让姜昊永远为他打工,并让姜昊身败名裂。他带杨凡等人上松寥山,除了祭祀,还另有图谋。姜昊因为发现松寥山"鸟神坛"声名大震,周华明就决定仿照宋定窑制作一个"鸟神坛"器型的瓷器,引他上钩。为此,他带着杨凡等人到松寥山进行实地考察,不料发生了意外。

周华明对策划以钟礼民为首的一部分拆迁户对抗执法,围攻诬陷赵炳坤一事供认不讳。这不仅仅是他受到汪东升和柳善存的指使,而且是因为他早已感觉赵炳坤有意与他作对,是他最大的威胁。他欲借用拆迁事件搞倒赵炳坤,如果这一步棋达不到目的,他还有后招。孰料他还未来得及动手,自己却身陷囹圄。

至于他向汪东升、柳善存等人行贿和偷税漏税之事,他都如实作了交代。

如果说周华明对汪东升和柳善存有什么抱怨的话,那就主要集中在两方面:一是他们没有斗得过赵炳坤;二是他们没有帮他实现控制"鸟神坛"项目的股权的愿望。

专案组看了周华明的交代材料,认为基本可信。下一步的重点工作是进一步查清周华明与汪东升、柳善存及其他官员勾结的情况,以利于夯实证据。

当赵炳坤将潘素华与周华明的关系和真实死因如实告诉姬曲成时,姬曲成根本不信,后来看到一系列证据,再联系到妻子近年的反常行为,才如梦初醒。他哭着对赵炳坤说:"我不怨天,不怨地,只怨自己对妻子太不关心;我不要周华明的任何赔偿,不要政府的任何抚恤金,不要任何宣传报道,只请求您让专案组暂时保守秘密，不让我儿子知道事情的真相，对外就说她不慎失足坠楼而亡。"

赵炳坤说："这本是周华明的一条罪状，如果不加以追究，有悖于法律的尊严。再说，纸总是包不住火，真相是不可能长期瞒住的。"

姬曲成泣不成声地说："法律要尊严，我和我的儿子也要尊严，目前我儿子在英国正准备考博士，要是知道了事情的真相，很可能会毁了他一辈子的前程。在他经过历练、有了心理承受能力后，再让他知道真相也不迟。"

赵炳坤思忖片刻，道："我理解你的心情，可以做个变通，对周华明在这件事上要依法追究，但对外暂时保密。不过，我很担心你能否经得住这么大的打击。要不，你先把手头的事情暂时放一放，到疗养院休养一段时间吧。"

姬曲成捶着胸口说："我……我是这里受伤，疗养院能治得好吗？虽说我这个人没什么出息，但外界都羡慕我有一个温柔贤惠的妻子，不料……她却干出了这种丢人的事，我在人面前还怎么抬头？老天啊，你为什么要这样惩罚我，我这辈子可没有干什么坏事呀。"

赵炳坤一时也想不出如何来安慰这位性格怪僻的奇才，扶住姬曲成的肩膀说："曲成啊，我真为你难受，为你心痛，你就痛痛快快地哭一场吧。可是，事情发生了，还是要面对现实，不能永远沉浸在悲痛怨恨之中，这样不仅于事无补，还会伤害你的身体。从明天开始，我允许你上自由班，直到心情基本平静后再正常上班。不过，我要你完成一项额外的任务，抄写《心经》一百遍，抄完后交给我，我到时再与你交流，好吗？"

姬曲成知道，《心经》的精髓是"缘起性空，无常无我"这八个字。赵炳坤从不信佛，他为何让自己抄《心经》呢？姬曲成不想也不愿追问，他答应了赵炳坤的要求。

对于武小玲，公安局开始时只是对她传讯，后来才实行刑拘。

武小玲虽然聪明绝顶，心机过人，但她毕竟没有经过什么风雨，加之失去了靠山，心理防线一击即溃，基本上是审讯人员要她交代什么问题，她就如竹筒倒豆子和盘托出。可即使是在这样的时刻，对审讯人员未提及的问题，还是没有主动交代，尤其是姜昊已经去世，又不是公安局审讯对象，所以，有关她与姜昊的暧昧关系，没有半句吐露。

她主要是根据审讯人员的提问，交代了自己与柳善存和汪东升的关系。此时此刻，她恨透了汪东升这个道貌岸然的伪君子，因为他对自己既骗色又骗财，让她美梦成空，陷入绝境，所以，她对涉及汪东升的事说得特别详细。

汪东升自第一次见到武小玲，就对她产生了邪念。但他不像柳善存那样急吼吼的，而是细心观察，等待时机，以期水到渠成，并让对方痴心不改。因为他毕竟地位高，口碑好，尤其是深得姜昊的欣赏和信任，同时，他又知道姜昊天王老子都不怕的性格，一旦翻脸，六亲不认，要动武小玲必须格外小心。只是因为柳善存对武小玲的苗头越来越不对，很可能要赶在自己前面抢夺先机，他才被迫提前出击，未料还是慢了一拍，做了柳善存的"接班人"。

武小玲第一次与汪东升私会，是在与柳善存发生关系一个星期后的下午，姜昊出差未归。汪东升主动打电话给武小玲，叫她打的到"阅江天地"别墅群6号楼，他请她吃晚饭并有要事相商。武小玲欣然赴约了。

"阅江天地"建于金宁市城东的狮子山下。狮子山濒临长江，依山傍水，风景绮丽。尤其是山上建有闻名全国的"阅江楼"。此楼碧瓦朱楹，檐牙摩空，朱帘风飞，彤扉彩盈，明代风格，皇家气派，为江南四大名楼之一。按照原定规划，"阅江楼"周围十五平方公里之内不允许建高楼大厦和别墅群，但一位实力显赫的地产商管书豪通过汪东升的暗中斡旋，以与"阅江楼"配套建设为名，于前年开发了"阅江天地"，其建筑风格与"阅江楼"相似，在这样的特殊地段，加之品位如此高档，其价格的昂贵就可想而知了。当然，管书豪决不会让汪东升白辛苦，他把建筑面积为五百平方米的精装修6号别墅送给了汪东升。汪东升没有以自己或家人的名字登记入户，而是把户主写作姜昊。因为他深知姜昊不可能与他争产权，何况他将成为姜昊的遗嘱执行人，一切都在他的掌控之中。将来万一被查，姜昊如果活着，肯定能替他遮挡；如果他已死亡，那就死无对证了。

待武小玲到达"阅江天地"6号楼时，已是五点多钟。太阳似飘浮在大江远处，江水从近处看流波宛转，从远处看却是一片通红。6号楼别墅是临江的最好位置。前庭后院有奇花异木，小桥流水，别致石山。走进室内，处处显示出富丽堂皇，精雕细刻。武小玲觉得自己置身于传说中的皇宫里了，她将信将疑地问汪东升："这别墅难道真是您的吗？"

汪东升把她安置在可以直观江景的一楼白色沙发上，然后在她身边坐下，微笑着说："为什么我就不可以有别墅？当然，现在它暂时属于我，如果哪一天我能找到合适的女主人，那就属于她了。"

武小玲通过柳善存的训练，已经懂得此话的含义了，试探着说："这个女主人如同皇后，各方面的条件一定非同寻常吧？"

汪东升摇摇头："她与皇后不同，皇后为了与其他嫔妃争宠，每天都要绞尽脑汁，巧施手段，而她却是我唯一心爱的人，无忧无虑，纵情享受。至于她的条件嘛，其实很简单，只要她清纯善良，年轻貌美，对爱情忠贞不渝就足够了，出身、地位、学历等世俗的条件对我来说都无足轻重。"

武小玲说："你讲得简单，实际上能满足您条件的人天下难寻。"

汪东升诡秘一笑："哪里难寻，她远在天边，近在眼前。"

武小玲脸色通红，羞羞答答地说："汪主席，您是跟我开玩笑吧？"

汪东升把身子朝武小玲靠了靠，用右手搭住她的肩，直视武小玲，很认真、诚恳地说："小玲，你虽然是一个农村姑娘，但可谓清水出芙蓉。我对你是一见钟情，只是碍于老师的面子，加之我看出柳善存对你也有心思，便只能将这份情埋在心中。今天，是我拿到这幢别墅钥匙的第一天，我情不自禁地想到了你，终于冲破了内心的束缚，请你在此约会。我已经为你配好了一套别墅的钥匙，并为你备好了一张卡，卡里面有五十万元，你觉得需要添置的东西可以随意购买，不知道你愿不愿接受？"

武小玲握着汪东升按在她手里的钥匙和银行卡，一时不知所措，因为这一切来得太突然了。她根本就没想到谦谦君子汪东升对自己一见钟情，而且出手惊人。比之于柳善存，他不仅慷慨大方，而且儒雅温柔，是自己梦想中的天之骄子，终身靠山。可惜，他年龄偏大，地位太高，外面也不一定没有别的女人，自己若把一生托付于他，是不是会如同唐玄宗的才人武媚娘一样，一朝后宫争宠，凶险未卜……

汪东升似乎看出了她的心思，趁热打铁道："小玲，我绝不是花花公子，你是我的唯一。我实际上与妻子早已离婚，只是为了顾及家庭的面子和外界的影响，才暂时离婚不离家，且此事对外一直保密。待到时机成熟，我会堂堂正正地娶你，让你成为世界上最幸福的人。当然，我毕竟年龄比你大许多，不知自己还能活多少年，但一定会先你而去。我去后一切财产归你，还允许并希望你能另觅自己的意中人。这是我为你的人生描绘的蓝图，你还感觉不到我对你的真诚吗？"

武小玲终于被汪东升的言行打动，投入了他的怀中……

后来，武小玲怀孕了。汪东升怕影响到自己的声誉和前程，开始时坚决要求武小玲把孩子做掉。可武小玲却不从，她说自己不忍扼杀这个小生命，无论如何要把他抚养成人，如果汪东升怕受牵连，她可以暂时远走高飞，隐姓埋名，待孩子长大后再与他相认。其实她内心想的是只要有孩子这根纽带，她就能把汪东升紧紧绑住。

不料姜昊与柳善存反目，向省委书记告了一状，不仅让柳善存陷于危机，武小玲也胆战心惊。因为在亲子鉴定时，武小玲根本就不知道孩子到底是谁的，万一鉴定出是柳善存的，那她跟汪东升就无法交代。好在鉴定的结果排除了柳善存是孩子的生父，她才有机会向汪东升表示自己的忠贞。

不过，"亲子鉴定"这一风波倒使汪东升警醒起来。他为了彻底排除外界对自己的嫌疑，便请周华明帮武小玲的孩子物色一位"生父"，并演出了一场"明媒正娶"的大戏。孰料周华明为得到姜昊的那批珍贵瓷器，竟安排自己的私生子贺之杰假戏真做，差点乱了阵脚。汪东升听了武小玲的哭诉，当机立断，让她返回姜昊处，并向她亲授了对姜昊的哀兵之计。在此之前，他指使武小玲要挟柳善存买下了姜昊楼下的一套房子，为的是脾气古怪的姜昊万一不收留武小玲，她也有个住处，同时，又可让她密切监视姜昊那批珍贵瓷器的去向，可谓一箭双雕。

如果不是察觉到赵炳坤和陈逸新对他的怀疑，不是嗅到了一场风暴即将来临，汪东升还可能与武小玲厮混一段时间。但形势所迫，汪东升不得不实施自己的叛逃计划。在叛逃之前，他偷偷把姜昊赠给武小玲的那批瓷器卖给了费明贵。同时，又以姜昊遗嘱执行人的身份，把"阅江天地"6号楼反过来倒卖给了管书豪。这就让武小玲既失身又失财，她怎能不对汪东升恨之入骨呢？

专案组人员又让武小玲看了汪东升卖给费明贵的那批瓷器。武小玲一见到便说："这是我的，是姜老先生赠送给我的，他汪东升是偷卖我的财产呀！"武小玲一眼就能认出，这倒不是她有多少古玩知识，而是她对这些瓷器都做了暗记。她抱着一件件瓷器哭得呼天抢地，如同失散多年的亲人意外重逢，来不及亲近又要分离。良久，她擦干眼泪问专案组人员："这批东西还能回到我的手里吗？"

专案组人员告诉武小玲，根据权威专家鉴定评估，这批瓷器的价值应该在一亿元左右，但由于汪东升向晨光集团无偿捐赠了姜昊的其他全部藏品，费明贵给出了两亿元的高价。另外，即使从国家赠与税法的角度来考虑，如果你要得到这批瓷器，就要付出很高的税收，这显然是你无能为力的。所以，我们建议你还不如上交给国家，这样做可以得到一笔不小的奖金。

武小玲当然不懂得赠与税，更交不起这笔钱，但她不甘心轻易交出上亿元瓷器。她对专家组人员恳求道："请你们把我的瓷器保管好，我出去后想办法也要交出这笔……这笔赠与税。因为这批瓷器在法律上是我的财产，同时，瓷器上的松嶚山图案之谜，我还想等待专家的解开。"专案组人员说："这待以后视情而定吧。"武小玲暗暗庆幸自己没有将自己与姜昊的肮脏交易说出来，否则，她将遭万人唾骂，并且在经济上损失惨重。

鉴于没有发现武小玲有严重违法犯罪事实，并且举报有功，专案组成员在对她审查了半个月之后，就将她释放了。

可武小玲由于精神受到过分刺激，又老是想着如何凑足这笔赠与税，成天精神恍惚，面容日益憔悴，一个月后的一天下午，她因横穿马路，被汽车撞断了一条腿，不得不长期在医院治疗。

柳善存"停职检查"只隔了一天就被"双规"，被"双规"后没几天，就全部交代了自己贪赃枉法的行为。在他受贿的一千余万元中，有三百万元是周华明的行贿，有五百余万元是在"鸟神坛"项目中收受的建设单位的"感谢费"。令人可笑的是，他一方面在交代罪行，一方面又在为自己评功摆好，尤其是强调在

"鸟神坛"项目上做出的"突出贡献"。至于他挂在胸前的"平安坠",不知何时何因已有了几道裂纹。

　　费明贵和其他一些腐败分子也纷纷落马。让人感到奇怪的是,他们都在不同时间、不同程度上参与了"鸟神坛"项目。

第十章 后继有人

姬曲成在妻子死后没有为她"做七",也没有为她在家中设灵堂供人吊唁和祭奠,而是直接把她送到火葬场火化。他只是为妻子买了一个档次中下等的骨灰盒和墓地。这除了他经济上比较困难,或许还包含着他对妻子的背叛行为一时感到无法接受。

为排遣心中的苦恼,他按照赵炳坤的吩咐一遍又一遍地抄着《心经》,可抄了三天就抄不下去了,他觉得《心经》中所宣扬的"缘起性空,无常无我"的精神是对他一直相信妻子忠贞不渝的莫大嘲讽。他改而书写自己独创的"神图洛书",可写了一张又一张,竟然没有一张稍感满意,只得把它们全部撕掉、焚烧。宣纸在焚烧中跳跃的火花,时而像妻子含笑的双颊,时而像妻子幽怨的眼神,时而仿佛还能听到她低声的哭泣……

尽管他恨妻子做出了伤风败俗的事,使他和儿子蒙受了耻辱,但是妻子长期以来对他的关照、支持、体贴仍时时浮现在他的脑海中，挥之不去。他心如刀绞，泪流满面，心中默默地念叨："妻啊，这就算我给你烧的纸钱吧，这辈子你跟着我没有过上好日子，可最终你也做了对不起我的事呀，我俩算相互扯平了。如有来生，我祈盼你千万不要再选择我。或许，我的无能是迫使你走上这条不归路的一大原因。此时此刻，他突然想起了苏东坡祭悼亡妻的名词《江城子》，'十年生死两茫茫……'"

就在他边烧纸边念叨的时候，他无意中瞧见了挂在墙上的妻子的遗像。妻子好似有一脸委屈和苦楚，他禁不住心头一酸，恋爱时那段刻骨铭心的回忆像滔滔江水汹涌而至。

姬曲成清楚地记得，他跟潘素华经人介绍后的第一次见面是在一个秋高气爽的夜晚，两人坐在江边公园的石条凳上，他对潘素华说的第一句话是："想不到你这么年轻漂亮，我这个半老头子实在不配呀。"

潘素华回道："你看上去很沉稳，不虚花，就当作老大哥带带我吧。至于我俩的关系，那要看老天爷给不给我们缘分，只能走一步算一步了，但是，我对你有信心。"

那天，姬曲成主要是听潘素华讲她儿时的趣事和大学生活的话题。

潘素华见姬曲成只是静静地听着，基本不做什么评论，感到有些尴尬，嗔怪道："你怎么让我唱独角戏，就不能参与一下吗？"

姬曲成说："你与我之间年龄虽然只相差十岁，但我听你的话好像有一点代沟，附和吧，不符合我的性格；不附和吧，又有些对不起你，所以，我只能慢慢品味。"

潘素华感觉到自己必须换一个姬曲成感兴趣的话题，便说道："我听好几个熟人和朋友讲，你的学问很深，我向你请教一下，为什么龙在人间是至高无上的神物，是皇权的象征，可到了天上，龙王的地位并不高，并经常受到许多神仙甚至妖魔的欺负。"

姬曲成一听这个问题，立即来了兴致，侃侃而谈："人间崇拜龙，开始时是把龙作为一种图腾，集众兽之长于一体。后来龙成了天子的象征，而天子又是人中之王，他不仅要完美，而且要有主宰一切的权力，所谓'普天之下，莫非王土，率土之滨，莫非王臣'。并且，由此形成了统治中国几千年的'龙文化'。可实际上，人间并没有龙，天子也并非完美无缺。于是，有一种崇拜'鸟文化'的力量，利用神仙故事把代表天子的龙放到了较为合适的位置……"

潘素华听得很新鲜，打断姬曲成的话，道："世上有'鸟文化'吗？我还是第一次听说这个名词呢。"

姬曲成有些得意地说："'鸟文化'是一个客观存在，但把它提炼成一个与'龙文化'相对应的概念和学说，这是我的创造。近十年来，我一直专注于研究松寥山'鸟神坛'，它是人类至今发现的'鸟文化'的杰出标志。"

潘素华又追问道："什么叫'鸟神坛'？你为什么花十年时间研究它？"

姬曲成觉得这两个问题一时半会儿根本说不清楚，就简洁地敷衍了几句，说今后有时间再详细解释。这时天上下起了毛毛细雨，姬曲成赶快跑到不远处的小店里买了一把雨伞，送潘素华回家。由于雨伞小，姬曲成全力为潘素华遮挡，自己身上被雨水淋湿。到了潘素华家楼下时，潘素华望着落汤鸡似的姬曲成，羞赧地说了一句话："你这人很实在，有才华，有点与众不同。"

他们的第二次约会，还是在老地方，还是坐在石条凳上，不过，这次两人的间隔距离比上次近了许多，那是潘素华主动移近的。

潘素华对姬曲成说："我今晚只想听你讲松寥山'鸟神坛'的故事。"

姬曲成一下子变成了绝对主角，他从偶尔发现松寥山像人工雕琢的大鸟，讲到长年累月地考察研究，其中也稍稍向潘素华倾诉了自己的艰辛和困惑，自己的追求和梦想。

就在潘素华听得入迷的时候，树上的知了撒了一泡尿，浇得她头上湿漉漉的，使她感到很难为情。

姬曲成不敢帮她擦头，只是安慰道："知了饮的是露水，天生高洁，沾了它身上的水，会带来喜气。"

潘素华这才转忧为乐。她对姬曲成说："坐在石条凳上很累，我们是不是一边散步一边聊。"

姬曲成接受了这一建议，在靠着江边的栈道上，两人并肩而行，越谈越融洽，不知不觉间，他们的手握在了一起……

从此之后，两人约会频繁，大都是潘素华主动安排。

在两人结婚的那天晚上，当宾客们散尽以后，姬曲成走进洞房，把潘素华头上的红盖头掀开，愣在那里竟不知道下一步应该做什么。

潘素华含情脉脉地望着丈夫，仰起头，翘了翘嘴唇。

姬曲成木讷地问:"你、你这是要我干什么?"

潘素华娇怨地说:"傻瓜,你就不能给我一个热吻吗?"

姬曲成说:"什么叫热吻?吻哪里?"

潘素华只得站起身来,主动把嘴唇贴向丈夫。

吻毕,姬曲成很抱歉地对妻子说:"素华,我真不知道怎么接吻,从电影中看到此类镜头,还以为是作家和导演的浪漫虚构呢。以往我都是早晨刷牙,晚上看书看迟了只是漱漱口,看来今后每天晚上必须刷牙了,否则我怕跟你接吻时嘴里有异味。"

在两人第一次做爱时,由于潘素华是处女,床单上染上了不少血,姬曲成看到后,慌张地对妻子说:"怎么会出这么多血?你身体要紧不要紧?是否要进医院?"

妻子哭笑不得地说:"你真是个傻帽儿老处男。"

当妻子在产房刚刚生下儿子后,姬曲成一听到护士叫他的名字,就急不可耐地冲了进去,抱着妻子的头连连说:"你辛苦了,你辛苦了,从今往后我会好好服侍你的。"

可是,妻子生孩子还未出月子,姬曲成就一头扎进了他的"鸟神坛"中。此后二十多年中,潘素华一方面要照顾儿子,另一方面还要服侍丈夫,尽心尽力,无怨无悔。

真是天有不测风云,像潘素华这样一个典型的贤妻良母,灾难怎么会突然降临到她身上?是我姬曲成对她太不关心,还是因为自己研究"鸟神坛"触犯了神灵而遭到了天谴?姬曲成神思恍惚,心潮难平。

现在,姬曲成面临的一个最大的难题,是如何将妻子死亡的真相向在英国读书的儿子隐瞒。儿子出国后很少跟父亲沟通,但每个月都会与母亲沟通数次。为了省钱，一般都是用网络电话或微信。姬峻茂在接连几次与母亲联系不上的情况下，转而向父亲问询："妈妈为何与我断了联系？她是生病住院还是别的原因？"开始时姬曲成只能顺着儿子的话题欺骗他："你妈妈的确是住院了，不过她只是眼睛动了个小手术，手术很成功，出院后静心休养一段时间就没事了，近期你少打扰她，有事与我联系，我会转告她的。"

就这样，姬曲成与儿子的沟通维持了两个月左右，每次都要挖空心思地对儿子编造一套谎话。这对于从不会说谎的姬曲成来说，其难度不亚于研究"鸟神坛"。即便是他尽了最大的努力，还是被儿子看出了破绽。儿子对他说："既然您说妈妈已经出院了，说明她的病情已无大碍，为什么连我的电话都不能接？我一定要听听妈妈的声音。"姬曲成被迫无奈，想出了一个馊主意，请来妻子的妹妹潘素琴。她与姐姐不仅外貌很像，而且声音也酷似。她在姬曲成的授意下与姬峻茂通了一次电话："峻茂，妈妈的手术虽小，但医生建议我一定要长期静养，否则一旦复发就麻烦了，所以好久没有与你联系，想必你能理解和原谅。儿呀，听说你已提前拿到了硕士学位，准备攻读博士，妈听了别提有多高兴了。盼你能够再接再厉，学有所成，不要挂念家里……我有些累了，下次再联系吧。"

谁知这个假妈妈的电话被姬峻茂立即识破。姬峻茂对父亲说："我断定刚才这个电话不是妈妈打给我的，因为妈妈从来都是叫我'茂儿'，极少叫我的名字；妈妈在通话结束时都少不了一个'吻你'，但这次却没有。这到底是怎么回事？是不是妈妈出现了什么意外？"

姬曲成只得敷衍道："儿呀，你妈妈因为卧床多时，心情烦恼，言语有些失常也是情有可原的。你就不要再胡思乱想了，如果你真疼爱你妈妈，就暂时不要打扰她，专心完成你的学业。"接着，他就询问儿子学习、生活的情况，询问英国的几个著名景点，想以此转移儿子的话题。谁知事与愿违。因为姬峻茂深知父亲的性格，父亲越是东拉西扯，越说明他在掩盖着什么。姬峻茂的心病越来越重。

……

一个半月后，姬峻茂向父亲发了一则微信："我已考取了英国剑桥大学建筑设计专业的博士生，导师是该专业最负盛名的詹姆斯教授。还有一个月学校就要放假了，我想利用假期回家一趟，看看妈妈的身体状况，顺便也有重要事与您沟通。"

姬曲成一时左右为难，让儿子回家吧，妻子死亡的真相必然暴露，这对他不知会造成多大的打击；不让儿子回家吧，又有悖于常理，甚至欲盖弥彰，何况自己也不一定能阻挡得住他。权衡之下，他只得含糊其词地对儿子说："你视情而定吧，按我的想法，你刚考上博士，还是要抓紧时间做学问，以得到詹姆斯教授的重视，其他事可以暂时放一放。"他心中却在盘算着，待儿子回来后，自己如何向他交代？

……

赵炳坤虽然临时协助一些市委工作，但他的办公室仍在市政协。一天，赵炳坤在走廊里踱步时见到了心事重重的姬曲成，就把他请到了自己的办公室。他问姬曲成："我要你抄的一百遍《心经》任务完成没有？"

姬曲成说："没有。不过，我很好奇您为什么要叫我抄这么多遍《心经》。"

赵炳坤道："凭你的聪明才智，这一点恐怕不难理解吧？单说你执着研究'鸟神坛'这一点，我就知道你是个意志并不薄弱的人，让你反复抄枯燥的《心经》，只是运用了《黄帝内经》中的'情志移遣法'，想暂时排遣你内心的痛苦，而不是鼓励你去出家当和尚。"

姬曲成说："在我看来，《心经》并不枯燥，它不仅是佛学的经典，而且充满了人生哲理，参透万事万物，如果我有心情抄满一百遍并能完全理解它的话，说不定真的就会遁入空门了。"

赵炳坤道："即使遁入空门，也不意味放弃追求，遁入空门不也是一种追求吗？但是，我相信你这辈子决不会放弃研究'鸟神坛'，放弃探究中国传统历史文化。我今天把你请进来想问的是，你妻子去世已有些时日，按理心情应该平静一些了，为何还是一副愁肠百结的样子？是不是又有什么新的情况？"

姬曲成听后垂下头，沉思须臾，回道："的确有了新情况，我儿子峻茂刚刚考取了剑桥大学的博士，但他对好长一段时间联系不上母亲深感疑虑，急于要求回家探个究竟。这段时间我对他编的谎言可谓花样百出，一旦他回来，我不知如何面对他，更怕他知道真相后会影响学业，甚至整个人生。我这辈子已经对不住父亲，对不住妻子，如果再对不住儿子，还有什么脸再活下去呢!"

赵炳坤想了想,说:"你应该懂得庄子的'鲁王养鸟'寓言。依我看你儿子将来是国家栋梁之材,按理他应该经得住人生历练,如果把实情告诉他,可能会痛苦一时,但熬过这一阵,吸取了人生教训,也许他会变得更加坚强,更加理智,更加发愤图强。"

姬曲成连连摇头道:"这不行,我儿子一直就像一只雏鸡,在他妈妈的翅膀呵护下长大,没有经历过风吹雨打,更不懂得世间的阴暗和人生的坎坷,万一要是经受不住打击,后果可能不堪设想。待他再经过几年磨炼,他的承受力增强了一些,再告诉他真相不迟。"

赵炳坤点了点头,道:"你说得也不无道理。不过,尽管我要求有关方面严格封锁你妻子的真实死因,但社会上仍有风言风语,这就叫没有不透风的墙呀!在这种情况下,单凭你一己之力是不可能瞒天过海了。为此,我不得不给你出一个馊主意来渡过难关。你明天下午到第一人医院找郑院长,他会帮你搞一套有关你妻子患急性血癌的医院会诊、治疗直至她病亡的完整资料,这样你不仅能对儿子自圆其说,还能挡住社会流言。唉,我这样做也是不得已而为之的下下之策呀。"

姬曲成见赵炳坤为了自己的家务琐事竟然绞尽脑汁干了那些与他秉性完全不符的事,这是一种什么样的勇气、什么样的情感呀!姬曲成激动得禁不住热泪盈眶⋯⋯

在等待儿子回家的这段时间里,姬曲成心神不定,度日如年。他写不成文章，练不成字，抄不了《心经》，唯有悲伤、怨恨、焦虑、感激百般情绪交集于心，常常呆呆地一坐就是半天。

他在这样的心境中度过了一个星期。

一天下午，顾时轮给姬曲成打来了电话："小姬，我知道你这段日子很难熬，可惜我这个老头子不能相助呀。今天是谷雨时节，我陪你到松寥山散散心，也许能调节一下你的情绪呢。"

姬曲成对顾时轮的用意非常感激，可他没有心思上松寥山，再说，让这么大年龄的长者来陪同他，他也过意不去，便对顾时轮回道："谢谢顾老师的关心，我现在只想待在家中，什么地方也不想去。"

顾时轮说："小姬哎，人一老就说不清事，我不是纯粹陪你去爬山，有一件奇事在我心中藏了四十年，从未向任何人吐露过，而这奇事只发生在谷雨这天，如果今天机缘巧合，你就会见到，这可能对你研究'鸟神坛'是会有所帮助的。"

姬曲成深知顾时轮是实诚之人，一听此话，便有了点兴致，说："您能否先说给我听听，到底是什么奇事？"

顾时轮道："这件奇事一定是你非常感兴趣的，电话里说不清，一定要上山看，还得有缘分。"

姬曲成听顾时轮说得神神秘秘的，觉得其中定有蹊跷，便答应了顾时轮的邀请，并对他说："您在家中稍等，我坐车来接您。"

顾时轮说："你别找车了，为了能够说服你，我已上了出租车，马上要到你家门口，我在车上等你。"

姬曲成被感动得不知如何回答。什么叫君子之交，什么叫雪中送炭，顾时轮的行为也许是最好的诠释。

……

经过管理人员的同意，两人通过"天桥"（堤坝尽头连接松寥山的活动吊桥）登上了松寥山山顶。此时正是山上绿草遍地、百花绽放的季节。顾时轮并未急于告诉姬曲成是什么奇事，而是弯着腰仔细地察看着山顶的野花，并不时地用放大镜照一照。十多分钟之后，顾时轮蓦然兴奋地喊了起来："就是它！就是它！小姬，你与它有缘！"

姬曲成上前一看，顾时轮扶着的是一棵红茎绿叶的鹅黄色花朵，高度只有十厘米左右，九片花瓣组成的花盘直径大约三厘米，散发出一股浓郁的清香。顾时轮扶着花的手在微微颤抖，泪水也不由自主地滴到了地上。姬曲成有些不解地问："顾老师，这是什么花？我在多年的考察中好像从来没见过，您为何如此激动？"

顾时轮因体力不支，坐到了地上，擦了擦额头上的汗，向姬曲成道出了其中的秘密。"你知道，'文革'时我在焦公洞躲藏了两年之久。后来因红卫兵对我家人看得紧，他们无法向我暗送食物。为了充饥，我曾在松寥山台基上钓过鱼，并顺便爬上山顶采集野花野果。有一天正是谷雨时节，我在山顶上见到了这种黄色小花，因为香味独特，就摘了几朵，用于饮茶。岂料服下之后，顿觉浑身发热，精神兴奋，连服七天之后，我肩上原已化脓的撞伤竟然痊愈，心想这一定是一种奇花、奇药。因此，之后两天，我想在焦公洞前加以培植。可到了第十天，我再上山来找此花时，见它们已全部枯死。我遗憾地回到焦公洞，看到移植到洞前的花也是同样境况。后来我才琢磨明白，这种花开于谷雨，寿命只有九天。整个凤山山脉中，唯有松寥山才有此花，大概是它只能生长在潮湿的悬崖峭壁上。我由此引起联想，古代'九'为至尊之数，这种花花瓣只有九片，生命期也只有九天，加之它的药性特征，很可能是至阳之物。它到底叫什么名称，我查了几十年资料都一无所获。同时，在我离开焦公洞之后，此花突然绝迹。重阳节晚上赵主席请我们吃饭，席间姜昊教授提到'阳蝶花'，我有所触动，回家后又重新翻阅各种资料，真是苍天不负有心人，终于在《山海经》中查到有对此花的描述，其形状特点与我所见的鹅黄色小花颇为相似。前不久，我又查阅了考古队在凤山莲花洞发掘出来的植物标本，发现其中有一个标本与此花的外形完全吻合。我这才感悟到姜昊教授所说的'阳蝶花'在远古时代就源于此地，这说明松寥山果真蕴藏着一种神性。今天我请你来，其实对能否见到此花心中没有底，谁知你福星高照，居然又让它重见天日。这对你研究'鸟神坛'大概会有些用处吧。"

　　姬曲成听了顾时轮的叙述，内心惊喜交加，惊的是想不到姜老师所说的"阳蝶花"竟然生长于松寥山；喜的是他觉得老天并没有迁怒自己，且有所照顾。他激动得有些结结巴巴地说："顾、顾老师，您、您的这一发现，不仅对研究中国的药物防腐术意义非凡，而且对'鸟神坛'的深入研究很有裨益。我手上本就有一些姜老师留下来的研究资料，如果您能把自己的研究成果借我一用，我将感激不尽。"

　　顾时轮开心地笑道："小姬，对考古我是个外行，完全是机缘巧合才见到了'阳蝶花',根本算不上什么研究,只要我的资料对你有用,那我就无比快慰了。你跟我用不着客套,回头立即到我家中取资料。"

姬曲成道谢后正欲离开,突然又停住脚步对顾时轮说:"今天我们既然有幸见到'阳蝶花',何不连根挖一些回去,既可好好欣赏,又可供有关部门研究,如能栽培,更是幸事。"

顾时轮说:"此花看来不是凡物,不可任意移植,如发现有人对它任意蹂躏,很可能自行灭绝。你要吸取我以往的教训,即使要挖,也绝不能破坏根系,并且只能挖一株好好呵护,绝不能太贪。"

姬曲成觉得顾时轮言之有理,便跪地三拜,然后,才虔诚地、小心翼翼地挖了起来。由于一时找不到装花的器物,姬曲成脱下外套把花包裹起来,捧着它缓缓而行。

……

姬曲成自见"阳蝶花"后,暂时忘记了所有痛苦和烦恼,潜心进入了亢奋的研究状态。他将姜昊留下的研究资料、顾时轮提供的研究资料、考古队发掘莲花洞的研究资料、德国古生物家关于智慧人起源最新考证方法等研究资料,进行仔细、反复地阅读、对照、连接、推理,想从中找到松寥山"鸟神坛"的起源及这一文明消失的原因。

由于过分专注,他的生活根本没有规律,常常是煮一锅饭吃两三天,冰箱里仅有的两棵大白菜吃光后也没空去买,接连一个星期要么是炖鸡蛋,要么是酱油汤中滴几滴油下饭。困了,在床上或沙发上躺一躺，醒后立即投入工作。饿了，边看资料边胡乱地往肚里塞进一点食物。他关闭手机，挂掉座机，脱下手表，不刷牙，不洗澡。他二十四小时开着灯，不知道什么时候是白天，什么时候是黑夜。有人说过，世界上所有伟大的发现或发明，都是研究者在孤独的状态下完成的。姬曲成长期处于这样的状态，现在更是如此。

有一天上午，工作了通宵的姬曲成刚迷迷糊糊地入睡，他恍惚感到有人摇着自己的身体，待睁开蒙眬的双眼，发现儿子站在他面前。

他开始时不知道是梦境还是现实，用力在大腿上掐了一下，感觉疼痛，这才相信是真实的。他一骨碌从床上爬起，紧紧地抱住儿子，浑身不由自主地颤抖起来。良久，他才松开手，拍了拍儿子的肩膀，一边替儿子泡茶一边埋怨儿子为何不提前告知一下。

儿子红着眼睛说："家里的座机和您的电话打得通吗？我还以为你发生了意外呢，幸亏我有家中的钥匙。"

姬曲成这才想起自己这段时间的极端举动，更警醒到自己必须给儿子作交代，决定先来个缓兵之计。他对儿子说："峻茂，你坐这么久的飞机一定很累了，先休息一下，舒舒服服洗个澡，待到中午老爸请你到附近的'醉仙楼'为你接风。"

儿子哽咽道："不！你马上陪我到妈妈的墓地，我在机场买了一些妈妈生前最爱吃的蛋糕和鸭梨，咱父子俩中饭就在妈妈墓前吃。"

姬曲成心头一酸，问道："你怎么知道妈妈没了？"

儿子说："即使我看不到墙上的遗像，不还有别的渠道吗？"

姬曲成将医院那套假资料拿给儿子，悲切地说："只能说你妈命不好，会得上这种不治之症。逝者如斯乎，儿当节哀顺变，别忧心伤身。"

儿子听后猛地将面前的茶杯往地上一摔，茶水和茶杯的玻璃碎片溅了姬曲成一身。姬曲成惊诧莫名。

儿子咆哮道："爸，你为什么要下这么多功夫欺骗我？难道我还是三岁的小孩吗？如今是互联网时代，有多少事情隐瞒得了？妈妈的真实死因已在国外网站上开始炒作，我看了差点晕过去。我在国内还有几个高中的同窗好友，通过与他们的电话核实，网上的说法得到了佐证，你这套精心编造的欺骗手段也太拙劣了。"

姬曲成听得呆若木鸡，不知如何解释。

儿子缓了口气，哭泣着说："我知道妈妈所做的一切都是为了我，只怪我对她不理解、不体谅、不孝顺。但是，不管社会舆论如何评价，在我的心中，妈妈永远是勤劳的、清白的、高尚的、美丽的，她一定是被恶人设了陷阱，我要为她复仇！"

姬曲成渐渐清醒过来，他现在最怕的是儿子一时冲动，做出不顾后果的事，便用恳求的口气对儿子说："我设法瞒你，这也是不得已而为之，希望你能理解和原谅我。我也赞同你对你妈妈的评价。可是，茂儿，你千万不要鲁莽地复仇，复仇的事要靠政府，罪犯已经被绳之以法了。"

儿子说："我不想听你老套的说教，有什么话到妈妈墓前说，不管按照中国的传统还是西方的传统，任何人对亡灵说谎都是会遭到报应的。我不知道你信不信。反正我信！"言罢，姬峻茂拎上蛋糕和鸭梨，起身便往门外冲。

姬曲成急忙追上去，说："峻茂，你稍等一下，我带一点纸钱和锡箔元宝去，让你为妈妈尽点孝。"

儿子回道："我不相信这些封建迷信的东西，只想陪她吃顿饭，表示我对她的哀思和愧疚。"

姬曲成没有办法，只得一切服从儿子的意愿。

……

人间的贫富差距大得令人咋舌，作为阴宅的墓地又何尝不是如此。墓群呈梯形状由上而下，蔚为壮观。等级越高的就越靠近山顶，因为那里不仅有翠柏环绕，而且有山体和森林为它们遮风挡雨，显得高贵舒适。而潘素华的墓碑在最底层，只有路旁的野草和碎石与之相伴，透着贫寒与凄凉。唯有墓碑上那幅端庄、清丽的照片，方能显出她的与众不同之处。

在潘素华墓前，父子俩祭拜过后，便面对面坐下，边流泪边用剩余的蛋糕作为午餐。一时间两人唏嘘不已，默默无语。

良久，还是姬曲成先开了口："峻茂，你跟我说说，背负沉重的心理压力，你考博士为什么还这么容易。"

儿子答："这首先是因为您的基因遗传好，尤其是其中的执着和聪明。当然，与詹姆斯教授的鼎力相助也有重要关系。"

姬曲成说："你就别恭维我了，我这辈子没有出息，影响了家人，就靠你为姜家光宗耀祖了。既然已考上博士，你就一心一意做学问，学成归来为国家效力。经济上的事你不必多虑，老爸虽然无能，一定会想方设法供你读完博士的。"

儿子说："老爸，您就别再为我操心了，我已决定回国边工作边自学。"

"为什么？"

"因为我以前不懂事，只知道为自己着想，一切以自我为中心，从来没有为父母着想过。我对不起你们。从现在开始，我要为此补偿。我准备就在江河市工作，陪您一起住，一起研究'鸟神坛'。同时，我要把那个魔鬼给妈妈的钱悉数还清，为妈妈雪耻，让她在那边问心无愧。"

姬曲成极为震惊地站了起来，道："你说什么？好不容易考取了博士，竟然要回国？还要与我一起研究'鸟神坛'？我绝对不会允许，如果你妈妈地下有知，态度一定与我一样。"

儿子说："爸，您千万别急，我并没有放弃自己的追求，这是经过深思熟虑的。"他道出了其中的原委……

姬峻茂去剑桥大学读书时，带走了父亲有关"鸟神坛"的几篇论文，当时只想作消遣之用。可是，有一次在宿舍阅读一篇关于"鸟神坛"的论文时，詹姆斯教授走了进来。他从姬峻茂身边拿起另外几篇论文，开始只是大概地翻阅了一下，可不久就被深深地吸引住了，坐在那里，认真地读了一个多小时。而后，他感慨地说："中国的史前文化了不起，这位作者也了不起。一万多年前的松寥山'鸟神坛'，实际上是一座精美绝伦的建筑，无论是设计、构架、主次关系，还是对力学和美学的理解，都令人惊叹，甚至有些方面连现代建筑都望尘莫及。而作者对此的理解之深、知识之广、论述之精辟也让我拍案叫绝。如果你同意的话，我想把这批论文借阅一段时间,反复进行研究。"姬峻茂告诉詹姆斯:"这些论文都是我父亲写的,他是松寥山'鸟神坛'的最早发现者,为此耗费了三十多年的精力,不仅没有任何娱乐,还经历了种种磨难。"詹姆斯竖起了大拇指说:"了不得,了不得,你有这样伟大的父亲,为什么从来没有显摆过?我可以初步断定,如果把你父亲的研究成果与现代前沿建筑和设计理论结合起来,一定会给人类带来福音……"

姬曲成听后似乎有些受宠若惊,他对儿子说:"詹姆斯教授高看我了。不过,他既然对你如此重视,你为什么不跟着他把博士读完呢?"

姬峻茂回道:"我把回国的想法及原因毫无保留地告诉了詹姆斯教授,他听后虽感遗憾,但最终还是尊重我的意愿。他向我承诺两件事:第一件,他会通过互联网对我进行单独的远程辅导,让我具有一流的学术水平。条件成熟时,他将邀请我作为剑桥大学的访问学者,再到他那里进一步深造。第二件,他一定抽时间来江河市亲自考察松寥山'鸟神坛',并与您进行交流和合作。爸,我这样做难道有什么不妥吗?将松寥山'鸟神坛'推向世界不一直是您的梦想吗?"

姬曲成听到这里终于露出了微笑,但他已激动得不知道如何表达,只是连喊了三声"好",又向妻子的墓前跪下,嘴里念叨道:"素华,刚才我们父子俩的对话你一定听到了,儿子长大了,成熟了,他不仅有远大的抱负,而且懂得体贴父母、孝顺父母,你在那边听了很感动、很欣慰吧。素华,你好好安息,我和儿子会常来看你的。"

一只杜鹃盘旋在墓地的上方,殷红的嘴里发出了几声苍凉的叫声。

……

尾声

三个月后,因寻求政治避难没有得逞而被迫回国投案自首的汪东升案情已结,他因有立功赎罪的表现,被判处有期徒刑二十年。柳善存、费明贵、周华明等罪犯都受到了法律的制裁。这应了一句俗话:人在做,天在看,时间一到,报应必至。

受命于危难之际的赵炳坤重新回到了市政协主席的岗位上。不过,一个多月后他就因年龄的缘故而主动提出退休,谢绝了省、市领导挽留他再任职一段时间的好意。已经担任江河市市委书记的程跃问赵炳坤退休前还有什么要求,赵炳坤写了一首《菊魂》作答:

团团开出晚来香,身寄东篱心傲霜。
花骨养成非一日,愿将清影写秋光。

江河市松寥山"鸟神坛"的世界文化遗产申报工作取得了重大进展。为继续深入研究并扩大这一成果在国际上的影响力，市里再次组织了松寥山"鸟神坛"国际研讨会。由姬曲成在会议上作学术主题报告。英国剑桥大学的詹姆斯教授和他的学生姬峻茂合写的《松寥山"鸟神坛"对现代建筑学的启示》一文，也应邀在会议上宣读，引起了与会学者的浓厚兴趣。

当《江河日报》在头版头条报道了这一消息后，本市人士反应各异，有惊奇的，有欣慰的，也有疑惑的。

松寥山"鸟神坛"点缀着绿叶和各种野花，在明媚的阳光下显得格外气宇轩昂、神秘莫测。

……

2017.10 初稿于镇江

2018.5 二稿于溧阳

2018.11 三稿于镇江

2019.4 四稿于溧阳

2019.10 五稿于镇江

2020.6 六稿于镇江